AF223008

ALLERBEST

Paul Ontje

ALLERBEST

IMPRESSUM

„Allerbest"

©2026 Paul Ontje

Lektorat/Korrektorat: Gundula Bacquet/Frankfurt

Buchcover, Kapitelschmuck: Dream Design – Cover and Art

Verlag: BoD · Books on Demand GmbH, Überseering 33, 22297
Hamburg, bod@bod.de

Druck: Libri Plureos GmbH, Friedensallee 273, 22763 Hamburg

ISBN: 978-3-7693-2846-2

Bibliografische Information der Deutschen Nationalbibliothek: Die
Deutsche Nationalbibliothek verzeichnet diese Publikation in der
Deutschen Nationalbibliografie; detaillierte bibliografische Daten
sind im Internet über dnb.dnb.de abrufbar.

Silvester

Schneeflocken, so groß wie Wattebäusche, fielen gemächlich auf einen rostigen Fischkutter. Wind zog über das Wasser. So kalt, dass selbst Möwen auf dem Land einen warmen Unterschlupf gesucht hatten. Dunkle, schwere Wolken zogen über den nächtlichen Himmel. Selbst das kühle Licht des Vollmonds versteckte sich hinter den unheimlich wirkenden Gebilden und verlieh der rauen Nordsee eine nahezu gespenstische Atmosphäre. Es war genau drei Jahre her, als im Dezember der letzte Schnee gefallen war. Die Winter danach zeigten sich mild und regnerisch.

Nun, an diesem letzten Tag des Jahres kehrte die Kälte ein. Als ob der heilige Petrus einen Schalter gedrückt hätte, kam der Winter wie eine Horde hungriger Löwen über das Land. Seit dem Nachmittag rieselte die weiße Pracht unaufhörlich vom Himmel und versteckte Ostfriesland unter einer weißen Decke.

Vom Binnenland tönte hier und da das Krachen von Böllern und Zischen von Raketen, die bunt am Himmel zerbarsten.

Tjarko Behrens stand auf dem Kutter und kniff die Augen zu. Kalter Wind wehte ihm in das von Akne vernarbte Gesicht. Der hünenhafte Ostfriese fröstelte und zog die Kapuze tiefer. Er hasste Schnee. Regen war eigentlich eher sein Element. Aber auf das weiße Zeug hätte er auch gut verzichten können. Nachdem die Arbeit auf seinem Bauernhof verrichtet gewesen war, hatte er sich nach einer heißen Dusche auf das Sofa gefläzt und sich auf einen ruhigen Abend mit Chips und Cola gefreut. Silvester war nicht so sein Ding. Zudem ging ihm die Böllerei auf den Keks.

Seine Schwester hatte ihn, wie die Jahre zuvor, aus reiner Höflichkeit zu sich und seinem Schwager eingeladen. Tjarko hatte freundlich abgesagt. Wie immer. Nicht, dass er Nicole ungern besucht hätte.

Seit einiger Zeit herrschte eine frostige Atmosphäre zwischen ihm und Klaus. Der dämliche Kerl mischte sich immer mehr in die Angelegenheiten von Tjarkos Betrieb ein. Seit sich der Hofhelfer aus dem Staub gemacht hatte, bewirtschaftete er seinen Bauernhof komplett allein. Über hundert Kühe sowie ein Bulle machten eine Menge Arbeit.

Die Felder lagen im Winter brach, sodass Tjarko gut allein zurechtkam. Im Frühling wurde es etwas hektischer. Aber er erledigte seine Arbeiten mit einer gewissen Routine. Zumal nüchtern alles irgendwie leichter von der Hand ging. Ihn nervten die dauernden Ratschläge von Klaus. Irgendwann hatte er ihn vom Hof gejagt. Nicoles verzweifelte Versuche, den Zwist aus der Welt zu schaffen, scheiterten kläglich. Tjarko war halt ein Dickkopf, das wusste er selbst.

Nun stand der Landwirt mitten im Schneetreiben und fror sich die Klöten ab. Hier oben auf dem Fischkutter war es gefühlt zehn Grad kälter. Seine Hände fühlten sich an wie Eisblöcke. Eigentlich hatte er für solche Situationen stets einen Handwärmer parat. Das Gerät konnte man sogar über ein Handy wieder aufladen. Hassan hatte es ihm letztes Jahr zu Weihnachten geschenkt. Aber nun gab es weder Handwärmer noch anderes Wetter. Als Landwirt war er abgehärtet, doch inzwischen wähnte er sich eher am Nordpol als an der ostfriesischen Küste. Da halfen auch lange Unterhosen und doppelte Socken nichts.

Es war verdammt nochmal scheißkalt.

Nützte nichts. Als einziger Geisterjäger in Ostfriesland musste man manchmal Opfer bringen. Er hätte sich besser ein anderes Hobby suchen sollen. Klöppeln oder Boßeln vielleicht.

Inzwischen zeigte die Uhr kurz nach elf in der Nacht. In der beinahe undurchsichtigen Wand aus Schneeflocken präsentierte sich am Himmel der Vollmond und verlieh der Dunkelheit ein nüchternes Licht. Tjarko seufzte, rieb sich die Hände und öffnete eine klapprige Tür. Mit einem Fuß kickte er sie hinter sich zu.

Hassan stand am Steuerrad des Kutters und blickte auf ein kleines, blinkendes Gerät. Gedankenverloren kratzte er sich den Vollbart. Dann strich er sich über seine nach hinten gekämmten, pechschwarzen Haare. Keine einzige graue Strähne war zu erkennen. Obwohl er fünf Jahre älter war als Tjarko, schien der Kerl nicht zu altern. Drahtiger Körperbau und ein makelloses Gebiss machten ihn zum absoluten optischen Gegenteil von dem eher grobschlächtig wirkenden Landwirt.

»Und?«, fragte Tjarko. Er griff nach einem Becher und schlürfte an dem dampfenden Tee. »Was sagt dein Tüddelkram?«

Hassan verdrehte genervt die Augen. Sein bester Kumpel stand den ganzen Geräten, die paranormale Aktivitäten messen sollten, eher skeptisch gegenüber. Tjarko verließ sich lieber auf seinen siebten Sinn. Das wurde ihm förmlich in die Wiege gelegt.

»Nichts. Keine Aktivitäten«, erwiderte Hassan. Er streckte die Arme und gähnte ausgiebig. »Ich glaube, wir brauchen heute viel Geduld und Spucke.«

»Ich hatte eigentlich keine Lust, bis nächstes Jahr auf einem Fischkutter zu verbringen«, raunzte Tjarko und schloss die Augen. Absolute Totenstille in seinem Schädel. Keine Stimmen, noch nicht mal ein Hauch von einem komischen Gefühl in seinem Bauch.

Außer, dass er irgendwie nicht einmal ansatzweise motiviert war, die Geschichte hier in die Länge zu ziehen.

Hassan kurbelte wild am Steuerrad und tat so, als ob er in die Ferne blickte.

Tjarko brummte. »Hör auf mit dem Scheiß.«

»Wohin wollen Sie, Sir? Ich kann Sie von hier aus direkt an den Strand bringen.«

»Mir ist nicht nach miesen Witzen zumute. Besonders nicht um diese Uhrzeit.«

Hassan griente. »Früher, da wollte ich Fischer werden. Wusstest du das?«

Nun mag sich der Leser denken, dass der Kutter irgendwo in einem Hafen lag oder still über die See schipperte. Beides war nicht der Fall. Das alte Fischerboot war schon seit Jahren ausrangiert und stand nun mitten in einem kleinen Fischteich.

Im Sommer kletterten neugierige Urlauber auf dem rostigen Kahn umher und schossen Fotos. Hundert Meter weiter, hinter einem kleinen Café, befand sich ein Automuseum, in dem unzählige edle Oldtimer die Besucher begeisterten. Dummerweise hatte das Museum ein kleines Problem. Ein vermeintlicher Geist trieb dort seit einiger Zeit sein Unwesen. Selbst Urlauber berichteten, dass am ausrangierten Fischkutter unerklärliche Dinge geschahen. Von Stimmen aus dem Nichts bis hin zu umherfliegenden Gegenständen. Das Übliche halt. Für Tjarko und Hassan nichts Besonderes. Jedoch für den Besitzer des Museums äußerst unangenehm. Die Sache sollte möglichst diskret erledigt werden. Und was bot sich da besser an als eine Silvesternacht? In der nun gottverlassenen Gegend, nahe Norddeich, konnten die beiden in aller Ruhe ihren Auftrag erledigen.

»Hassan, lass uns doch zusammenpacken. Wir machen Feierabend. Ich spüre nichts, und deine Spielzeuge geben auch keine Geräusche von sich.«

Sein Freund blickte verwundert auf. »Willst du jetzt schon aufgeben? Wir sind doch gerade erst angekommen.« Tjarko war eigentlich kein Typ, der schnell die Flinte ins Korn warf.

Jedoch wirkte er in der heutigen Nacht nicht ganz bei der Sache. Lustlos und müde. Vielleicht lag es am miesen Wetter.

Oder an der Uhrzeit. Geisterjagd war manchmal eine recht langweilige Sache. Oft bedurfte es einiger Untersuchungen, um die Stecknadel im Heuhaufen zu finden.

Tjarko gähnte laut. »Mir ist kalt, ich bin total im Arsch und zudem glaube ich, das der Auftraggeber uns nur Märchen erzählt hat.«

In diesem Moment piepste eines von Hassans Geräten. Mit einer Hand wies er Tjarko an, zu schweigen. Erneut blinkten grüne Lichter auf. »Na schau mal einer an. Ich glaube, wir bekommen Besuch.«

Der Landwirt verschränkte die Arme. »Du solltest vielleicht die Batterien mal wechseln«, brummte er, nachdem einige Sekunden verstrichen waren.

»Du nervst wie ein kleines Baby«, zischte sein iranischer Freund und bleckte das tadellose Gebiss. »Was ist heute los mit dir?«

Tjarko brummte. Nichts war mit ihm los. Abgesehen von der stetigen Unruhe, die in seinem Körper rumorte. »Meine Kühe. Ich mach mir Sorgen um meine Kühe. Bei der Böllerei hätte ich sie besser nicht allein lassen sollen.«

»Den Termin hattest du vorgeschlagen. Nicht ich. Nun müssen wir da durch.« Hassan blickte auf sein Gerät und steckte es in die Jackentasche. Der Abend schien gelaufen.

Urplötzlich sprang wie von Geisterhand die Tür auf. Ein scharfer Luftzug wehte Schnee in das Kapitänshäuschen. Tjarko verzog das Gesicht. Scheiße, war das kalt.

»*Behrens!*«, hallte es aus dem Dunklen.

Hassan blickte auf. »Hast du das auch gehört?«

»Nur den Wind«, bemerkte Tjarko.

»Blödsinn. Das war hundertpro eine Stimme.«

»Ich seh mal nach«, erwiderte Tjarko und trat einen Schritt vor die Tür.

Eiskalter Wind peitschte ihm ins Gesicht. »Hier ist nichts. Außer Schnee«, rief er.

Ein plötzlicher Stoß auf dem Kutter.

Hassan setzte seine Kapuze auf und kam zu ihm. Er kramte seine Gerätschaft aus der Jackentasche und blickte auf die winzigen Lämpchen. Zwei davon leuchteten grün auf. »Nun wird es spannend«, sagte er mit ernster Stimme.

Kaum ausgesprochen, bewegte sich der Boden unter ihren Füßen. Der Kahn wankte nach rechts, als ob eine Welle ihn erfassen würde. Dann ein lautes Krachen. Blechern und schrill. Dreimal wiederholte sich das Geräusch. Das ganze Schiff schien lebendig zu werden.

»Von wegen nur Märchen«, sagte Hassan und suchte Halt.

»Mein lieber Herr Gesangsverein«, bemerkte Tjarko leise.

Sein Herz pochte bis zum Hals. »Jetzt geht es aber los hier.«

Und wie es losging. Obwohl sie so einiges erlebt hatten, kam die nächste Aktion wie ein Dampfhammer über sie. Der Wind nahm an Stärke zu. Pfiff mit voller Wucht über den Kutter. Schneeflocken verwandelten sich auf der Haut zu schmerzenden Geschossen. Bedrohlich knarzte und quietschte der Stahl.

»Geht weg von meinem Land!«, tönte es aus der Schwärze der Nacht.

Hassan lauschte. »Du hast das auch gehört, oder?«

Tjarko nickte schulterzuckend. »Jo.«

Er hielt die Hand schützend vor das Gesicht und lief voran. Beinahe hätte er sich der Länge nach auf das Schiffsdeck gelegt. Der Bug des Bootes neigte sich nach vorn. Dann nach hinten. Hassan presste sich an die Tür. Der ganze Stahl schien zu vibrieren. Hassan blickte zur Seite auf den Fischteich.

Ein grelles, grünes Licht leuchtete unter der dunklen Wasseroberfläche. Mit aufgerissenen Augen fixierte er einen Punkt. Hatte sich da etwas bewegt? Vielleicht ein Fisch?

»Scheiße!«, fluchte Hassan erschrocken.

Eine Hand schoss aus dem Teich. Schwarz wie Ostfriesentee. Lange, knochige Finger mit spitzen Nägeln sausten wie eine frisierte Silvesterrakete geradewegs auf ihn zu.

Bohrten sich einen Bruchteil von Sekunden später in sein Gesicht. Er schrie auf. Versuchte, die Hand abzuschütteln. Der Griff wurde fester. Zwei Finger krallten sich in seinen Bart. Er zerrte daran. Drehte sich um die eigene Achse, taumelte rückwärts und fiel über die Reling. Tjarko hastete zu ihm und versuchte, seinen Freund vor dem Sturz zu bewahren. Ein diabolisches Kichern ertönte direkt neben ihm. Tjarko wandte sich um und starrte in zwei rot glühende Augen. Hastig öffnete der Landwirt seine Wachsjacke und holte ein kleines Fläschchen hervor, das aussah wie ein Flachmann. Gesegneter Marillenschnaps von Pastor Jacobs. Er öffnete es mit zitternden Händen und schüttete den Inhalt in die leblosen Augen der teuflischen Fratze. Ein markerschütternder Schrei bohrte sich in seine Gehörgänge.

Und dann ... war die Erscheinung verschwunden.

Tjarko wandte sich um und beugte sich über die Reling. »Hassan?«, rief er heiser.

Nichts. Keine Reaktion.

»Verdammte Axt«, brummte er leise.

Trotz seines bulligen Körpers sprang Tjarko leichtfüßig über die Stangen und landete geradewegs im Fischteich. Die Knöchel brannten wie frostklirrendes Feuer. Seine Füße schienen sich in Eisblöcke zu verwandeln.

Ungeachtet dessen blickte er sich hektisch um. Nichts. Keine Spur von seinem Freund. Der Teich war höchstens vier Handbreit tief. Ertrinken nahezu unmöglich.

Erneut rief er den Namen seines Freundes. Versuchte, wenigstens etwas im Schneetreiben zu erkennen. Bis zu den Knöcheln stand er im Teich. Seine Zehen waren mittlerweile taub und ein kalter Schauer durchfuhr jede Faser seines Körpers. Ihm war es egal. Hassan schien in ernster Gefahr zu sein.

Erst ploppte eine Blase auf der Wasseroberfläche auf. Dann eine zweite. Als ob jemand Fleisch in ein Fondue tauchen würde. Der Teich begann zu blubbern. Dampf stieg auf. An Tjarkos Füßen wurde es erst angenehm warm, dann siedend heiß. Er schrie wütend auf und hüpfte aus dem Wasser. Stapfte geradewegs in eine Schneewehe und fiel auf den Hintern. Hinter sich vernahm er ein gurgelndes Geräusch. Robbte schnaufend zum kochenden Wasser. Packte etwas, das suchend nach etwas zu greifen schien. Er legte sich bäuchlings und griff danach.

Sekunden später tauchte Hassans Kopf auf.

»Zieh mich raus!«, rief der panisch.

Tjarko zog wild an seinem Arm. Er packte den zweiten und zerrte seinen Kumpel in den tiefen Schnee.

Hassan würgte Brackwasser und spuckte es im hohen Bogen wieder aus. Alle Viere von sich gestreckt lag er röchelnd auf dem Rücken.

»Mich ... hat irgendetwas nach unten gezogen«, sagte er heiser.

Nach unten? In dem flachen Teich? Tjarko wusste jedoch, dass nichts unmöglich war. Er selbst war damals beinahe in einem fliegenden Müllcontainer draufgegangen.

»Es wurde heiß. Unsagbar heiß«, hustete Hassan.

Kein Wunder. Tjarko blickte auf das wild gurgelnde Wasser. Wie ein Hummer hätte er darin gekocht werden können. Der Landwirt half seinem Kumpel, sich aufzusetzen.

»Wir müssen hier weg. Du bist kurz vorm Erfrieren.«

Hassan schüttelte den Kopf. Wirkte einen Moment wie geistesabwesend und sagt dann leise: »Alfred.«

»Wie, Alfred?«

»Was meinst du?«

»Du hast gerade Alfred gesagt«, erwiderte Tjarko.

Hassan blickte ihn fragend an. »Ich habe nichts gesagt«, erwiderte er mit bebender Unterlippe. »Zieh mich hoch. Ich muss ins Auto.«

Tjarko nickte, griff Hassan unter die Arme und zog ihn in den Stand.

Bis zum Hals in eine Decke gewickelt hockte Hassan auf der Rückbank von Tjarkos altem Mercedes. Tjarko stellte die Heizung auf Höchstleistung und blickte über den Rückspiegel zum Fischerboot.

»Alles gut mit dir?«, fragte er mit besorgter Miene.

»Allerbest«, kam es von hinten.

Tjarko brummte und starrte mit zusammengekniffenen Augen durch die beschlagene Windschutzscheibe. »Wärst beinahe wie ein Suppenhuhn gekocht worden.«

»Mit mir ist alles in Ordnung.«

Tjarko trat das Gaspedal durch. »Ich fahr nach Hause.«

»Blödsinn. Dreh um und lass uns den Auftrag zu Ende bringen.«

»Ich hab keine Lust mehr auf den Mist. Ich hör auf. Endgültig. Dachte, du gehst drauf.«

Ein kurzes Schweigen. Hassan hustete. »Mich wird dein Fahrstil eher umbringen als so ein blöder Spuk. Außerdem, was soll ich denn unserem Klienten sagen? Wir haben unsere Arbeit noch nicht erledigt.«

»Was weiß ich. Lass dir was einfallen.« Tjarko drosselte das Tempo und warf einen flüchtigen Blick auf die Uhr. »Frohes Neues Jahr übrigens.«

»Danke, dir auch«, kam es von hinten.

Im Schritttempo rutschte der Wagen auf die Landstraße. Tjarko atmete tief ein. Seine klitschnasse Hose klebte auf seiner Haut. Die Muskeln schmerzten, ganz zu schweigen von seinen Knochen. Von nun an wäre für immer Schluss mit dem paranormalen Quatsch. Er war es einfach leid. Und das Erlebnis vorhin setzte dem Ganzen noch die Krone auf. In so eine prekäre Lage war er noch nie geraten. Von den Ereignissen auf seinem Hof damals abgesehen. Der Schrecken stand Tjarko noch ins Gesicht geschrieben. Ihm war es herzlich egal, ob der sogenannte Klient dann eben weiterhin einen hartnäckigen Spuk an der Backe hatte. Es war seine Entscheidung. Die Gedanken schwirrten nicht erst seit gestern in seinem Kopf herum. Hinzu kam, dass sich seine Schwester oft furchtbare Sorgen um ihn gemacht hatte. Und das zu Recht.

»Fang deswegen bitte nicht wieder zu trinken an«, hatte sie oft gesagt, wenn er über seine Erlebnisse von irgendwelchen Heimsuchungen erzählt hatte. Es gab einige Momente, wo er sich nach einer Flasche Korn gesehnt hatte. Und auch jetzt, wo sein bester Freund schlotternd auf der Rückbank lag, hätte er einen Schluck gut gebrauchen können. Nur einen kleinen, winzigen Tropfen auf seinen Lippen. Das hätte ihm schon gereicht. Doch damit war Schluss. Für immer.

Nach einer gefühlt ewig langen Fahrt durch das dichte Schneetreiben erreichten sie endlich heimische Gefilde.

Mit einem müden Winken schloss Hassan seine Haustür auf. »Schlaf gut, und danke für ...«

Tjarko stand an seinem Wagen und winkte ab. »Lass gut sein, geh rein und lass dir ein heißes Bad ein.«

»Dann leg dich auch mal hin.«

»In ein paar Stunden muss ich zum Melken. Glaube, ich bleibe wach.«

Er nickte seinem Freund zu. »Wir sehen uns«, brummte er und stieg ächzend in den Wagen.

Still und friedlich sank der Schnee nieder und hatte den Behrenshof innerhalb von wenigen Stunden in eine idyllische Winterlandschaft verwandelt. Tjarko fuhr in seine Hofeinfahrt und parkte den Wagen unter einem nagelneuen Carport. In der Ferne zischten die letzten Raketen am Himmel und zerbarsten in golden glitzernde Sterne. An Schlaf war nun nicht mehr zu denken. Ächzend stieg er aus und trat mit einem Fuß in ein Schlagloch. Er strauchelte und suchte Halt an seinem Auto. »Verdammte Scheiße nochmal«, fluchte der Landwirt in sich hinein. Das Projekt, die Einfahrt komplett zu pflastern, hatte er ständig vor sich her geschoben. Nun denn, wenigstens ein

Vorsatz für das neue Jahr. Zwar hatte er in den letzten Jahren ordentlich Hand an seinen Hof angelegt, doch lag noch einiges im Argen. Dumpf drang das Muhen seiner Kühe aus dem Stall, untermalt von dem ständigen sonoren Brummen der Melkanlage. Er überlegte einen Moment, ging zu seinem direkt angrenzenden Haus und machte dann eine Kehrtwende. Vielleicht sollte er nach seinem Vieh sehen. Könnte nicht schaden, gerade in einer Silvesternacht.

Im Stall herrschte eine entspannte Ruhe. Tjarko lehnte sich an die Eisenstangen und blickte versonnen über seine Milchkühe.

»Was meint ihr?«, fragte er. Einige Tiere glotzen ihn schnaubend an. »Soll ich mit dem Mist aufhören?«

Als Antwort vereinzeltes Muhen.

»Na prima. Ihr seid mir auch keine große Hilfe«, sagte Tjarko. Er wandte sich um und schlenderte zum Bullen. »Hey, gib wenigstens du mal deinen Senf dazu.«

Jeder Außenstehende hätte den Landwirt für vollkommen durchgedreht erklärt, wie er das Gatter öffnete, zum Bullen schritt und sich im Schneidersitz neben ihm niederließ.

»Ich hab die Schnauze gestrichen voll«, murmelte Tjarko.

Der Bulle schnaubte und starrte ihn an.

»Ich glaube, ich lege eine längere Pause ein.«

»*Lass es ganz sein*«, brummte es in seinem Kopf.

Tjarko nickte. »Wenigstens einer, der mich versteht.«

»*Immer wieder gern.*«

»Weiß gar nicht, wie ich dir danken soll.«

Mutter Maria schnaubte erneut. »*Hör auf mit dem Gesülze.*«

Tjarko schwieg. Mutter Maria sollte er besser nicht widersprechen.

So kauerte der Landwirt bei seinem Bullen und stierte ins Leere. Er fühlte sich platt wie ein löchriger Reifen. Von draußen waren vereinzelte Böllerschüsse zu vernehmen. Was für ein verkorkster Jahresbeginn, dachte er, raffte sich ächzend auf und klopfte dem Bullen den muskulösen Hals. »Frohes Neues Jahr, Kumpel«, sagte er und stieg über das Gatter.

Müde und voller Grütze im Kopf legte Tjarko Behrens seine langen Beine auf den Küchenstuhl. Das warme Gefühl von Erleichterung fühlte sich an wie ein alkoholfreier Cocktail zwischen seinen Stirnlappen. Für ihn stand die Entscheidung fest. Es wurde Zeit, das neue Jahr mit guten Vorsätzen zu beginnen. Er hörte schon die Unkenrufe in seinem Bekanntenkreis. Doch das war ihm vollkommen egal. Ab sofort und unwiderruflich war er nun Geisterjäger im Ruhestand.

Und damit basta.

Landleben

Gut zwei Jahre später ...

Wie an jedem späten Nachmittag schleppte sich der Feierabendverkehr durch Aurich. Unzählige, oft überflüssige Ampeln ließen genervte Autofahrer wild hupen. Die Sonne strahlte mit voller Kraft auf die Blechlawinen. Einige kurbelten ihre Seitenscheibe herunter und steckten die Köpfe heraus. Vorweg zog ein Trecker eine beachtliche Schlange hinter sich her. Wagemutige überholten das gemächlich dahintuckernde Gefährt und stießen übelste Schimpfwörter aus. Bei dem fröhlichen Treiben wähnte man sich fast in einer Großstadt. Doch Aurich glänzte nur mit einer recht überschaubaren Einwohnerzahl, behaglicher Fußgängerzone mit geringfügigen Einkaufsmöglichkeiten sowie einem unglaublich hässlichen Gebilde in Form eines eisernen Turmes mit zwei Hörnern auf dem Marktplatz. Moderne Kunst nannte man das hier.

Tjarko interessierte das Treiben hinter ihm nicht sonderlich. Er hatte genügend Zeit. Sein Trecker war in Tannenhausen, am Ortsrand der Stadt, zur Wartung gewesen. Sein Schwager Klaus war so gnädig gewesen, ihn dort abzusetzen. Manchmal gab es bei dem Idioten auch nette Momente. Es herrschte eine Art zweckmäßige Sympathie zwischen ihm und Klaus Lüders. Der winzige Kerl, dessen dicker Kopf irgendwie nicht zum Rest des Köpers passte, gehörte nun quasi zur Familie. Tjarko war es seiner Schwester einfach schuldig, sich mit dem Spinner zu arrangieren. Zudem war Lüders der einzige Besamungstechniker in der ganzen Region.

Also, danke Klaus. Ohne dich könnte ich meinen Trecker jetzt nicht abholen, dachte Tjarko.

Der Landwirt blickte nach hinten und schmunzelte. Sein Gefährt hatte mittlerweile einen ordentlichen Stau verursacht. Ihm egal. Heute würde er sich Zeit nehmen. Es gab schon Stress genug, und der kleine Ausflug war eine willkommene Abwechslung zum täglichen Wahnsinn auf seinem Bauernhof.

Zudem hatte er beschlossen, seine alte Freundin Hildegard zu besuchen, weil es auf dem Weg lag. Die Seniorin aus seinem Dörfchen Buckbuhr wohnte seit zwei Jahren in einer von außen feudal wirkenden Seniorenresidenz am Rande der Stadt.

Der Bau war wie ein Schloss gestaltet. Sogar mit einem kleinen Turm und gepflegtem Park zum Verweilen. Hilde gefiel es dort eher mittelmäßig. Doch ihr Haus wurde der alten Dame zu groß. Die steile Treppe in ihr Schlafzimmer hatte sie nur noch mit großer Mühe bewältigen können. Der Gemeindepastor und Tjarko hatten sich auf die Suche begeben und fanden, die Residenz würde gut zu ihr passen. Feudal und mit einem exzellenten Ruf.

Nach einer knappen halben Stunde bog Tjarko in eine Seitenstraße ein und parkte den Trecker auf einem Grünstreifen. Von Weitem erspähte er Hildegard, die auf einem rot gepflasterten Hof auf ihrem Rollator saß und eine Zigarette in der Hand hielt. Erhaben und mit einem gewissen Stolz, aufrechte Körperhaltung und die Lippen knallrot geschminkt. Die grauen Haare streng nach hinten frisiert. Gezupfte Augenbrauen, der spindeldürre Körper in einen weißen Hosenanzug gekleidet. So wie sie auf dem Rollator residierte, wirkte Hilde wie Marlene Dietrich. Fehlte nur noch die berühmte Zigarettenspitze.

Sie lächelte, als der baumlange Kerl mit Glatze um die Ecke schlenderte. Hildegard hob eine knochige Hand und winkte ihn zu sich. »Ach, das ist mal eine Überraschung. Ich hatte schon Sorge, vor Langeweile sterben zu müssen.«

»Moin Hilde«, grüßte Tjarko und drückte ihr zur Begrüßung einen Schmatzer auf die faltige Wange. Es schmeckte nach Schminke und Parfüm.

Hildegard legte die Zigarette neben sich. »Setz dich auf die Bank. Ist ein schöner Tag heute.«

Er nahm Platz und streckte die Beine aus. »Ja. Traumhaft. Hab meine Kälber auf die Weide geschickt.«

»Fein, fein. Wie geht es Nicole?«

»Gut. Den Umständen entsprechend.«

Hildegard steckte sich die Fluppe zwischen ihre dritten Zähne. »Sehr schön«, sagte sie. »Hast du Feuer?«

»Ich? Nein. Du solltest nicht so viel rauchen.«

»Papperlapapp. Ich sterbe sowieso bald.« Sie sah sich suchend um und seufzte. »Apropos Sterben. Hier ist mal wieder Totentanz. Bei dem schönen Wetter hocken alle brav im Singkreis und trällern krumm und schief alte Schinken.«

Tjarko seufzte. »Vielleicht solltest du auch mal daran teilnehmen.«

»Ich? Singen? Komm mir nicht mit sowas. Zudem habe ich keine Lust auf das Gejammer der alten Leute.«

Der Landwirt lachte auf. »Du bist doch auch alt.«

»Wie gehts dir?«, fragte sie und wich damit mal wieder galant seinem Hinweis aus.

»Gut. Alles prima.«

»Was macht Hassan?«

»Den habe ich vorgestern erst getroffen. Er hatte ein kleines Problem.«

Hilde blickte ihn neugierig an. »Ach. Was denn?«

Im Gegensatz zu ihm konnte Hassan nicht die Finger von der Geisterjagd lassen. Er erledigte hier und da kleine Aufträge. Nichts Dolles. »Damit ich fit bleibe«, hatte er mal bemerkt. Selbst vor seiner Frau verheimlichte er seine Freizeitaktivität. Wieso das schon so lange gutging, war dem Landwirt ein Rätsel.

»Nichts. Die Tür von seinem Geschäft hat geklemmt«, log Tjarko.

Das war wenigstens die halbe Wahrheit. Irgendwo in der Krummhörn hatte eine Stalltür ein Eigenleben bekommen. So etwas geschah manchmal. Irgendwelche Dinge wurden von einer verlorenen Seele übernommen. Mal war es eine Kaffeemaschine, mal ein Rasenmäher und in dem Fall eine wildgewordene Stalltür.

»Ach was. Und wie geht die Geschichte weiter?«, fragte sie.

»Welche Geschichte?«

»Die von der Tür.«

»Da gibt es nicht viel zu erzählen.«

Hildegard schien förmlich zu riechen, das Tjarko sie anflunkerte. »Warum hast du dann damit angefangen?«

»Nun klemmt sie nicht mehr«, sagte er und stand auf. Er wollte schnellstmöglich vom Thema ablenken. »Kleinen Spaziergang durch den Park?«

Sie seufzte. »Der ist langweilig.«

»Wollen wir auf dein Zimmer gehen?«

»Zu warm, Tjarko.«

Er überlegte. »Soll ich dir ein Feuerzeug besorgen?«

»Ach, das wäre ein Traum«, erwiderte sie breit grinend.

Der Landwirt erhob sich, nickte und latschte zum Kiosk, der nur ein paar Meter von der Residenz entfernt lag.

Fünf Zigaretten und einen Schokoriegel später, den Tjarko noch besorgt hatte, verabschiedete er sich. Hilde strich mit ihren dünnen Fingern über seine tellergroßen Pranken.

»Wann holst du mich wieder auf den Hof? Ich kann Rouladen machen.«

»Übermorgen, Hilde. Hab ich dir letzte Woche schon gesagt.«

»Ach, ja. Jetzt, wo du es erwähnst ...«

»Ich muss jetzt aber los«, sagte Tjarko.

»Grüß Mechthild von mir.«

Er lächelte. Die war schon seit einem Jahr verstorben.

Hildegard wurde so langsam vergesslich. Um sie nicht zu enttäuschen, versprach er, die Grüße auszurichten. Natürlich auch an Pastor Jacobs und Nicole. Sogar seinem Bullen sollte er herzliche Grüße senden.

Nun denn, es war an der Zeit, sich auf die Socken zu machen.

Auf dem Behrenshof gab es noch eine Menge zu tun. Die Kühe mussten noch gemolken, Heuballen von A nach B transportiert werden ... Arbeit gab es überall. Tjarko war froh darüber. Seit er die Sache mit den paranormalen Dingen auf Eis gelegt hatte, widmete sich der Landwirt seinem Hof. Es hielt ihn davon ab, auch nach der langen Zeit auf Trockendock, an Alkohol zu denken. Nun ja, dran denken musste er nahezu jeden Tag. Aber es nicht in die Tat umzusetzen, war halt die große Kunst. Das durchzuhalten war beinahe so unmöglich, wie in einem runden Raum in die Ecke zu pinkeln. Als trockener Säufer musste er eine Menge Kraft und Phantasie einsetzen, genau das durchzuhalten. Tagein und tagaus.

Arbeit war für ihn die beste Therapie.

Am Abend stattete er dem Tierarzt Münnings noch einen Besuch ab. Einfach so, nur zum gemütlichen Quatschen.

Fokko ließ sich gern auf einen Plausch ein. Zudem war er die beste Nachrichtenquelle für Neuigkeiten von den anderen Höfen in der Gegend. Es war immer gut zu wissen, was die Konkurrenz machte.

Die meisten Kollegen hatten inzwischen Ställe, die so groß waren wie zwei Fußballfelder. Damit der Milchertrag möglichst hoch war. Dafür fristete das Vieh ein Leben ohne Weide und frisches Gras. Für Tjarko ein Ding der Unmöglichkeit. Sein Vieh durfte tagsüber auf die Weide. Für den Tierarzt gab es auf dem Hof eher wenig zu tun. Die Kühe waren kerngesund.

Fokko Münnings hatte an diesem lauen Abend wenig Zeit für einen Schnack. Seit kurzem hatte er eine Sprechstunde für Kleintiere eingerichtet. Eine lange Schlange von besorgten Hundebesitzern und Katzenliebhabern wartete ungeduldig vor der Praxis.

»Moin, mein Lieber«, sagte Fokko und ging, unbeeindruckt von den Wartenden, breit grinsend auf ihm zu. Er fuhr mit einer Hand durch sein gekräuseltes Haar und verdrehte die Augen. »Du, ich hab heute viel zu tun. Die Bude ist mal wieder brechend voll.«

»Wollte nur mal schauen, wie es dir geht.«

»Weißt ja, den Arsch voller Arbeit«. Fokko klopfte dem Landwirt freundschaftlich auf die Schulter.

»Jo, geht mir nicht anders.« Tjarko stocherte mit einem Fuß im Kies herum. »Soll dich von Hilde grüßen.«

Der Tierarzt strich sich über sein braungebranntes Gesicht. »Schön. Finde es super, dass du dich um sie kümmerst.«

Eine junge Frau mit ihrer Katze auf dem Arm kam auf Fokko zu. »Wann machen Sie die Praxis auf? Meiner Uschi geht es nicht gut.«

»Einige Sekunden noch. Bin gleich für Sie da«, trällerte er.

Tjarko lachte kurz auf. »Tja, dann kümmere dich mal um Uschi.«

Münnings nickte. »Am besten, wir treffen uns mal an einem Wochenende. Du siehst ja, hier geht es um Leben und Tod.«

Tjarko verabschiedete sich und schwang sich wieder auf seinen Drahtesel. Er entschloss sich zu einer kleinen Tour durch die weitläufigen Felder. Es war Ende Mai, und der Frühling verwandelte sich unbemerkt in einen ungewöhnlich heißen Sommer. Rehe huschten über das Land, von Weitem gurrten Fasane. Hasen hoppelten wild durch die Maisfelder. In der Ferne schnatterten Gänse um die Wette. Eine verdammt beruhigende und friedliche Atmosphäre.

Was sollte er sich auch beschweren? Ihm ging es im Allgemeinen richtig gut. Seine Schwester war gesund, trotz ihrer besonderen Umstände. Klaus hielt weitgehend das Maul.

Und die Stimmen im Kopf, die ihn früher plagten, hatten auch Funkstille. Abgesehen von dem Gebrabbel seines Bullen. Der war aber schon immer ein richtiges Plappermaul gewesen.

Kurzum: Alles war beinahe perfekt.

Hatte er sich auch redlich verdient. Nach dem ganzen Murks, den er erlebt hatte. Manchmal fehlte ihm jemand an seiner Seite. Einfach eine Person, die abends auf ihn sehnsüchtig wartete. Oder ihm morgens am Frühstückstisch nette Gesellschaft leistete. Jemand, der ihm einfach nur zuhörte. Oder anwesend war, wenn er sich allein fühlte. Er war gern allein. Aber als Dauerzustand war das doch manchmal recht trostlos.

Alle Damen um ihn herum waren vergeben. Selbst der winzige Lüders mit seiner Entenstimme hatte die schönste Frau Ostfrieslands bekommen. Zufälligerweise handelte es sich hier um Tjarkos Schwester. Doch wer würde sich für einen unförmig gewachsenen Landwirt mit Glatze und vernarbter Haut interessieren? Nun denn, alles hat seine Zeit.

Tjarko atmete tief ein und blickte zum Horizont. Er beschloss, einen Abstecher zum Ems-Jade-Kanal zu machen. Kaum dort angekommen, stieg er auf den Deich, fläzte sich in das feuchte Gras und ließ einige Minuten vergehen. Mit einem kurzen Blick über die Felder stiefelte er zurück.

Heute Abend wollte er mit Pastor Jacobs nach Depsholt, einer kleinen Siedlung am Ortsrand von Emden. Eigentlich kein reizvolles Ziel für einen abendlichen Ausflug. Doch seit einem Jahr hatten sich dort zwei Auswärtige niedergelassen und ein nettes Café eröffnet. Das sprach sich in der Gegend herum wie ein Lauffeuer. Zwei überaus sympathische Typen, die irgendwo hinter Hannover ihre Zelte abgebrochen hatten. Regelmäßig verabredeten sich Tjarko und der Pastor auf einen Schnack im Café. Der Landwirt liebte Käsekuchen, und dort gab es vermutlich den besten auf der ganzen Welt.

Eugen Jacobs war natürlich wie immer zu spät gekommen. Tjarko nahm das mit einer gewissen Gelassenheit. Den kleinformatigen Kerl konnte man einfach nicht mehr ändern. Vom Aussehen glich er einem gechillten Späthippie, der irgendwie den Lauf der Zeit vergessen hatte. Lange, schlohweiße Haare, dazu ein Ziegenbärtchen und außerhalb der Dienstzeit stets in knallbunte Klamotten gekleidet. Egal. Eugen hatte ihm durch schwere Zeiten geholfen, und Tjarko zählte den Pastor zu seinen engsten Freunden.

Zusammen saßen sie nun im Café Keeskoken und schlürften Kakao mit Schlagsahne. Den Kuchen hatten sie innerhalb von Sekunden bis auf den letzten Krümel verputzt.

Stefan, der Inhaber des Lokals, stand an der Theke und rechnete die Kasse ab.

»Ich will ja nicht drängeln. Aber Jens und ich wollen noch nach Emden«, sagte er und blickte auf einen Kassenbon.

Eugen schaute auf seine Taschenuhr. »Oh. Schon nach acht. Seit es abends länger hell ist, kommt man in der Zeit durcheinander.«

»Du warst auch mal wieder viel zu spät dran«, brummte Tjarko und stürzte den Kakao herunter.

»Kein Stress«, erwiderte Jacobs, fischte eines seiner langen Haare aus der Sahne und nippte an der Tasse.

»Stefan will dicht machen. Trink deinen Kakao aus.«

Eugen wandte sich um. »Eine Sekunde noch, ja?«

Von der Theke kam ein missmutiges Nicken.

»Siehst du«, griente der Pastor. »Und nun, hast du dir überlegt, wieder ins Geschäft einzusteigen?«

Tjarko verzog das Gesicht. Er hatte keine Lust, über dieses Thema zu reden, »Nö«, antwortete er. »Ich bin definitiv durch mit dem Mist.«

»Schade. Hassan und du ... ihr wart einfach ein tolles Team.«

Immer die gleiche Leier. Der Landwirt wusste genau, was Jacobs von ihm wollte. Aber das kam definitiv nicht in Frage.

Die Zeit der Jagd auf Geister und anderes Gedöns war vorbei. Der Pastor hatte ihm diese ganze Misere doch eingebrockt. Tjarko hatte keine Lust mehr, die Suppe auszulöffeln. Er wollte endlich ein halbwegs normales Leben führen. »Ich habe keinen Bock mehr auf den ganzen Zinnober«, zischte er zurück und stand auf. »Hat mir genug Ärger eingebracht.«

»Sag niemals nie«, säuselte Eugen und trank in einem Zug den Kakao leer. Dann klatschte er in die Hände. »Und, was machen wir beiden Hübschen noch?«

»Nach Hause fahren und schlafen. Hab morgen ein langen Tag.«

»Spielverderber«, erwiderte Jacobs enttäuscht. Der Pastor stand auf und schien einen Moment zu überlegen. »Du, ich glaube, ich laufe nach Buckbuhr. Ist so ein herrlicher Tag heute.«

»Was ein Blödsinn. Ich nehm dich mit.«

»Du könntest natürlich auch neben mir herfahren. Dann könnten wir uns noch ein wenig unterhalten.«

»Also, nun spinnst du vollkommen. Steig mit in meinen Wagen. Zudem ahne ich schon, worüber du reden willst.«

»Was du so alles ahnst.«

»Das Thema Geisterjagd ist für mich gegessen. Und wenn du den weiten Weg latschen willst ... tu dir keinen Zwang an.«

»Na, wenn du mich so nett bittest, verzichte ich auf die Wanderung.« Der Pastor griente breit und winkte dem Wirt zum Abschied.

Auf der Rückfahrt sprachen die beiden kein Wort miteinander. Tjarko lud Eugen an seinem Haus, das direkt an der Kirche gelegen war, ab und verabschiedete sich mit einem knappen »Tschö«.

Tjarko ließ seinen Quadratschädel in die Nackenstütze fallen und gähnte laut. Er war hundemüde. Morgen war wieder ein langer Tag. Zudem wollte er heute Abend sein Schlafzimmer aufräumen. Hier stapelten sich noch Kartons von dem neuen Schrank, den er mit Hassan schon vor einigen Wochen aufgebaut hatte. Hilde pflegte sich nach dem Mittagessen für ein Schläfchen auf sein Bett zu legen. Den Anblick von seinem Chaos wollte er ihr unbedingt ersparen. Seit Nicole in anderen Umständen war, musste er vieles in seinem inzwischen gut organisierten Haushalt selbst regeln. War vielleicht ganz gut so. Irgendwann musste er ja erwachsen werden. Auf eigenen Beinen stehen. Ohne die Hilfe seiner Schwester. Er gab sich ja alle Mühe. Hatte gelernt, seine Klamotten zu waschen, ohne dass sie einliefen. Er kannte sogar den Unterschied zwischen Koch- und Buntwäsche. Alles überhaupt kein Problem mehr.

Im Gegensatz zu früher. Da hatte er nichts, aber auch gar nichts auf die Kette bekommen. Seinen Hof verkommen lassen und sich munter durch den Tag gesoffen.

Egal, alles alte Kamellen.

Aktuell fühlte er sich körperlich gut. Die Arztbesuche hielten sich in Grenzen. Da ging er sowieso nie gern hin. Der Doktor empfahl ihm eine Auszeit. Rehabilitation nannte man das. Die würde sogar bezahlt werden. Erholungsurlaub auf Kosten der Krankenkasse.

»Tjarko, ich bin dein Arzt. Vertraue mir. Das ist ein wahrer Jungbrunnen für dich«, hatte der alte Doktor Neumann gesagt, seine Brille auf die rote Nasenspitze geschoben und dem Landwirt tief in die Augen geblickt. »Vor einiger Zeit hast du noch Tiere über meinen Schreibtisch laufen sehen. Willst du das nochmal erleben?«

Irgendwann hatte Tjarko entnervt hunderte von Zetteln ausfüllen müssen. Und brav unterschrieben. Eine Kur. Er doch nicht. Mit knapp über vierzig hätte er das nicht nötig. Zudem gab es auf dem Hof eine Menge zu tun. Gerade jetzt, kurz vor der Sommerzeit.

Nun denn, dachte Tjarko. Er streckte sich, warf einen kurzen Blick auf das Pfarrhaus und startete seinen Wagen. Wurde Zeit, dass er ins Bett kam.

Hildegard wälzte sich in ihrem Bett hin und her. Obwohl sie seit einem Jahr endlich ein Einzelzimmer bekommen hatte, schlief sie schlecht. Ihr Quartier lag direkt unter dem Dach. Ohne Balkon mit zwei kleinen Fenstern, die einen Ausblick auf den Innenhof der Residenz boten. Da gab es auch nicht viel zu sehen. Ein lieblos angelegter Garten mit ein paar Strandkörben, in denen selten jemand saß. Ihre geliebte antike Kommode und einen Sessel konnte sie in dem kleinen Zimmer noch unterbringen. Für mehr war kein Platz gewesen. Herr Klaasen, der direkt neben ihr wohnte, besaß eine regelrechte Präsidentensuite. Selbst für einen klobigen Wandschrank reichte der Platz. Kein Wunder, er war ja auch privat versichert. Der Schnösel war früher Herrenausstatter mit eigenem Geschäft gewesen. Und glaubte, immer noch das Sagen zu haben. Natürlich wurde er letztes Jahr zum Sprecher der Senioren gewählt und meinte seitdem, das Heim würde ihm gehören. Abends pfiff er auf die Nachtruhe und drehte seine dämliche Polkamusik so laut, dass der ganze Wohnbereich bebte. Niemand hatte bisher den Schneid gehabt, sich zu beschweren. Selbst die Heimleitung nicht.

Hilde war das alles wurst. Sie wollte mit den anderen nichts zu tun haben. Aber heute Abend übertrieb Klaasen maßlos. Zum zehnten Mal dudelte dasselbe Stück in einer Lautstärke, mit der wahrscheinlich gerade ganz Aurich beschallt wurde. Entnervt stand Hilde auf. Schlüpfte in ihre Puschen, schnappte sich ihren Rollator und wackelte aus dem Zimmer. Mit dem Gehwagen wummerte sie an seine Tür. Klaasen steckte sein spitzes Gesicht heraus. Dem Geruch des Atems nach zu urteilen, hatte er sich ein paar Schnäpse gegönnt. Seinen dürren Körper hatte er in einen blauen Bademantel aus Satin gehüllt.

»Machen Sie bitte die Musik leiser?«, fragte Hilde mit schmalen Lippen.

»Was?«, erwiderte er und legte demonstrativ eine Hand an das Ohr. Der Kerl war so gut wie taub.

»Die Musik leiser!«, brüllte sie.

»Ja. Polnische Polkamusik. Ist schön, oder?«

Hilde atmete tief ein. Sie war sicher, er konnte mehr verstehen, als er zugab.

»Musik. Leiser. Ich will schlafen!«

Klaasen glotzte sie pikiert an.

Was bildete sich die Dame denn ein? Unverschämt. Er war schließlich privat versichert und Seniorensprecher. Quasi gehörte ihm die Residenz. »Ich brauche das zur Entspannung«, brüllte er. »Und ich entspanne mich, wann ich möchte.«

Hildegard sammelte sich einen Moment. Es half nichts. Sie musste harte Geschütze auffahren. Sie wusste um ihren Ruf hier im Heim und musste gnadenlos die Karten für sich nutzen. Sonst würde der Spinner das nie kapieren.

»Mach die Musik leiser«, sagte sie in einem ruhigen Ton. Und so wie ihr Gegenüber glotzte, hatte er ihre Worte gut verstanden.

»Sonst was?«, entgegnete er.

»Sonst verfluche ich dich«, zischte sie und blickte böse.

Klaasen riss die Augen auf. Wankte einen Schritt zurück und stotterte: »Ich lass mich von Ihnen nicht bedrohen.«

Hildegard schob ihren Rollator voran und fuhr mit den Rädern über seine Füße. Er schrie erschrocken auf und hielt seine Hände schützend vor sich.

»Gehen Sie! Alte Hexe.«

Sie grinste verschmitzt. »Danke für die Schmeicheleien. Also. Musik aus oder Sie haben morgen früh keine Nase mehr.«

Okay, das war jetzt eine äußerst unangenehme Vorstellung, ohne Riechkolben im Gesicht aufzuwachen. Die Worte zeigten jedoch sichtbare Wirkung.

»Ich kann Musik hören, solange und so laut ich will!«

Hildegard seufzte. »Dann wird mir wohl nichts anderes

übrigbleiben.« Um ihre abstruse Drohung zu unterstreichen, tippte sie an ihre Nase, blickte nach oben und stieß ein dunkles Krächzen aus.

»Sie flunkern mich doch an«, stammelte der ehemalige Herrenausstatter.

»Wenn es um dunkle Mächte geht, mach ich keine Späße.«

Janssen japste nach Luft. »Das ... das wird Konsequenzen haben«, sagte er mit zitternder Stimme.

Hildegard griente, nickte zufrieden und verschwand wortlos in ihrem Zimmer.

In dieser Nacht schlief sie wie ein Baby.

Damenwelt

»Wo soll ich hin?«, brüllte Tjarko und stierte ungläubig auf das sehnlichst erwartete Schreiben der Rentenversicherung. »Bad Sooden Allendorf?«

Nicole kam in seine Küche und setzte sich seufzend an den Tisch. »Bitte was?«

»Baaaad Soooden Allendooorf!«, wiederholte der Landwirt. »Hab keine Ahnung, wo das sein soll.«

Seine Schwester riss Tjarko den Brief aus der Hand und überflog den Inhalt. Sie schwieg einen Moment, lächelte ihren Bruder an und zuckte mit den Schultern. »Na, irgendwo in Deutschland, nehm ich an. Aber die haben deine Kur genehmigt. Ist doch super.«

Tjarko goss sich ein Glas randvoll mit Cola ein. »Bestimmt in Tirol oder so. Stundenlang Zug fahren, weit weg von zu Hause. Ich sollte die Kur einfach absagen.«

»Tirol ist nicht Deutschland, du Nase.«

»Ach, jedenfalls am Arsch der Welt. In Norddeich ist doch eine Kurklinik.«

Nicole kramte ihr Handy aus der Hosentasche. »Ich google mal.«

Tjarko schwieg und trippelte nervös hin und her.

»Ah, hier. In Hessen, nahe der niedersächsischen Grenze. Die nächste große Stadt ist Göttingen.«

»Göttingen ... kommt da nicht Stefan her?«

»Genau«, erwiderte seine Schwester.

»Aber Hessen.« Mit einem Zug leerte er sein Glas und stellte es in das Spülbecken. »Leck mich am Arsch. Ich hätte niemals diesen dämlichen Antrag stellen sollen.«

Nicole jubelte innerlich und tippte mit einem Finger auf das fett gedruckte Datum. »Der 4. Juni. Das ist ja schon in knapp vier Wochen.«

Endlich mal ein wenig Ruhe von ihrem Bruder. Sie liebte ihn über alles. Wenn Außenstehende Bruder und Schwester zusammen sahen, konnte niemand erahnen, dass sie demselben Blut entstammten. Nebeneinander wirkten Tjarko und Nicole wie die Schöne und das Biest. Sie hatte mit ihren langen, glatt-schwarzen Haaren nicht die geringste Ähnlichkeit mit ihrem rustikalen Bruder. Doch im Herzen waren sie gleich.

Aber jetzt, da sie hochschwanger war, brauchte auch sie dringend eine Auszeit. Bügeln, Kochen, nebenbei kleine Arbeiten auf dem Hof. Ihr Ehemann Klaus Lüders kam viel zu kurz ...

Tjarko musste dringend ein paar Tage hier weg.

Sie rieb sich kopfschüttelnd die Augen. »Bruderherz, wenn du in dem Tempo hier so weiter machst, liegst du bald danebben. Und ich auch. Denk an meinen Untermieter.«

»Klaus?«

»Nein, du Idiot. Mein Kind, das gerade in meinem Bauch schläft.«

»Ach ... ja. Klar.« Tjarko setzte sich zu ihr und lächelte verkniffen. »Gibt es da Bilder von diesem Bad Looden?«

»Sooden. Bad Sooden. Ja, hier.« Sie drückte ihm ihr Handy in die Hand.

Tjarko murmelte irgendwas in sich hinein und scrollte sich durch eine Reihe von Fotos. Okay. Hügelig schien es dort zu sein. Viel Wald, Fachwerk, Burgen. Eigentlich ganz nett.

»Und?«, fragte Nicole.

»Mmm, da laufen bestimmt nur alte Leute rum. Das wird keine Kur, sondern ein Totentanz.«

Nicole legte eine Hand auf Tjarkos Arm und sah ihm tief in die Augen. »Bruderherz, fahr hin und nimm dir deine Auszeit.«

»Und der Hof ...«

»Papperlapapp. Der Hof ... wir können Hilfe beantragen. Und Klaus ist schließlich auch noch da.«

»Ähm ...«

»Mach es.«

Tjarko schnaufte kurz auf und runzelte die Stirn. »Bad Sooden Allendorf. Nützt ja nix.«

»Genau«, erwiderte Nicole und stand auf. »Und jetzt trinken wir erstmal einen Tee.«

»Mit Kluntje?«

Nicole verdrehte die Augen. »Klaro.«

Er grinste. Tee machte die Welt zwar nicht besser, aber durchaus erträglicher.

Zwei Tage lang versuchte Tjarko, das Thema Kur irgendwie zu verdrängen. Endlich war Wochenende und er beschloss, Hildegard für einen Tag zu sich einzuladen. Als er im Heim auftauchte, schien sie schon auf ihn gewartet zu haben. Frisch geschminkt und in Schale geworfen saß sie vor der Residenz und rauchte eine Zigarette. Auf dem Weg nach Buckbuhr besorgten sie noch alle Zutaten für Rindsrouladen. Hildegard plapperte ohne Unterlass. Fröhlich erzählte sie von ihrem Zimmernachbarn, der plötzlich so unglaublich nett zu ihr war.

Tjarko erledigte bis Mittag alles restlichen Arbeiten auf dem Hof und freute sich auf ein fürstliches Mittagessen. Der Küchentisch war festlich eingedeckt. Sogar sein einziges weißes Tischtuch hatte Hilde aufgelegt. Dazu rote Servietten und drei Teller. Zwei weiße Kerzen waren in der Mitte des Tisches platziert. Nachdenklich runzelte er die Stirn.

»Erwarten wir noch Besuch?«, fragte Tjarko.

Hilde wischte ihre Hände an der Schürze ab und stellte eine Schale voller dampfender Kartoffeln auf den Tisch. Ganz beiläufig sagte sie: »Christa kommt noch.«

»Welche Christa? Ich kenne keine Christa«, brummte er.

»Na, die nette Altenpflegerin, von der ich dir mal erzählt habe. Ich hab sie zum Essen eingeladen.«

»Ach was.«

»Hast du was dagegen?«

»Öhm ...«

»Ist eine wirklich charmante junge Dame, Tjarko.«

Er glaubte, seinen Ohren nicht zu trauen. Schob den Teller von sich und schüttelte den Kopf. »Hilde, hör auf, dauernd zu versuchen, mich zu verkuppeln.«

Sie winkte ab. »Ach Quatsch. Stell dich nicht so an. Sie ist auch Single und wollte schon immer mal einen Bauernhof besichtigen.«

»In Ostfriesland. Als ob sie noch nie einen Hof gesehen hätte. Verarsch mich nicht.«

Hildegard würdigte ihn keines Blickes und lugte aus dem Fenster. »Ach, da ist sie schon. Pünktlich wie die Feuerwehr.«

Nicht, dass Tjarko Wert auf Äußerlichkeiten legte. Er war ja auch kein Adonis. Als Christa aus ihrem Kleinwagen stieg, lugte er aus dem Küchenfenster und hätte am liebsten die Flucht ergriffen. Der weibliche Besuch hatte einen ausladenden Strohhut auf dem Kopf. Auf der Nase eine Sonnenbrille, Marke Chinaexpress, mit roten Gläsern. An den Segelohren dicke bunte Klunker, die eher aussahen wie Christbaumkugeln. Die üppige Figur in ein schrillgelbes Sommerkleid gezwängt. An den Füßen Schuhe mit Absätzen, die man in die Kategorie Stelzen einstufen konnte. Der Landwirt ließ sich auf einen Stuhl fallen und tippte nervös mit seinen Fingern auf den Küchentisch. Urplötzlich ein schrilles Geräusch. Als ob eine Sirene ertönen würde.

»Huhu Hilde, schön, dass es geklappt hat«, trällerte es von draußen. Dann schallend lautes Gelächter. Eindringlich, gackernd und nahezu ohrenbetäubend. Während sie in sein Haus kamen, brabbelte Christa ohne Punkt und Komma. Tjarko seufzte und schlug die Hände vor das Gesicht. Da musste er jetzt irgendwie durch.

Der unerwünschte Besuch steckte den Kopf in seine Küche. Öffnete die dick rot geschminkten Lippen und blökte: »Da ist er ja!«

»Moin«, nuschelte Junggeselle Behrens. Herrgott, diese Stimme, dachte er. Schlimmer als die alte Sirene auf dem Dach der Buckbuhrer Feuerwehr. Seine Gehörgänge trillerten und ihm war in diesem Moment sämtlicher Appetit vergangen.

Lustlos kaute Tjarko an der hervorragend schmeckenden Roulade und wünschte sich irgendwohin. Von ihm aus hätte es auch sein baldiger Kurort in Hessen sein können. So gern wie Christa redete, so aß sie auch. Selbst mit vollem Mund brabbelte sie ohne Unterlass. Zwischendurch gackerte der Besuch wie ein Hühnerstall auf Droge. Sie hatte sich noch nicht einmal die Zeit genommen, ihren dämlichen Hut abzunehmen.

»Das ist so lecker, Hilde. So unglaublich vorzüglich.« Christa plinkerte mit ihren falschen Wimpern. »Was sagt denn der Mann des Hauses dazu?« Ruppig knuffte sie ihm mit einem Ellenbogen in die Flanke. Er rückte grummelnd ein Stück zur Seite und stocherte missmutig im Rotkohl.

Hilde lief derweil zu Höchstleistung auf. »Also, der Tjarko ist ein ganz Lieber. Ein Kerl, wie gemacht für die Damenwelt.«

Christa kicherte albern. Tjarko fiel auf, dass sie ihren roten Lippenstift sogar auf den gelben Zähnen hatte. Widerlich.

»Ich mag robuste Männer«, krähte der Besuch und holte tief Luft. »Mein Verflossener, also das ist schon lange her, weiß gar nicht wie lange, der war von Beruf Maurer. Kletterte auf Dächern herum und konnte so richtig anpacken. Überall da, wo man ihn gerade brauchte. Abends habe ich ihn gerne bekocht. Der konnte essen. Unglaublich. Er war Emsländer. Wart ihr schon einmal im Emsland? Da ist ja gar nichts. Nur Felder und keine Einkaufsmöglichkeiten. Und die sind da alle katholisch. Leben wie im Mittelalter. Jedenfalls von ihren Ansichten. Noch nicht mal Sex vor der Ehe ist da erlaubt ...«

Tjarko hätte sich am liebsten eine Serviette in die Ohren gestopft. Er starrte auf seinen Teller und stellte auf Durchzug.

Hilde schien unbeeindruckt.

Christa holte erneut aus. »Wo ich gerade bei der Ehe bin. Ich war noch nie verheiratet. Es hat sich bisher nicht der Richtige gefunden. Ich suche und suche, aber entweder gerate ich an einen Emsländer, von dem ich ja gerade erzählt habe, oder an Typen, die nur meinen Körper wollen. Eine Nacht, und sie sind wieder weg. Weiss gar nicht, warum. So geht das nicht weiter. Macht ja Spaß, aber auf Dauer sehne ich mich nach einem gestandenen Kerl. Der weiß, was Sache ist. Ich bin vielleicht zu offen in einigen Dingen. Gehe damit ganz normal um. Frauchen holt sich das, was Frauchen will. Aber es geht ja nicht nur um Bettgeschichten, oder?«

Tjarko verschluckte sich an seiner Spucke und hustete.

Herrgott, lange würde er das Gelaber nicht mehr aushalten. Irgendwas sollte er sagen, um den ewigen Wortschwall zu unterbrechen.

»Ich würde niemals heiraten«, brummte er.

»Ach was?«, fragte Christa und grinste ihn blöde an.

Er blickte auf. »Bitte was?«

»Du bist also Single?«

»Hä? Das hab ich nicht gesagt.«

»Hast du denn noch nie eine Freundin gehabt?«

»Wen interessiert das?«, zischte Tjarko.

Christa setzte ihren wuchtigen Hut ab und fuhr mit einer Hand durch ihre haarsprayverklebten Haare. Einige der blonden Strähnen blieben an ihrer Kopfbedeckung kleben. »Na mich«, säuselte sie.

»Hm«, brummte der Landwirt.

Nach einem kurzen Schweigen in der Runde wanderten fünf Wurstfinger Richtung Tjarkos Hand. »Sag bloß, du bist noch Jungfrau.«

»Ich?« Er rückte mit seinem Stuhl vom Tisch weg.

Irgendwie musste er schnell raus aus dieser dämlichen Situation. Christa ging ihm gehörig auf den Zeiger. »Ich muss gleich in den Stall«, brummte er beiläufig.

»So ist er halt«, sagte Hildegard. »Immer mit den Gedanken bei den Kühen.«

»Ich wäre gern mal beim Melken dabei«, flötete Christa. »Wie bei Heidi. Aber da waren es ja Ziegen. Oder Schafe ... ich weiß es nicht mehr so genau. Egal, aber so ein Euter würde ich schon gerne einmal anfassen.«

»Äh, bitte?«, raunzte Tjarko.

»Melken. Ich habe noch nie gemolken. Jedenfalls keine Kühe.« Christa kicherte albern.

Allmählich langte es ihm. Wo war er hier? Er hatte sich auf ein gemütliches Essen mit Hilde gefreut und nun saß eine Frau dabei, die aussah wie ein Papagei, der in buntem Zuckerguss gebadet hatte und anzügliche Bemerkungen machte.

Abrupt stand er auf, pfefferte seine Serviette auf den Tisch und keifte: »Das ist hier ja wie im Schweinestall!« Tjarko drehte sich um und stiefelte wütend aus der Küche.

»Er braucht ein wenig Zeit, um warm zu werden«, säuselte Hilde. »Ich glaube, er findet dich sympathisch.«

Christa zuckte mit den Schultern und schaufelte sich eine neue Ladung Rotkohl auf den Teller.

»Aber Hilde, dein Essen ist einmalig. Hab ich dir schon von dem neuen Restaurant in Esens erzählt? Die haben einen schnuckligen Kellner, das kannst du dir gar nicht vorstellen.«

Hilde lächelte. »Na, da bin ich aber gespannt.«

Christa pulte sich ein Stück Roulade aus den Zähnen und legte los.

Als der Besuch nach zwei Stunden endlich vom Hof rauschte, kam Tjarko aus dem Kuhstall und blickte Hildegard ärgerlich an. Sie stand an der Tür und winkte zum Abschied.

»Das war eine ziemlich dumme Idee von dir«, raunzte er und stiefelte an ihr vorbei.

»Stell dich nicht so an. Sie ist nett und findet dich sehr interessant.«

»Ach. Na, wenn das so ist, kann sie gern heute Abend zum Melken kommen.«

Hilde wandte sich um. »Na, das ist mal ein Wort. Ich ruf sie gleich an.«

»Zum Bullenmelken. Wird eine ganz besondere Erfahrung für sie«, brummte er.

»So wirst du nie eine Frau finden.«

Er schlüpfte aus seinen Stiefeln, pfefferte sie achtlos in eine Ecke und schnaufte. »Ich brauche keine Frau.«

Hilde zog die Augenbrauen hoch. »Wie du meinst. Hab es nur gut gemeint.«

Tjarko drückte ihr einen Kuss auf die Stirn. »Ich weiß. Aber du musst zugeben ... sie hat ein mieses Parfüm.«

Hildegard lotste ihn mit ihrem Rollator zurück in die Küche. »Zum Nachtisch gibt es noch deine geliebte Paradiescreme«, trällerte sie. »Nach dem Mittagsschläfchen kannst du mich bitte wieder nach Aurich bringen.«

Christa erschien pünktlich zur abendlichen Melkzeit. Ohne Strohhut.

Tjarko blickte ungläubig aus dem Fenster des Melkstandes und beobachtete, wie sie sich äußerst schwerfällig aus ihrem Kleinwagen schälte.

»Hildegard, ich könnte dich ...«, fluchte er leise und schmunzelte zugleich.

Für ihn bot sich die Chance, seine Verehrerin für immer zu vergraulen.

»Hallo, das ist aber schön, dass du nochmal gekommen bist«, begrüßte er sie und drückte ihr ein paar dreckige Gummistiefel in die Hände. Schuhgröße 50.

Sie starrte irritiert auf die viel zu großen Stiefel. »Die soll ich anziehen?«

Tjarko wies mit seinen Augen auf ihre Füße, die in Flip Flops steckten. »Hier ist ne Menge Kuhscheiße.«

»Och, ich bin Altenpflegerin, das bin ich gewohnt.«

Tjarko verstand den Witz nicht. Wenn es denn einer gewesen sein sollte.

Christa schleuderte ihre Schuhe mit den Füßen in eine Ecke und schlüpfte in die Stiefel. »Na, wie seh ich aus?«, fragte sie und plinkerte mit den Augen. »Da fällt mir eine Story zu ein. Ich hatte mal einen Bauern als Patient ...«

»Landwirt«, brummte er.

»Na, jedenfalls war der durcheinander. Und dachte, er wäre in einem Kuhstall und nicht im Heim. Als er ankam, waren in seinem Gepäck genau solche Gummistiefel.« Sie kicherte. »Na und die Geschichte dahinter ist, dass, und du wirst es mir nicht glauben ....«

»Melkzeit«, sagte er und wandte sich um. Mit breiten Schritten latschte er ihr voran zurück in den Stall.

Christa hatte nach zehn Minuten die Schnauze gestrichen voll. Von wegen Bauernhofromantik. Nicht so wie im Fernsehen. Sie sah regelmäßig eine Show, in der Landwirte verkuppelt wurden. Da wurde nichts berichtet von Kühen, die vom Melkstand dampfende Fladen auf ihre Stiefel fallen ließen.

»Denk dran, die Euter zu desinfizieren«, bemerkte Tjarko in einem harschen Ton.

»Ich bin eigentlich nicht gekommen, um hier zu arbeiten«, zischte Christa pikiert.

Tjarko gab einer Kuh einen Klaps auf den Hintern. Träge trabte sie vom Melkstand. »Ach ... Hilde meinte, du würdest gern nebenbei bei mir arbeiten.«

»Hat sie das gesagt?«

»Ja, was denn sonst. Ich suche noch jemanden, der mit anpackt.«

Christa stemmte sich hoch. »Ich bin eigentlich wegen dir hier«, keuchte sie. »Ich mag dich sehr gern. Und was mir aufgefallen ist, du kannst so gut zuhören. Das können wenige Männer. Außer einem, den ich auf einem Schützenfest kennen gelernt habe. Der hat ...«

»Die nächste Kuh kommt«, erwiderte er, bevor sie weiterplappern konnte. Er musste allerdings zugeben, dass sie sich alle Mühe gab, die ihr aufgebrummte Arbeit so gut wie möglich zu erledigen. Entgegen aller Erwartung zeigte sie sich nach einigen Versuchen als sehr geschickt in der Behandlung von Kuheutern. Kein Wunder, wenn man ihren Erzählungen Glauben schenken sollte.

Er musste wohl härtere Geschütze auffahren.

Nachdem der Melkstand gereinigt war und Christas Sommerkleid total verdreckt, sah er sie an und griente breit. »Hast du schon einmal einen Bullen gestreichelt?«, fragte er.

»Einen Bullen? Ich liebe Bullen. Sie sind so ...« Christa leckte über ihre wulstigen Lippen. »Animalisch.«

Er verdrehte die Augen. Animalisch. Was das auch immer heißen mochte. So verrucht, wie sie ihn anglotzte, schien das nichts Anständiges zu bedeuten.

Mutter Maria lag entspannt im Stroh und kaute vor sich hin. Hob seinen mächtigen Kopf und spitzte die Ohren.

»Das ist mein Kumpel Maria«, sagte Tjarko und lehnte sich über das Gitter.

Christa trat ehrfürchtig einen Schritt zurück. Der Bulle stand beinahe gelangweilt auf und trottete zu dem Landwirt.

»Ist der groß«, staunte sie.

»Der ist mir zugelaufen. Seitdem wohnt er hier. Hat schon einige Preise eingeheimst und rammelt wie ein Weltmeister«, sagte Tjarko mit einem gewissen Stolz.

»*Laber keinen Scheiß*«, grummelte es in seinem Kopf.

Christa trat an die Eisenstangen und streckte ihre Wurstfinger aus. »Ein prächtiger Kerl«, säuselte sie und strich über Marias Schädel.

Der Bulle schnaubte leise.

»Das gefällt ihm«, bemerkte der Landwirt. »Er mag gern hinter den Ohren gekrault werden.«

»*Ich hasse das!*«, wisperte Tjarkos innere Stimme.

Sie schubberte ihm mit einem Finger zwischen den riesigen Augen. »Ein kleiner Genießer«, freute sie sich.

Maria schüttelte den Kopf und trat mit einer Klaue an das Gestänge.

Erschrocken sprang Christa, soweit es ihr Gewicht erlaubte, zurück. Einen Moment meinte sie, eine Stimme zu hören. Klar und deutlich schoss »*Verpiss dich*« wie ein D-Zug durch ihre Gehirnwindungen.

»Ist was?«, fragte Tjarko lakonisch.

»Ich ... äh ... er scheint mich nicht zu mögen.«

»Vielleicht liegt es an deinem Parfüm? Er mag bestimmte Düfte nicht so gern.«

Maria schien zu nicken.

Tjarko zuckte mit den Schultern. »Na ja, er ist mitten in der Brunftzeit. Vielleicht verwechselt er dich mit einer Kuh.«

Christa schien die fast schon grobe Beleidigung nicht wahrzunehmen. Sie legte eine Hand auf seinen breiten Rücken. »Hast du ein Kaltgetränk für mich?«, fragte sie.

»Nimm den Wasserhahn«, zischelte er. So langsam sollte sie doch kapieren, dass sie hier nicht erwünscht war.

Christa klatschte in die Hände. »Ein kühles Helles in deiner Küche wäre schön.«

»Ich hab keinen Alkohol.«

»Na, dann eine Limo.«

Die Frau ließ auch nicht locker.

»Hab ich auch nicht.«

»Milch vielleicht?«

Tjarko blickte sich schulterzuckend um. »Ist ausverkauft.«

Christa überlegte. »Wir könnten uns es auch irgendwo gemütlich machen.«

»Hab kein Sofa.« Tjarko schluckte. Ihn überkam leichte Panik. Die Frau wollte mehr als nur Bullen streicheln. Und just in diesem Moment, wie vom Himmel gerufen, kurvte Nicoles Wagen auf den Hof. Erleichtert atmete er auf. Seine Erlösung.

»Ach, du hast Besuch?«, wunderte sich seine Schwester und reichte der fremden Dame die Hand.

»Äh, das ist Christa.« Tjarkos Kopf hatte die Farbe von einem frisch gestrichenen Feuermelder.

Nicole blickte skeptisch. Und tat das, was Frauen am besten konnten. Sie überspielte ihre Neugier mit purer Freundlichkeit. »Ach, das ist ja schön. Wie kommt mein Bruder zu der Ehre?«

Christa zeigte ein dünnes Lächeln. »Wir haben zusammen zu Mittag gegessen und er hat mich zum Melken eingeladen. Wir kennen uns erst seit heute, aber es kommt mir vor, als wären es schon Jahre.«

»Hildegard«, warf Tjarko ein. »Sie hat zum Essen geladen.«

»Ach was. Na, du bist mir ja ein Bruder. Bekommst weiblichen Besuch und sagst nichts.«

Christa reckte ihre spitzen Brüste nach vorne. Drängte sich an Tjarko und hakte sich bei ihm unter. »Er hat mir gerade den Bullen gezeigt.«

Nicole wähnte sich in einem schlechten Traum. Eigentlich wollte sie nur nach dem Rechten gucken. Und nun erwischte sie ihren Bruder sozusagen in flagranti bei einem waschechten Rendezvous mitten im Kuhstall. Schade, dass Klaus nicht dabei war. Er würde ihr das niemals glauben. Vielleicht war es aber besser so.

»Was stehen wir hier rum«, sagte sie. »Lasst uns in der Küche noch was trinken. Tjarko hat kistenweise Limo im Abstellraum.«

»Eine gute Idee«, trällerte Christa und zog Tjarko an sich. »Ich hätte aber auch ein Glas aus dem Wasserhahn nehmen können.«

Tjarko winkte ab. »Geht ihr was trinken. Ich hab zu tun.«

Nicole winkte dem Wagen von Christa hinterher. Als er außer Sichtweite war, knuffte sie ihren Bruder in die Seite. »Sie ist ganz nett, finde ich. Sie redet zwar zu viel, aber nett ist sie.«

»Findest du?«, brummte Tjarko.

»Ja, finde ich.«

»Hm.«

»Sie mag dich, das war doch unübersehbar.«

»Ich sie aber nicht«, grummelte er leise und wandte sich um. »Sie stresst mich und ist schlecht geschminkt.«

Nicole verschränkte die Arme. Ihr Bruder war manchmal ein riesen Stoffel. Er hatte mehr von seinem Vater, als er zugeben würde. »Du bist wie ein Kleinkind. Hildegard hatte es nur gut gemeint. Hättest ihr wenigstens vernünftig Tschüss sagen können.«

»Ihr nervt mich. Ich brauche keine Frau. Besonders nicht so eine Labertasche«, polterte er und stiefelte sichtlich angepisst zurück in sein Haus.

Nicole seufzte. »Wird Zeit, dass er auf Kur geht«, sagte sie leise.

Puzzle

Auf den Straßen von Buckbuhr flirrte die Sonne. Emsige Gartenliebhaber hatten sich ihrer T-Shirts entledigt und mähten mit freiem Oberkörper den Rasen. Radfahrer düsten die Hauptstraße hinunter. Spaziergänger zerrten ihre Hunde von der Straße und ein einsames Huhn wanderte auf der wenig befahrenen Dorfstraße. Es war ein perfekter und friedlicher Sommertag.

Eugen Jacobs kroch auf allen vieren in seinem Blumenbeet vor dem Pfarrhaus herum und zupfte Unkraut. Auf dem Kopf einen wuchtigen Strohhut, den er vor langer Zeit in Vietnam erstanden hatte. Neben sich hatte er sein heißgeliebtes Radio mit Akkubetrieb positioniert. Laut dröhnte klassische Musik aus den Boxen. Die vier Jahreszeiten. Heute war der Winter dran. Zwischendurch unterbrach er seine Arbeit mit einem kräftigen Schluck aus einer Thermoskanne. Pfefferminztee mit einem Schuss Korn. Herrlich erfrischend zur Mittagszeit.

»Moin Eugen«, tönte es von vorn. Hassan kam breit grinsend auf ihn zu. »Was machst du bei der Hitze im Garten?«

Jacobs setzte den Strohhut ab und blinzelte. »Ach, der Hassan. Mittagspause?«

Hassan lehnte sich an den Gartenzaun. »Hab meinen Laden dichtgemacht. Keine Kunden, keine Arbeit.«

»Die Zeiten ändern sich, mein Lieber.« Jacobs erspähte eine Brennnessel und riss sie mit blanken Fingern aus der Erde. »Hach, das Zeug stiekelt.«

»Die Lösung wären Handschuhe.«

»Unsinn. Das ist reine Natur. Die muss man nehmen, wie sie ist.«

»Hast du mal was von Tjarko gehört? Der Kerl meldet sich nicht mehr.«

Eugen setzte den Hut zurück auf den grauen Schopf. »Der hat genug mit Packen zu tun. Die anstehende Kur macht ihm ordentlich zu schaffen.«

Hassan nickte. »Ich weiß. Ich will ihm ja auch nicht auf die Nerven gehen.«

Jacobs nahm einen erneuten Schluck aus seiner Kanne, rülpste leise und blickte sich um. »Magst du mir helfen? Mein Rücken zwickt wie tausend Ohrenkneifer.«

Hassan blickte auf die Uhr. Eigentlich hatte er nichts vor. Aber bei der Hitze im Garten des Pastors herumzuwühlen, daran hatte er bei aller Liebe kein Interesse.

»Ich wollte eigentlich noch bei Nicole und Klaus vorbei. Und du solltest Feierabend machen. Bei der Hitze sollte man nicht körperlich arbeiten.«

Eugen blickte enttäuscht. »Na dann. Vielleicht hast du Recht. Bevor du gehst: Hast du hessischen Handkäse?«

»Hessischen ... was?«

»Handkäse. Da kommt dein Ziegenkäse nicht mit.«

Hassan überlegte. So etwas hatte er definitiv nicht in seinem Frischesortiment.

»Wer isst denn sowas?«, fragte er.

Eugen griente. »Ist ein Geschenk für einen guten Freund.«

Mit dem Versprechen, Eugen den besonderen Käse zu besorgen, verabschiedete sich Hassan. Jacobs verschwand wieder zurück in die Beete und trällerte dazu vergnügt Vivaldis Melodien.

Tjarko öffnete seinen Briefkasten und fischte einen Stapel Briefe heraus. Gelangweilt überflog er die Post. Werbung, ein Schreiben von den anonymen Alkoholikern, eine Rechnung vom Klempner für den Einbau der neuen Dusche und ... eine

Postkarte von Christa. Seit einigen Tagen schickte sie ihm täglich Grußbotschaften. Als Motiv niedliche Hunde bis hin zu den typischen »*Gruß aus Aurich*«-Ansichtskarten. Entnervt starrte er auf ihre heutige Auswahl: Hundewelpe mit Sonnenbrille. Er wendete die Karte und las.

Sonnenschein bringt Glück allein, stand in Schönschrift quer über die Pappe geschrieben. Darunter ihr Name mit einem hastig dahingekritzelten Herzen.

Tjarko stutzte, zerriss das Schriftstück und schmiss die Fetzen achtlos auf den Boden. So langsam ging sie ihm auf die Eier. Die Telefonanrufe hatte er bewusst ignoriert. Und dann kamen die Karten. Täglich flatterte ein neues, poetisches Machwerk von der nervigen Christa ein. Ihm egal. Auch wenn sie sich ihm nackt auf den Bauch binden würde, er hatte kein Interesse an ihr.

Solange sie nicht mehr auftauchte, wäre alles gut. Zudem hatte er alle Hände voll zu tun. Die Kur war nur noch einen Steinwurf entfernt, und auf dem Hof gab es genug Arbeit. Der Sommer kam in großen Schritten. Kälber wurden geboren, die Rinder durften auf die Weide. Das erste Heu musste gemäht werden, und sein Wohnzimmer hatte endlich einen frischen Fußbodenbelag bekommen. Dann noch das neue Badezimmer, und mit der modernen Melkanlage gab es täglich Probleme.

Da hatte er keine Zeit für irgendwelche Geschichten mit Frauen, die ihm hundertpro den kompletten Kühlschrank leerfuttern würden. Christa war so dreist gewesen, Hildegard ihr Leid zu klagen. Und die hatte ihn dann angerufen und ihm eine Standpauke gehalten. Dass sich so etwas nicht gehöre und er ein verdammter Sturkopf sei.

Blablabla.

Selbst der Postmann hatte ihn darauf angesprochen. Das Postgeheimnis war in einem Dorf wie Buckbuhr sowieso aufgehoben. Wilhelm, der schon seit gefühlten Ewigkeiten die Post brachte, hatte eines Vormittags bei ihm Sturm geklingelt und sich über das ausgewählte Motiv der dicken Christa amüsiert. Ein Labrador im Bikini, darüber ein »Love you Baby«. Tjarko hatte Wilhelm angeblafft, dass ihn das einen Dreck anginge. Er war schon froh gewesen, dass Nicole von den ganzen Grüßen seiner Verehrerin keinen Wind bekommen hatte. Auf ihre Standpauken konnte er bei all dem Stress sehr gut verzichten.

Schwager Klaus latschte aus dem Kuhstall und stellte eine Kühlbox neben sich. »Arbeit erledigt. Hoffe, dass ich die Damen zufriedengestellt habe.«

Tjarko nickte. »Danke. Wie geht's Nicole?«

Lüders grinste süffisant und seufzte.

»Schwangere Frauen sind nicht einfach … aber woher solltest du das auch wissen«, sagte er.

»Lass deine dämlichen Sprüche«, zischte Tjarko.

Klaus erspähte die bunten Papierfetzen auf dem Boden. »Na, das muss ja ein schlechter Brief gewesen sein.« Er bückte sich danach und griff nach einem Schnipsel.

Tjarko schlug ihm das Beweisstück aus der Hand. »Lass den Scheiß!«

»Sag mal, hast du nicht alle Tassen im Schrank?«, quäkte Klaus und warf ihm einen strafenden Blick zu.

»Ich lese ja auch nicht deine Post.«

»Hast du was zu verbergen?«

»Ich? Warum sollte ich? Kümmere dich um deinen Mist.«

Klaus' Unterlippe bebte. Er blickte nach oben. Um Tjarko direkt in die Augen sehen zu können, hätte er eine Trittleiter gebraucht. »Mein Gott. Komm mal runter. Wird Zeit, dass du für ein paar Wochen verschwindest.«

Tjarko stopfte die restlichen Schreiben in seinen Blaumann. Er stiefelte in sein Haus und knallte die Tür hinter sich zu. Klaus haderte einen Moment. Hockte sich auf den Boden und sammelte die Schnipsel ein. Puzzeln war eine seiner größten Leidenschaften. Er lud seine Kisten ein und fuhr vom Hof. Ein paar Meter weiter hielt er an und stieg aus.

»Na, dann wollen wir mal«, kicherte er. Klaus kramte die Papierfetzen aus seiner Hosentasche und legte sie auf die Kühlerhaube. »Wenn du Sack meinst, etwas verheimlichen zu können ... dann hast du dich geschnitten.«

Nicole saß an ihrem Küchentisch und musterte ungläubig die zusammengeflickte Postkarte. Klaus hatte sich sogar die Mühe gemacht, die Fetzen mit Klebeband zu fixieren.

»Schatz, das hättest du nie machen dürfen. Ich komme mir vor, als würde ich bei ihm unter dem Bett nach Pornoheften schnüffeln.«

Lüders tippte mit einem Finger auf den Welpen mit Sonnenbrille. »Er bekommt Liebesbriefe. Der Kerl vögelt mit einer Frau und tut so, als ob nichts wäre.«

Sie lehnte sich zurück und strich sich durch ihre langen Haare. »Quatsch. Kann ich mir nicht vorstellen. Die ist gar nicht sein Typ.«

»Äh, woher willst du das wissen?«

Nicole winkte ab. Beinahe hätte sie sich verplappert.

»Ich sag dir, er verlegt munter Rohre und spielt das unschuldige Lamm«, kicherte er.

»Klaus!«, fauchte sie. »Nun ist es aber gut. Hildegard wollte die beiden verkuppeln und jetzt hat er sie an der Backe.«

»Wer ist sie?«

Es half nichts. Nicole musste mit der Wahrheit raus.

»Christa. Hab dir davon extra nichts erzählt. Die war vor knapp zwei Wochen auf seinem Hof. Hilde hat das alles arrangiert.«

Klaus setzte sich und grinste hämisch. »Ach. Sieh mal einer an. Ist sie hübsch? Obwohl ich mir das nicht vorstellen kann.«

»Hör auf mit deinen Sticheleien.«

»Also ist sie hässlich. Und? Ist das was Ernsthaftes?«

Nicole pulte einen Klebestreifen von der Karte und pinnte ihn auf seine Hose. »Ich schweige wie ein Grab.«

»Oder hat er sie im Internet kennengelernt? Bei Rudis Resterampe oder so«, prustete er.

»Nun lass ihn. Vielleicht wird das ja was.«

»Mit dem Kerl wird es nie langweilig«, fügte Klaus hinzu und verdrehte die Augen. »Hab das Gefühl, ich habe ihn mitgeheiratet.«

»Du wusstest, worauf du dich einlässt. Er gehört zu mir und ich zu ihm. Wird Zeit, dass ihr euch endlich mal aussprecht.«

Klaus zuckte mit den Schultern. »Wenn du das meinst.« Warum sollte er sich mit seinem Schwager aussprechen? Es gab keinen Grund dafür.

Okay, ein wenig Sympathie hegte er für den Kerl. Aber auch nur ein wenig. Mehr nicht. Tjarko war ein Riesenbaby. Ohne seine Schwester und ihm war der dämliche Vollpfosten doch vollkommen aufgeschmissen.

Nicole knüllte die Postkarte zusammen und schmiss sie achtlos auf den Tisch. Nahm die Hände von ihrem Mann und sah ihm in die Augen. »Er ist der einzige Onkel unseres Kindes. Hat einen harten Kern mit gutem Herz. Das weißt du.«

Klaus schluckte. Dann nickte er. Irgendwie würde er sich mit seinem Schwager arrangieren müssen. Nicht heute, aber vielleicht morgen. Oder besser, nachdem der Knallkopf hoffentlich runderneuert aus der Kur zurückkehren würde.

Aber daran hegte er eine Menge Zweifel.

Auf dem Behrenshof verflogen die Tage. Zerronnen wie Butter im Brataal. Unzählige Postkarten von Christa landeten im Altpapier. Die Hühner legten brav ihre Eier. Kälber wurden geboren. Und der Sommer rückte immer näher. Hilde kam zu regelmäßig zu Besuch und bohrte mit nervenden Fragen nach dem aktuellen Stand, was seine hartnäckige Verehrerin betraf. Hassan sah jeden zweiten Abend auf einen schnellen Ostfriesentee und Schnack vorbei. Das Schlafzimmer war mittlerweile komplett aufgeräumt, seine Stube eingerichtet. Die Dusche lief hervorragend. Besonders die Funktion »Regenschauer« hatte es dem Landwirt angetan. Kühe wurden gemolken, Äcker bewirtschaftet. Alles war wie immer. Oder fast wie immer. Innerlich verspürte Tjarko eine unsagbar tiefe Leere. Morgens wachte er mit Rückenschmerzen auf. Es gab Tage, an denen er keine Lust hatte, in den Stall zu gehen. Mittags musste er mittlerweile ein kurzes Schläfchen halten und brauchte trotzdem danach lange Zeit, um wieder in den Rhythmus zu kommen. Tja, und abends, da fehlte sogar die Kraft für eine kleine Radtour. Vollkommen erledigt schlief er schon am frühen Abend auf dem Sofa ein. Aber es half nichts.

Eine Auszeit würde ihm guttun.

Doch je näher der Tag seiner Abreise rückte, umso mehr bekam er ordentlich die Hosen voll. Knapp vierhundert Kilometer weg von zu Hause. Das war für ihn eine halbe Weltreise. Der einzige Vorteil ... er hätte Ruhe vor Christa. Den Postmann Wilhelm hatte er angewiesen, sämtliche Grußkarten von ihr einfach in seine blaue Altpapiertonne zu schmeißen. Als Bestechung durfte der sich jeden Tag zwei Liter frische Milch abholen. So einfach war das in einem ostfriesischen Dorf. Seiner Schwester ging es gut, da lief alles nach Plan. Der Geburtstermin war genau eine Woche nach seiner Rückkehr aus der Kur. Besser konnte es nicht laufen. Es schien also alles erledigt. Das Einzige, was ihn wurmte, war, dass er bis jetzt immer noch nicht wusste, wer als Hoffhelfer den Laden am Laufen halten sollte. Doch er musste einfach darauf vertrauen, dass alles glattgehen würde. Ihm blieb ja auch nichts anderes übrig. Doch die Nervosität nahm zu. Und damit an einigen Tagen der Jieper nach Alkohol. Nur einen winzigen Schluck vielleicht. Er wusste genau, dass ein Tropfen von dem Teufelszeug ihn wieder direkt Richtung Nirwana befördern würde. Also begann er zwei Wochen vor der Kur, nach langer Zeit seine Selbsthilfegruppe wieder zu besuchen. Einfach, um etwas Rückhalt zu bekommen. Selbst die Gesprächsgruppe ließ er klaglos über sich ergehen.

Doch was selbst die ihm nicht nehmen konnte, war sein Heimweh. Obwohl er noch gar nicht weg gewesen war.

Die Zeit bis zur großen Reise stopfte er voll mit Terminen. Selbst ein Besuch des Gottesdienstes sollte für etwas Ablenkung sorgen. Nicole kümmerte sich währenddessen um seine Klamotten. Sie bügelte sogar seine Unterhosen, was Tjarko für vollkommenen Mumpitz hielt. An einem Vormittag hatte sie ihn nach Emden geschleppt, um Klamotten zu kaufen. Tjarkos Kleiderschrank gab nicht sonderlich viel her. Und so wurden Unterwäsche und anderes Gedöns gekauft.

73

Überflüssiger Kram. Von ihm aus hätte er nur seinen Blaumann und alte Schlüpper eingepackt. Er ging auf eine Kur und nicht zu einer Modenschau. In einer Nacht hatte er das meiste von dem neuen Zeug aussortiert und seine Lieblingsklamotten eingepackt.

Flugs kam der letzte Tag vor der Abreise.

Sein mulmiges Gefühl hatte sich in einen ausgewachsenen Durchfall verwandelt und ließ ihn um drei Uhr in der Frühe eine Stunde auf dem Klo verbringen. Er machte trotzdem seinen Job. Und tat so, als sei es ein Tag wie jeder andere.

Vormittags jedoch tauchte überraschend Nicole auf. Ließ sich von Klaus bei ihm absetzen und meinte, es wäre doch schön, wenn sie für ihn kochte. Dann rief Hildegard an und gab ihm einige Tipps mit auf den Weg. Er solle sich benehmen und Ostfriesland mit Würde vertreten. Und das tun, was die Ärzte sagen. Zudem wollte sie noch herzliche Grüße von Christa ausrichten, die sehnsüchtig auf Antwort von ihm wartete. Er versprach Hilde, sich bei ihr zu melden.

Irgendwann vielleicht.

Gedankenverloren stand er in seiner Hofeinfahrt und fummelte an der Düse seines Hochdruckreinigers herum. Das Ding gab so langsam den Geist auf. Wäre auch nicht so schlimm gewesen, da es nicht unbedingt nötig war, die

Pflastersteine zu reinigen. Aber er musste irgendwas tun. Sich beschäftigen. Ohne nachdenken zu müssen. Die Sonne brannte auf seinen kahlen Schädel. Tjarko schwitzte wie ein Bär. Die Nacht hatte er mies geschlafen, dann kam noch der Flatterschiss am Morgen. Das Einzige, was ihm jetzt noch fehlte, wäre ein Besuch des Pastors.

Hinter ihm ertönte das Schellen einer Fahrradklingel.

Jacobs winkte wild und hätte sich beinahe auf die Nase gelegt, als er durch ein Schlagloch fuhr. Gekonnt sprang er von seinem Drahtesel. Löste das Zopfband vom Hinterkopf und schüttelte seine langen Haare.

»Grüß Gott«, sagte er.

Tjarko pfiff durch die Zähne. »Sowas sagt man nur in Bayern.«

»Da fährst du doch morgen hin, oder?«

Der Pastor war mal wieder äußerst geschmacklos gekleidet. Ein knallbuntes Hawaiihemd, das ihm viel zu groß war und eher aussah wie ein Kartoffelsack auf Kokain, dazu eine kurze, neongelbe Hose. Blaue Socken und grüne Sandalen rundeten das Bild ab. Nicht zu vergessen die blassen Storchenbeine, die dem Ganzen die Krone aufsetzten.

»Hessen. Ich fahr nach Hessen«, raunzte der Landwirt.

»Ach, Hessen. Was sagt man da denn zur Begrüßung?«

»Was weiß ich. Ist doch vollkommen egal.«

Jacobs kramte in seiner Radtasche und zog eine Papiertüte hervor. »Ich habe dir zur Einstimmung etwas mitgebracht«, sagte er und drückte ihm das Präsent in die Hand.

Tjarko rümpfte die Nase.

Es müffelte nach Schweißfuß und Sportunterricht in der dritten Klasse. »Was ist das?«, fragte er angewidert.

»Handkäse. Echter hessischer Handkäse. Für die lange Zugfahrt. Mit Schwarzbrot ein Traum.«

»Äh, danke.«

Neben einer Bibi Blocksberg-Bauchtasche war das wohl das dämlichste Geschenk in den letzten Jahren.

Aber so war er halt, der Gemeindepastor.

Er ging auf Tjarko zu und knuffte ihn in den Bauch. »Und der Käse ist so gut wie fettfrei. Du kommst doch bestimmt auf Diät, oder?«

»Ich ... nö. Keine Ahnung, was die vorhaben.«

»Inspektion mit Ölwechsel und allem, was dazu gehört, mein Lieber.«

Der Landwirt fand das gar nicht witzig. So langsam bekam er richtig Muffe.

»Ich soll dich auch vom gesamten Seniorenkreis grüßen«, sagte Eugen.

»Das ist nett, danke. Grüß zurück. Ich schaff es nicht mehr, heute Abend noch vorbeizukommen. Aber Hassan will kurz reinschauen.«

Jacobs faltete die Hände. »Das ist fein. Fein, fein.«

Kurzes Schweigen. Dann strich sich der Pastor durch die grauen Haare und bleckte die Zähne. »Pass gut auf den Käse auf.«

»Äh, wieso?«

»Er könnte dir vielleicht nützlich sein.«

»Ein Käse?«

»Was weiß ich?« Eugen zog sich die Hose hoch. »Gegen Hunger. Oder für einen wackelnden Tisch als Unterlage. So ein Handkäse ist immer zu gebrauchen.«

Tjarko musterte die Papiertüte. »Scheint, als hättest du zu viel von dem Zeug gegessen.«

Der Pastor beantwortete das mit einem süffisanten Grinsen. Dann schnupperte er. »Will dich auch nicht länger stören. Hach, hier riecht es nach frisch gebackenem Käsekuchen.«

»Korrekt. Nicole hat einen gebacken. Zum Kaffee.«

»Ist sie da?«

»In der Küche. Warum?«

Eugen tippelte an ihm vorbei »Ach, nur so.«

»Äh, wir haben noch viel zu tun ...«

Jacobs winkte ab. »Ach was, mach du mal weiter. Ich schau nach, was in der Küche so los ist.«

Sekunden später war er im Haus verschwunden.

Tjarko blickte ihm nach und stellte kopfschüttelnd den Hochdruckreiniger an.

Handkäse mit Musik

Das laute Schrillen des Weckers riss Tjarko aus seinem kurzen Schlaf. Er kletterte aus dem Bett, kratzte sich am Hintern, gähnte ausgiebig und schlurfte ins Badezimmer. Draußen wurde es schon langsam hell. Die Hühner gackerten aufgeregt, Kühe muhten um die Wette. Ein Tag wie jeder andere. Erst ein flüchtiger Blick in den Spiegel ließ ihn zur Besinnung kommen. Sogleich rumorte der Bauch. Heute, und zwar unwiderruflich, war der Tag der Abreise. Ohne Wenn und Aber. Er flitzte aufs Klo, verschränkte die Arme über den Knien und wartete auf das, was da kommen mochte. Danach hüpfte er unter die Dusche, fluchte über das eiskalte Wasser und schäumte sich ein. Nach der Dusche rasieren, anziehen und so weiter. Nach dem Melken hätte er noch eine Stunde Zeit. Der Zug fuhr um kurz nach neun. Gestern wurden seine Koffer abgeholt. Er fragte sich, ob die denn wohl pünktlich ankommen würden. Der Darm meldete sich nochmals. Ein erneuter Gang zum Klo. Tjarko war speiübel.

»Sei kein Frosch«, ermahnte er sich und machte sich auf den Weg zum Kuhstall. Die Zeit schien zu rasen. Er hastete nach dem Melken über seinen Hof, sah sogar bei den Hühnern nach dem Rechten. Überprüfte im Haus, ob wohl auch jeder Wasserhahn richtig abgedreht war. Er wusste genau, dass sein Verhalten vollkommener Unfug war. Aber irgendwas musste er tun, um diese elendige Nervosität loszuwerden.

Das war Reisefieber. Definitiv.

Nicole und Klaus tauchten gegen acht Uhr auf. Lüders gab sich noch nicht mal die Mühe, aus dem Wagen zu kriechen. Er brüllte nur »Mach endlich hin!« aus der heruntergelassenen Seitenscheibe, während Nicole die Tür abschloss.

Tjarko reckte den Hals. »Zweimal bitte.«

»Ja, ja. Mach ich doch.«

»Und der Hofhelfer kommt um neun?«

Nicole wandte sich um. »Ja, um neun. Alles geklärt. Klaus kommt und zeigt ihm alles.«

»Mm«, antwortete Tjarko skeptisch blickend.

»Hier ist alles geregelt. Du kannst beruhigt fahren.«

Er zuckte mit den Schultern. Momentan überwog sein schlechtes Gewissen. Nicole zeigte sich wie immer geduldig.

Sie wusste, dass ihr Bruder mit dem Hof verheiratet war. Mit einem Lächeln beobachtete sie Tjarko, wie er hektisch zum Stall eilte und einen Blick auf seine Kühe warf. Dann hielt er inne, nestelte an seinem Shirt herum und strich mit einer Hand über den großen Hoftrecker.

»Komm jetzt, Bruderherz. Wird Zeit für dich«, sagte Nicole und zog ihren Bruder sanft zum Wagen. »Lass gut sein.«

Tjarko seufzte. Ihm war kotzübel. So sehr, dass er eine Hand hob, zu einem Busch wieselte und sich laut brüllend erbrach. Klaus hämmerte genervt auf die Hupe.

Es nützte nichts. Die Zeit des Abschieds war gekommen. Schweigend schlich Tjarko zurück zum Wagen und krabbelte auf die Rückbank.

Der Emder Bahnhof hatte seinen ganz eigenen Charme, der seinen Stillstand in den achtziger Jahren gefunden hatte. Ein überschaubares Foyer mit einem kleinen Zeitschriftenladen und Backwarenverkauf.

Auf den Schalensitzen lungerten zwielichtige Typen mit Kapuzen herum, die sie tief ins Gesicht gezogen hatten. Einige Urlauber kauten an Salamibrötchen und warteten ungeduldig auf den Zug nach Norddeich. Zwischendurch wurden über Lautsprecher die nächsten Züge angekündigt.

Tjarko hatte den Ort nicht mehr betreten, seit er damals seine Schwester abgeholt hatte. Er stand wie ein begossener Pudel vor dem Aufgang zu den Gleisen und wühlte in seinem Rucksack herum.

Nicole drückte ihm eine Tüte in die Hand. »Zwei frische Brötchen«, bemerkte sie. »Du sollst ja nicht verhungern.«

Verhungern. Tjarko hatte sein Handgepäck voll mit diversen Leckereien. Frikadellen, Salamibrote und zwei kleine Flaschen Cola. Nicht zu vergessen den hessischen Handkäse vom Pastor. Er dankte ihr mit einem dünnen Lächeln und überlegte, zur Sicherheit noch einmal das Klo aufzusuchen.

Klaus wackelte mit genervten Blicken in den Bahnhof.

»Wann fährt der Zug?«, fragte er.

»Um zehn nach neun«, erwiderte Nicole.

»Also sagt euch eben tschüss. Ich muss gleich den Hoffhelfer abfangen.«

Sie nickte. Umarmte ihren Bruder und zog ihn an sich. »Pass auf dich auf, mein Großer«, sagte sie leise.

Tjarko gab ihr einen Kuss auf die Wange.

Nicole schniefte und wischte sich Tränen aus den Augen. »Ich hab es nicht so mit Abschied.«

»Alles gut. Ich komm klar«, log er und beobachtete aus dem

Augenwinkel, wie sein dämlicher Schwager unruhig hin und her trippelte. Er löste sich sanft aus ihrer Umarmung. Nun gab es kein Zurück mehr. Da musste er jetzt allein durch. Klaus nickte er wortlos zu, schmiss den Rucksack über die Schultern und ging die Treppe hinauf. Seine Kehle war wie zugeschnürt. Die Beine fühlten sich an wie Blei. Und seine Innereien rumorten wie verrückt. Vielleicht sollte er doch noch einmal schnell auf die Toilette gehen.

Ein schriller Gong ertönte.

»*Auf Gleis vier fährt ein ... der Regionalexpress nach Hannover.*«

»Tjarko, dein Zug«, rief Nicole von unten.

Er winkte und lief gemächlich die Treppe hinauf.

Im Abteil fand Tjarko schnell einen Platz. Ab Emden war, außer in den Sommerferien, nie sonderlich viel los. Er hasste Zugfahren. Das ewige Sitzen, gelegentlich auch Stehen im Regionalexpress und das Halten an jeder Milchkanne ging ihm jetzt schon auf die Eier.

Eigentlich war er nur ein einziges Mal Zug gefahren. Das war, als seine Mutter damals mit ihm nach Oldenburg zum Klamotten kaufen gefahren war, also vor mindestens einer halben Ewigkeit. Oder noch länger. Ab Hannover konnte er bis nach Göttingen mit einem ICE fahren. Danach ging es weiter mit dem Bummelzug Richtung Bad Sooden. Knapp sechs Stunden Fahrt. Na dann. Irgendwie würde er die Zeit schon überstehen. Als Erstes kramte Tjarko den Handkäse heraus. Verstohlen blickte er sich um. Trotz einem Panzer aus Plastiktüten stank das Ding wie Hölle. Also, weg damit. Unter dem Fenster hing ein kleiner Mülleimer mit schmalem Schlitz. Hier könnte man höchstens Briefe einstecken, stellte er fest. Nicht geeignet für den Stinkekäse. Ein Blick aus dem Fenster. Nicole winkte, Klaus stand sichtlich müde daneben und glotzte ins Leere. Der Zug setzte sich in Bewegung. Tjarko legte die Tüte auf den kleinen Tisch vor ihm und streckte die Beine aus.

Nun ging es los. Drei Wochen seiner Lebenszeit würden jetzt nur ihm gelten. Gut, er hatte schon einmal eine unfreiwillige Auszeit. Damals in der Suchtklinik. Wo er im Delir irgendwelche Pommes um ein Steak tanzen sah.

Gefühlt Jahrzehnte her.

Tjarko starrte aus dem Fenster. Ein paar Minuten später passierte er die Skyline von Windrädern, die sich an der Grenze zu Buckbuhr aufreihten. Kühe grasten auf den Feldern, Pferde galoppierten über die Weiden und auf einem Acker zog ein Trecker seine Runden. Der Himmel azurblau. Nicht eine Wolke war zu sehen. Am liebsten hätte er die Notbremse gezogen und wäre ausgestiegen.

Der Zug erreichte Leer. Ein paar Reisende kamen hinzu. Sein Nebenplatz blieb zum Glück leer. Das würde bestimmt nicht lange so bleiben. Tjarko grinste und legte den Stinkekäse auf den leeren Sitz.

Problem gelöst.

Ein zufriedener Seufzer. Er streckte die Arme und machte es sich, soweit der unbequeme Sitz es zuließ, gemütlich. Sekunden später döste er ein.

»Darf ich mich zu Ihnen setzen?«, fragte jemand.

Tjarko blinzelte. »Äh ...«

Ein korpulenter Mann rümpfte die Nase. »Schon gut, da hinten ist auch noch was frei.«

Tjarko blickte verschlafen aus dem Fenster. Bremen. Herrgott, hatte er doch glatt über zwei Stunden gepennt. Unglaublich. Noch ein paar Stationen, dann war er in Hannover. Da hatte er zum Umsteigen nicht viel Zeit. Vier Bahnsteige weiter in drei Minuten. Sportliche Sache. Mit seinem kaputten rechten Knie allerdings eine Herausforderung. Egal, die hatten bestimmt Fahrstühle oder Rolltreppen. Gut, dass seine Koffer schon in Bad Sooden Allendorf waren. Hoffte er jedenfalls. In seiner Nase klebte der beißende Geruch vom Handkäse. Tjarko entschloss, die stinkende Wurfmine einfach liegen zu lassen.

In Hannover herrschte ein reges Treiben. Menschenmassen schoben sich Richtung Ausgang. Hetzten mit Rollkoffern und ausgefahrenen Ellenbogen an ihm vorbei. Tjarko gab Hackengas.

Hinter ihm brüllte eine Stimme. »Hallo, Sie da. Sie haben etwas vergessen!«

Eine ältere Dame schwenkte die Stinkekäsetüte wie eine Trophäe und kam flink auf ihn zu. Ehe er sich versah, hatte er die Leckerei wieder in seinem Besitz. War nett gemeint von der Dame. Er bedankte sich herzlich, wie sich das eben gehört, und ging schnellen Schrittes zur Treppe. Die Rolltreppe beförderte die Reisenden nur nach oben.

»Warum nicht nach unten? So eine Scheiße«, knurrte er, suchte Halt am Geländer und arbeitete sich schrittweise hinunter. Sein lädiertes Knie dankte es ihm mit einem fröhlichen Zwicken.

Im letzten Moment stieg Tjarko in den ICE nach Göttingen. Der Zug war brechend voll. Es lohnte sich nicht, nach seinem reservierten Platz zu suchen. Laut Fahrplan war es nur eine halbe Stunde Fahrt. Und so stand er an den Waggontüren. Auf den Schultern seinen Rucksack, in der Hand den miefenden Handkäse, der irgendwie noch schlimmer müffelte als vorhin.

Er musste das Ding loswerden. Koste es, was es wolle.

Neben ihm die Toilette.

Das wäre die Lösung.

Tjarko ging aufs Klo und schloss die Tür hinter sich ab.

Er hatte es befürchtet. Auch dieser Mülleimer eignete sich nicht zur Entsorgung seiner übelriechenden Tüte. Tjarko öffnete den Klodeckel, riss den Beutel auf und pfefferte den Handkäse in die Kloschüssel. Geistesgegenwärtig betätigte er die Spülung.

Ein fieses Gurgeln. Der Käse blieb im Siphon stecken.

»Mist!«, fluchte er.

Ein Hämmern an der Tür. »Hallo, wie lange brauchen Sie noch?«

»Äh ... ich bin gleich fertig«, antwortete er möglichst unauffällig, und drückte nochmals die Spülung.

Nichts. Der Käse grinste ihn förmlich an. Als ob er sagen würde: »Du gehörst mir!«

Langsam geriet Tjarko in Panik. So konnte er das WC nicht verlassen. Also, der Käse musste wieder raus. Er wickelte Klopapier um eine Hand, beugte sich und holte das duftende Milchprodukt mit spitzen Fingern wieder heraus. Würgend ließ er ihn in der Tüte verschwinden.

Beinahe hätte er sich übergeben. Aber nur beinahe.

Erneutes Pochen an der Tür.

»Ja, ja, ich mach auf«, sagte er und entriegelte das Schloss.

Ein junger, langhaariger Kerl stand vor ihm. »Mein Gott, was haben Sie denn da ...« Er schnupperte. »Äh, lassen Sie es gut sein. Ich gehe ein Abteil weiter.«

Tjarko lief hochrot an, stellte sich direkt an die Zugtür und ließ den Käse in seiner Jackentasche verschwinden.

Auch in Göttingen, wo Tjarko noch einmal umsteigen musste, fand er keinen Ablageort für seinen Sondermüll. Sein Kopf schmerzte, und er war froh, bald am Ziel zu sein. Er tätigte ein kurzes Telefonat mit seiner Schwester. Übliche Antworten auf »Wie ist bei euch das Wetter?« oder »Hast du deinen Sitzplatz gefunden?« verkürzten die Wartezeit auf den nächsten Anschluss. Er vertilgte ein Salamibrötchen, das dezent den Geruch vom Handkäse angenommen hatte, und kippte eine Flasche Cola in seinen ausgedörrten Rachen. Obwohl am Bahnsteig stetiger Wind herrschte, war die Luft zum Schneiden.

Der Zug rollte an. Glücklicherweise war in den Abteilen nicht sonderlich viel los und so fand Tjarko einen Platz, wo er sogar seine langen Beine ausstrecken konnte. Er blickte aus dem Fenster und staunte, wie hügelig es in dieser Region war. Wälder, so weit das Auge reichte. Gelegentlich konnte er eine

Burg erspähen. Er war ja nicht so ein Wald- und Hügeltyp. Schätzte die flache Landschaft seiner Heimat. Besonders mit seinem dämlichen Knie, das ihm seit einiger Zeit zu schaffen machte.

»Liebe Fahrgäste. In Kürze erreichen wir Bad Sooden Allendorf«, plärrte es aus den Lautsprechern. Tjarko schälte sich vom Sitz und hangelte sich Richtung Ausgang. Der Bahnhof war unspektakulär. Eigentlich sah es hier fast genauso aus wie in Leer. Ein paar Bahnsteige, kaum Menschen, die ein- oder ausstiegen. Das Bahnhofsgebäude ein aufgemöbelter Bau, wahrscheinlich aus der Vorkriegszeit. Ein nettes Café mit schicker Terrasse. Eine Gruppe von Senioren saß laut brabbelnd an einem Tisch und beobachtete, wie Tjarko sich suchend umschaute.

»Können wir Ihnen helfen?«, kam es von einem Herrn mit Strohhut.

»Kurklinik. Wo finde ich die denn?«

»Ach, ein neuer. Sie haben Glück. Wir sind da allesamt Kurgäste.«

Tjarko lächelte dünn. »Na dann. Wie komme ich da hin? Gibt es hier ein Taxi?«

»Sie sind noch jung und haben zwei gesunde Beine. Die Klinik ist ausgeschildert. Nur zehn Minuten Fußweg von hier.«

Er hatte aber überhaupt keine Lust zu laufen. Die Fahrt war ziemlich anstrengend gewesen und er wollte eigentlich nur noch ankommen. Ein Taxi bog um die Ecke. Der Fahrer erspähte seinen potentiellen Kunden und ließ die Seitenscheibe herunter. »Guten Tach. Brauchen Sie ein Taxi?«, fragte er unfreundlich. Eine übergroße Sonnenbrille weilte auf seiner langen Nase. Als er für einen Moment die Zähne bleckte, präsentierte sich eine Baustelle, die jeden Zahnarzt zum Milliardär gemacht hätte.

Tjarko nickte den älteren Herrschaften zu und winkte. »Vielleicht sieht man sich mal«, sagte er und stieg in den Wagen.

»Wohin?«, fragte der Fahrer, ohne ihn anzublicken.

Freundlichkeit schienen die in dieser Gegend nicht erfunden zu haben.

»Zur Kurklinik«, erwiderte Tjarko.

»Na dann«, kam die trockene Antwort. »Woher kommen Sie denn?«

Neugierig waren die hier auch noch. Aber Tjarko wollte nicht in dasselbe Horn blasen und antwortete nicht ohne Stolz: »Aus Ostfriesland.«

Der Blick des Fahrers erhellte sich, während er im Schritttempo losfuhr. »Ich war da mal im Urlaub. Auf Föhr.«

»Das ist nicht in Ostfriesland.«

»Ach was. Aber die Nordsee ist da doch, oder?«

»Ja, aber nicht Ostfriesland.«

»Mm. Helfen Sie mir auf die Sprünge.«

»Aurich«, sagte Tjarko.

»Noch nie gehört.«

»Emden. Kennen Sie Emden?«

»Oh, da wo dieser Otto herkommt.«

»Genau.«

Dann versteinerte sich das Gesicht des Fahrers. »Na dann«, brummelte er und fuhr Richtung Kurklinik.

Der erste Blick auf den Ort weckte bei Tjarko den Eindruck, als sei er in einen kitschigen Heimatfilm geraten. Statt roter Klinkerbauten reihten sich Fachwerkhäuser an den Straßen. Gepflegte Gartenanlagen und Kopfsteinpflaster. Alles sah ungewohnt bunt aus. Wie gemalt. Vollkommen anders als zu Hause. Jedenfalls musste er zugeben, dass er die Gegend ganz schick fand. Nicht soviel Gegend wie in Ostfriesland, da die Hügel den Blick versperrten, aber durchaus überraschend nett anzusehen.

»Links unser Kurhaus«, brummte der Fahrer.

Tjarko blickte zur Seite.

Das sollte die Kurklinik sein? Unglaublich. Ein prunkvolles Gebäude im römischen Stil. Davor ein weitläufiger Platz, umsäumt von Palmen. Sogar einen Springbrunnen konnte er erkennen.

Ihm klappte die Kinnlade herunter. Die Klinik hatte er sich ganz anders vorgestellt. Aber das hier entsprach eher einem Zehn-Sterne-Hotel irgendwo in Spanien. Ein ungläubiges Lächeln huschte über sein Gesicht.

Der Taximann blickte kurz nach hinten. »Hier finden am Wochenende wunderbare Kurkonzerte statt.«

»Ach was«, erwiderte Tjarko.

Eventuell würde es sich hier für begrenzte Zeit gut aushalten lassen.

Aber nur eventuell.

Gerade im Begriff, den Gurt zu lösen, lachte der Fahrer auf.

»Ich verstehe nicht, warum dagegen die Klinik so dermaßen hässlich ist«, bemerkte er.

»Wie ... ist das nicht ...?«

»Der Scherz sitzt immer. Nö, das ist nicht Ihre Herberge. Wir müssen noch ein paar Meter weiter«, kam es von vorn.

Die Fahrt ging für eine kurze Strecke steil bergauf und endete an einem Bau, der ihn eher an ein Krankenhaus erinnerte. Nichts von Schneewittchen-Romantik wie im Ort selbst. Es entsprach genau dem, was Tjarko befürchtet hatte. Ein zweckmäßiger, weißgetünchter Betonbau. Graue Gebäude mit Flachdächern, dahinter zwei mindestens achtstöckige Hochhäuser. Der nüchterne Muff der siebziger Jahre wehte ihm förmlich entgegen. Menschen mit Krücken oder Rollatoren wuselten umher, einige hatten sich zu einem Plausch auf den zahlreichen Bänken niedergelassen.

Willkommen in der Hölle.

Aus reiner Höflichkeit gab er dem Fahrer ein kleines Trinkgeld und nickte zum Abschied. Direkt vor dem Eingang der Klinik plätscherte ein Springbrunnen vor sich hin. Ein Schild, das mitten in einem Blumenbeet stand, wünschte einen angenehmen Aufenthalt in der Kurklinik Werratal.

Einen Moment dachte er darüber nach, kehrtzumachen, um den nächsten Zug Richtung Heimat zu nehmen. Entschied aber, dass das eine blöde Idee war, und quetschte sich durch eine Drehtür. Im Eingangsbereich herrschte gedämpfte Stimmung. Einige Kurgäste saßen in tiefen Sesseln und beobachten mit Argusaugen, wie der Neuankömmling auf einen Wegweiser starrte.

»Anmeldung ist rechts«, rief ihm eine Dame zu und wies mit dem Kinn in die entsprechende Richtung.

Wortlos ging er an ihr vorbei und öffnete die Tür zu einem Büro. Kaum hatte er die Nase hineingesteckt, brummte ein dicker Typ an einem Schreibtisch: »Bitte warten!«

»Ich komme zur Kur«, sagte Tjarko und kramte sein Schreiben aus dem Rucksack.

Der Büroheini stand auf und riss ihm das Papier aus den Händen. Trotz der Hitze draußen hatte er einen blauen Pullover an, darunter blitzten geblümte Hemdkragen hervor. Er rümpfte für einen Moment die krumme Nase und überflog die Zeilen. Dann erhellten sich seine Gesichtszüge. »Oh, Sie kommen aus Ostfriesland. Da war ich schon mal in den Ferien.«

»Was ein Zufall«, brummte Tjarko. Er war hundemüde und wollte so schnell wie möglich auf sein Zimmer.

Der Kerl ließ jedoch nicht locker. »Sylt ist wunderschön. Und die Menschen da durchweg alle freundlich.« Dann blickte er auf und polterte: »Hummel, Hummel.«

Tjarko ließ sich zu einem dünnen Lächeln hinreißen. Das konnte hier ja was werden.

»Medizinische Reha?«, fragte der Typ trocken.

»Kur. Ich mach eine Kur«, erwiderte der Landwirt.

»Also eine medizinische Reha.«

»Kann sein.«

94

Tjarko schnaufte. Der blasse Typ sollte ihm einfach seine Schlüssel geben und in Ruhe lassen. Der Rest stand doch in den Papieren. Nachdem der administrative Teil erledigt war, bekam er einen Zettel in die Hand gedrückt.

»Lesen Sie sich das bitte gut durch. Unsere Hausregeln und die Essenszeiten für Sie. Seien Sie bitte pünktlich im Speiseraum.«

»Hm«, brummte Tjarko.

Hausregeln, Essenszeiten. Das war ja wie in einer Kaserne hier. Missmutig überflog er die Zeilen. Danach mussten noch ein paar Unterschriften geleistet werden, bis endlich der ersehnte Schlüssel über den Schreibtisch wanderte.

»Einen schönen Aufenthalt«, nuschelte der Angestellte mit einem gewissen Unterton, den Tjarko nicht so wirklich deuten konnte.

Angekommen

Hassan schloss die Ladentür hinter sich ab, zog eine Mülltonne an die Straße und stieg in seinen Wagen. Der Tag war noch jung, doch bisher hatte sich kein Kunde blicken lassen. So beschloss er, mit seiner Frau das sonnige Wetter in Norddeich zu genießen.

Seit einigen Wochen hatte in dem unweit von Buckbuhr gelegenen Westerende ein moderner Discounter eröffnet. Anfangs kamen noch einige Stammkunden in sein kleines Geschäft und kauften aus Anstand ein Stück Butter oder Waschmittel. Mittlerweile blieben die meisten von ihnen weg, da er mit den Dumpingpreisen nicht mithalten konnte. Wenn das so weiterging, konnte er seinen geliebten Laden bald dichtmachen.

Lediglich der Seniorenkreis ließ sich regelmäßig blicken. Aber auch nur, um ihm die letzten Neuigkeiten aus dem Dorf zu erzählen. Hassan lauschte den Geschichten und dachte dabei an die vielen Rechnungen, die er nicht mehr begleichen konnte.

Hassans Handy klingelte.

»Moin, Hassan. Ich bin gut in der Klinik angekommen.«

»Hey, alter Sack. Und, wie ist es?«

»Jo.«

»Das ist alles?«

»Jo«, wiederholte Tjarko am anderen Ende.

»Na, und? Schon einen Kurschatten ausgespäht?«

»Was ist das?«

»Egal«, sagte Hassan und lachte.

»Was lachst du so dämlich?«

»Schon gut. Ist es wenigstens schön da in Allenbach?«

»Bad Sooden Allendorf«, verbesserte Tjarko. »Ja, sieht hier fast so aus wie bei den sieben Zwergen. Fachwerk und so. Sogar echte Burgen haben die hier.«

»Und die Klinik?«

»Viel zu riesig. Eine Klinik halt.«

»Und sonst ...?« Hassan verdrehte die Augen. »Wie ist dein Zimmer?«

»Bett, Schrank, Scheißhaus, Stuhl und Dusche. Alles da«, antwortete Tjarko lustlos.

Sinnlos, dem Kerl weitere Fragen zu stellen. »Na schön. Dann wünsche ich dir ne gute Zeit«, erwiderte Hassan und wollte auflegen.

»Morgen muss ich zum Arzt.« Tjarko sagte das in einem ungewohnt nachdenklichen Tonfall.

»Ist doch gut. Die stellen dich mal richtig auf den Kopf.«

»Das befürchte ich auch. Du, schaust du auch mal auf dem Hof nach dem Rechten?«

Die Frage hatte Hassan schon erwartet. »Klar, mach ich. Ich gieße sogar die Blumen.«

»Prima. Gleich ist Abendessen. Hab sogar ne eigene Tischnummer.«

»Dann guten Hunger.«

»Ich muss abnehmen, schon vergessen?«, raunzte der Landwirt.

»Ja, klar, Tjarko. Aber nicht heute Abend.«

»Stimmt.«

Dann Schweigen am Telefon.

»Wolltest du noch was?«, fragte Hassan.

»Danke, dass du mein Freund bist«, sagte Tjarko, brummelte etwas in sich hinein und legte auf.

Hassan glotzte verwundert das Telefon an.

So etwas hatte sein Kumpel noch nie zu ihm gesagt.

Tjarko sah auf einen kleinen Zettel, den er bei der Aufnahme erhalten hatte. Tisch zweiundfünzig. Vereinzelt saßen Kurgäste an weiß gedeckten Tischen, Servicekräfte schoben Teewagen vor sich her und verteilten Aufschnittplatten und Brot. In dem Speisesaal fanden mindestens zweihundert Gäste Platz. An den großen Fenstern hingen orangefarbene Vorhänge. Der Boden war mit braunem Linoleum belegt. Hier und da ein paar Plastikpflanzen, die dem Ganzen ein gemütliches Ambiente verleihen sollten. Das monotone Geklapper von Besteck, leise Unterhaltungen, hier und da schnäuzte sich jemand die Nase. Der Raum versprühte den Charme einer Bahnhofsmission aus den siebziger Jahren.

Nun, ein Fünf-Sterne-Restaurant hatte er auch nicht erwartet.

Mit seinem Zettel vor der Nase schlängelte er sich durch die sternförmig gestellten Tischreihen. Einige blickten auf und musterten den baumlangen Kerl mit blauem Pulli und verwaschenen Jeans.

Er blieb vor einem Tisch stehen. Mit Ausblick auf den Innenhof. Zwei ältere Herren aßen mit Messer und Gabel ihr belegtes Brot. Mitten auf dem Tisch ein Kärtchen. Zweiundfünfzig. Sein Platz für die nächsten drei Wochen.

»Moin«, grüßte Tjarko.

Es folgten abschätzende Blicke der beiden Herren. Keine Antwort. Na das konnte ja heiter werden. Einer von den beiden war spindeldürr. Eine Schiebermütze bedeckte seinen haarlosen Kopf. Darunter eine Hakennase und ein spitzes Kinn. Der andere war etwas fülliger. Weißes Hemd, in der Brusttasche zwei Kugelschreiber. Dicke Knollennase und graue Bartstoppeln.

»Ist hier noch frei?«, fragte Tjarko.

»Ist das denn Ihr Tisch?«, fragte der dürre Kerl.

»Ja, ja. Tisch zweiundfünfzig.«

»Mm, wir sitzen hier schon seit zwei Wochen allein, und das soll auch so bleiben.«

Tjarko war das egal. Er setzte sich vor einen leeren Teller und versuchte, so freundlich wie möglich zu gucken.

Der dicke Herr pulte in seinen dritten Zähnen herum. Dann nahm er die obere Prothese heraus, pustete gegen das Gebiss und steckte es wieder in den Mund. »Dieser Schinken. Dass die auch immer den ollen Schwarzwälder servieren. Viel zu faserig. Kann man nicht kauen.«

»Kannst dich auch dran verschlucken und ersticken«, bemerkte der andere.

»Dann verklage ich die Säcke hier.«

Beide lachten hämisch.

Tjarko verzog keine Miene und starrte auf einen leeren Brotkorb.

»Nachschub gibt es nicht. Haben uns nur gewundert, dass heute ein paar mehr Scheiben dabei waren«, bemerkte der tapezierte Knochen.

»Alle weg«, bemerkte der mit der Knollennase und stopfte sich den letzten Bissen hinein.

Tjarko grunzte. Er schob sowas von Kohldampf.

Scheiß drauf. Abrupt stand er auf, drehte sich um und stampfte aus dem Speisesaal. Was bildeten sich diese beiden Fratzköpfe nur ein? Morgen würde er um einen anderen Tisch bitten.

Er stapfte durch die Tischreihen und ließ den Blick über die Plätze schweifen.

Okay, geschätztes Durchschnittsalter zwischen sechzig und achtzig, stellte Tjarko fest. Darunter ein paar Jüngere, vermutlich in seinem Alter. Also so um die vierzig. Der Männeranteil war deutlich geringer. Tjarko war das egal. Er war sowieso nicht hier, um Kontakte zu knüpfen. Klaus hatte ihn tagelang aufgezogen und meinte, dass eine Kur auch der Ort sei, wo die meisten Frauen nach einer Affäre suchten. Für ihn kein Thema. Die einzigen Frauen, die in seinem Leben eine Rolle spielten, waren Nicole und seine verstorbene Mutter.

Zudem wusste Tjarko, dass er nicht gerade der Inbegriff von Attraktivität war. Keine Haare mehr auf seinem Eierkopf, das Gesicht vernarbt durch eine Akne, die ihn in seinen Jugendjahren überfallen hatte, seine eher rustikale Figur und besonders sein Beruf. Landwirt. Auch heutzutage verbanden das die meisten mit Güllegeruch und Kuhscheiße unter den Fingernägeln.

Doch dann blieben seine Blicke auf einem Punkt haften. Einfach so und instinktiv. Er blieb stehen und äugte zur Seite. An einem der großen Panoramafenster, die den Speiseraum umsäumten, saß eine Frau, geschätzt so um die vierzig. Oder jünger, vielleicht auch älter ... er war sich da gerade nicht so sicher.

Sie war jedenfalls ... verdammt hübsch. Beinahe wie eine heilige Erscheinung.

Sie saß allein am Tisch und schien gelangweilt. Blickte aus dem Fenster und kaute dabei an ihrem Brot. Lange, kastanienbraune Haare, einige Strähnen umschmeichelten ein kleines, zartes Gesicht voller Sommersprossen. Fast wie ein Sternenhimmel in einer Sommernacht. Und dazu leuchtend grüne Augen. Verdammt. So leuchtend, dass es fast schon weh tat. Tjarko schluckte. Und in dem Moment trafen sich ihre Blicke. Nur für einen Bruchteil von Sekunden. Er wusste erst gar nicht, was mit ihm gerade geschah. Ihm wurde erst kalt, dann wohlig warm. In seinem Bauch das Gefühl von Schwerelosigkeit.

Verschämt wandte er den Blick ab, nahm aber wahr, dass sie lächelte und ihm zunickte. Tjarko reagierte nicht und ging schnellen Schrittes weiter.

»Bloß weg hier«, flüsterte er in sich hinein.

Der Drang, zurückzublicken, war groß. Er starrte einfach nur Richtung Ausgang. Was wäre, wenn er sich umdrehen würde? Das wäre eindeutig zu auffällig. Frische Luft. Die könnte er jetzt dringend gebrauchen. Aber verdammt nochmal. Was war das gerade? Vielleicht war er einfach nur müde und hungrig. In seinem Zimmer lagen noch ein paar belegte Brote, die ihm Nicole zubereitet hatte. Dazu eine Flasche Cola ohne Zucker.

Er sollte sich ins Bett legen, den Fernseher einschalten und sich die restlichen Stullen einverleiben.

Auch in seinem Zimmer kam Tjarko irgendwie nicht zur Ruhe. Er lag auf dem Bett und starrte an die Decke. Die Unterkunft war nicht sonderlich groß, bot aber alles, was man so brauchte. Ein höhenverstellbares Bett, Nachtschrank, Stuhl und Tisch. Der Wandschrank war nach Tjarkos Geschmack etwas zu klein geraten. Aber er hätte kein Problem, aus dem

Koffer zu leben. Ach ja, die Koffer. Hatte er glatt vergessen. Wo waren die eigentlich? »Scheiße«, brummte er und stand wie von der Tarantel gestochen auf. Schnappte das Handy und wählte die Nummer seiner Schwester.

Nach kurzem Warten ging sie dran.

»Nicole, hier ist dein Bruder.«

Sie seufzte. »Ach, du mal wieder. Ist doch erst 'ne Stunde her, dass wir telefoniert haben.«

»Ist 'n Notfall.«

»Jetzt schon?«

»Meine Koffer sind nicht da.«

»Wie, deine Koffer sind nicht da?«

»Na, sie sind halt nicht hier. Hab die total vergessen.«

»Blitzschädel«, erwiderte Nicole.

»Ja, ja. Meine Schuld. Ist ja auch eine ungewohnte Situation hier. Am liebsten möchte ich wieder nach Hause.«

»Bist du ein Kerl oder ein Jammerlappen, Tjarko?«

Das wusste er in diesem Moment auch nicht so genau.

»Nicole, das ist hier nicht lustig. Die haben mich an einen Tisch mit zwei Idioten gesetzt.«

»Nun heul nicht rum. Mein Gott, du bist ein gestandener Mann, der schon mit Schlimmerem umgehen musste als mit so etwas.«

»Glaub mir, die sind schlimmer.«

Nicole kicherte. »Nun ... willst du mir die Ohren vollheulen oder warum rufst du an?«

»Wegen der Koffer.«

»Dann geh zur Rezeption oder was auch immer und kläre das. Laut Internet sind die Koffer angekommen und in deinem Zimmer.«

»Sind ... sie ... aber ... nicht. Verdammt!«, zischte er durch den Hörer.

Ein zaghaftes Klopfen an der Tür.

»Du, Nicole, hier ist jemand. Ich leg auf und klär das. Sorry, dass ich so dünnhäutig bin. Ist alles neu für mich.«

Mit einem »Hab dich lieb, Bruder« beendete Nicole das Gespräch.

Zaghaft öffnete er die Tür. Und erstarrte.

»Hey, Entschuldigung, dass ich störe.«

»Äh, ja was ... ich ... hm«, stammelte Tjarko.

Da stand sie. Die Person, von deren Antlitz er vorhin seine Blicke nicht wenden konnte. Von Nahem sah sie noch schöner aus. Die langen Haare nach hinten gebunden. Eine Stupsnase voller Sommersprossen. Und verdammt, diese Augen.

Sie lächelte. Ein kleines Grübchen bildete sich an ihrem Kinn.

»Ich bin Steffi«, sagte sie und streckte eine Hand aus.

Tjarko tat das, was er gut konnte.

Nichts.

Dann atmete er tief ein und brachte so etwas wie ein »Moin« heraus. Zaghaft ergriff er ihre Hand, die komplett in seiner Pranke verschwand.

Steffi blickte hinter sich. »Ich wollte sie persönlich vorbei bringen, weil ich die Situation so lustig fand. Sind das deine Koffer?«

Tjarko blickte über ihre Schulter. Was kein Hexenwerk war, da sie mindestens zwei Köpfe kleiner war als er. Tatsächlich. Das waren seine Koffer.

»Ach«, krächzte er.

»Wie ach? Sind das deine Koffer oder nicht?«

»Ja, ja. Klar. Wo ...?«

»Ich hatte die Koffer in meinem Zimmer stehen. Dein Name stand drauf ... wenn du denn Tjarko Behrens bist.«

»Bin ich.«

»Schön. Zimmernummer habe ich über die Rezeption erhalten. Ich dachte, ich bring sie persönlich vorbei.«

Tjarko staunte nicht schlecht. Diese kleine, zierliche Person hat seine Koffer allein zu seinem Zimmer geschleppt. »Die sind aber schwer«, sagte er. Mehr fiel ihm nicht ein.

»Na und? Es gibt 'nen Fahrstuhl und mein Zimmer ist direkt ein Stockwerk unter deinem. Will auch nicht länger stören.«

»Jo.«

Steffi blickte ihn erwartungsvoll an. »Jo?«

»Sagt man so bei uns.«

»Wo immer du auch herkommst. Ein Danke wäre auch okay gewesen.«

»Jo«, antwortete er.

Steffi blickte auf ihre Armbanduhr. »Ich muss weiter. Vielleicht sieht man sich ja mal. Will noch in den Ort, was trinken.«

»Allerbest.«

»Bitte?«

»Ist Plattdeutsch«, erwiderte er.

»Ach. Und was heißt das?«

»So was in der Art wie: Alles super.«

»Na dann.«

»Ist so ne Redensart.«

»Dir noch einen schönen Abend.«

»Jo«, plapperte Tjarko.

Sie zuckte mit den Schultern, zeigte zum Abschied ein charmantes Lächeln und verschwand.

Tjarko ertappte sich dabei, wie er auf ihren Hintern starrte. Verdammt, diese Frau war perfekt. Er erschrak über seine Gedanken. Was war mit ihm los? Du Idiot, dachte er. Warum hast du dich nicht bedankt? Bist doch sonst nicht auf den Mund gefallen.

Er griff nach seinem Gepäck und schleppte es in sein Zimmer.

Wie hatte sie es nur geschafft, die schweren Dinger über den langen Flur zu tragen? Morgen würde er sich bedanken. Das gehörte sich einfach so.

Aber nun war er hundemüde.

Er schnupperte. Irgendwie roch es hier komisch.

Doch Tjarko war in diesem Moment so erschöpft, dass er noch nicht mal an den Handkäse dachte, der in seiner Jackentasche schlummerte.

Stangerbad

Während Tjarko sich unruhig in seinem Bett hin und her wälzte, röhrte im ostfriesischen Dörfchen Buckbuhr der letzte Rasenmäher, bevor die Sonne komplett hinter dem Horizont verschwand. Eifrig krochen einige ältere Damen in den Blumenbeeten herum und zupften Unkraut. Hühner gackerten, und auf den Weiden muhten Kühe um die Wette. Nachbarn standen am Gartenzaun und gönnten sich ein gemeinsames Feierabendbier. Geruch von frischer Bratwurst und gegrillten Hacksteaks lag in der Luft, vermischt mit dem salzigen Duft der See, den der warme Ostwind in das Binnenland wehte.

Klaus Lüders stieg aus seinem Kastenwagen und zupfte auf dem Weg zu seiner Haustür Unkraut aus den Ritzen der Pflastersteine. Eine Angewohnheit, die er einfach nicht ablegen konnte. An der Tür fiel ihm eine Spinnwebe auf, die sich über den Briefkasten spannte.

Angewidert wischte er sie weg und trat ein.

»Hallo Schatz«, sagte er und schlüpfte aus den Schuhen.

Nicole lümmelte im Wohnzimmer auf dem Sofa, eine Wärmflasche hinter den Rücken geklemmt. Ihre langen schwarzen Haare waren zerzaust und sie hatte Ringe unter den Augen.

»Alles gut mit dir?«, fragte Klaus. »Draußen so warm und du mit Wärmflasche?«

Nicole raffte sich stöhnend auf. »Rückenschmerzen. Ich habe seit einer Stunde furchtbare Rückenschmerzen.«

Klaus setzte sich zu ihr und blickte sie besorgt an. »Sollen wir ins Krankenhaus? Nicht, dass ...«

»Nein, alles gut. Mach dir keine Sorgen. Mir ist zudem kotzübel.«

»Einen Tee ... soll ich dir einen Tee machen?«

»Klaus, alles super. Im Backofen ist noch Putenbraten. Iss du erst einmal was.«

Klaus hatte gerade gar keinen Hunger. So wie Nicole aussah ... nicht, dass sie ihm etwas verschwieg. Er liebte seine Frau über alles und machte sich Sorgen. Schließlich war sie in anderen Umständen. »Du solltest kürzer treten, Nicole.«

Sie ignorierte seine Bemerkung, weil sie genau wusste, dass er Recht hatte.

»Tjarko hat vorhin nochmal angerufen«, sagte sie und schob sich die Wärmflasche tiefer in den Rücken.

»Was wollte der denn schon wieder? Hat er etwa Heimweh?«, kicherte Klaus.

»Nun lass ihn. Er war noch nie so lange allein weg. Besonders nicht über die Grenzen von Ostfriesland hinaus.«

Klaus nickte, konnte sich aber ein Grinsen nicht verkneifen. »So ein Riesenkerl und benimmt sich wie ein Hosenmatz.«

»Hab ich ihm auch gesagt. Seine Koffer sind irgendwie nicht angekommen.«

»Wo liegt da das Problem? Er wechselt sonst auch nicht seine Unterhosen.«

Nicole warf ihrem Mann einen bösen Blick zu. »Du solltest Tjarkos Situation mal verstehen. Er merkt jetzt erst, wie sehr er die Auszeit braucht. Und es ist eine ungewohnte Umgebung.«

»Der soll sich nicht so anstellen.«

»Und ... war der Hofhelfer pünktlich da?«

»War er. Er wirkt zwar etwas verpeilt, aber versteht sein Handwerk. Kostet ja auch ein Heidengeld.«

»Das wird bezuschusst. Im Übrigen, Klaus. Was machst du dir Gedanken um Tjarkos Konto?«

»Er ist mein Schwager.«

Nicole lächelte. »Und du magst ihn.«

»Ich ... äh ... alles nur wegen dir.«

Klaus stand auf, strich ihr über das Haar und ging in die Küche.

»Du, Nicole, soll ich dir nun einen Tee machen oder nicht?«

»Iss den Braten und lass mich einfach schlafen«, erwiderte sie und kuschelte sich unter ihre Wolldecke.

Eine Stunde später ging es Nicole deutlich besser. Sie raffte sich auf, schlüpfte in eine Trainingshose und legte die Wolldecke zusammen. Klaus kam gerade aus dem Bad und hatte sich in bequeme Klamotten geworfen.

»Klaus, ich dachte, wir wollten noch zum Hof?«

»Äh ... was ... ja, natürlich. Aber eigentlich gehörst du wieder auf das Sofa.«

Nicole schnappte sich die Autoschlüssel, warf sich eine Strickjacke über und nickte auffordernd. Klaus seufzte und folgte ihr ohne Widerrede.

Im Kuhstall auf dem Behrenshof herrschte reges Treiben. Manuel, Tjarkos Urlaubsvertretung, kurvte mit dem kleinen Hoftrecker durch die Gänge und grölte aus Leibeskräften einen Song mit, der über Kopfhörer in seinen Schädel dröhnte.

Dann trat er hart auf die Bremse, stieg vom Trecker und spielte eine Runde Luftgitarre. Öffnete seinen Zopf und schüttelte wild sein Haar. Als ob der Teufel persönlich in ihn eingekehrt wäre. Die dünnen Arme waren bis auf den letzten Zentimeter Haut mit Totenköpfen und brüllenden Drachen tätowiert. Er schnappte sich eine Schaufel, hob sie über seinen Kopf und brüllte, wie man halt so brüllt, wenn harte Musik die Seele berührt: Wie ein Wikinger, der sein Trinkhorn sonst wo stecken hatte.

»Yeah, Masterpiece!«, johlte der Hofhelfer und schien wie in Trance.

Mutter Maria lag unbeeindruckt im Stroh und verfolgte den eigenartigen Typen, der sich eine Schaufel schnappte und nach dem Rhythmus des nächsten Metal Songs wild auf das Gestänge einhämmerte.

Klaus stand mit verschränkten Armen am weit geöffneten Tor und hatte genug gesehen. Unbemerkt schlich er durch den Gang und tippte dem wild gewordenen Hofhelfer auf den Rücken.

Der wandte sich um, schwang die Schaufel und hätte Klaus um Haaresbreite voll auf die Zwölf getroffen.

»Hey, was soll das?«, brüllte Klaus.

Manuel griente breit und verstand kein Wort.

»Nimm mal deine Lauscher ab«, forderte Lüders und zeigte auf Manuels Kopfhörer.

Der schien endlich zu verstehen. Er kramte sein Handy heraus und stellte die Musik ab. »Ach, ich habe Sie gar nicht gehört.«

»Was soll die Party hier?«

»Brauche ich zur Entspannung.« Manuel zog eine Zigarettenschachtel hervor und steckte sich eine Fluppe zwischen die Lippen.

»Rauchen verboten«, zischte Klaus.

»Oh, sorry. Nicht dran gedacht«, erwiderte Manuel, nahm den Tabakstängel aus dem Mund und griente dümmlich. »Hier ist alles okay, Chef. Hab meine Arbeit soweit fertig.«

Klaus nickte und hob die Augenbrauen. »Wenn du diesen Zirkus noch einmal veranstaltest, gibt es Flosse.« Mutter Maria stieß ein lautes Schnauben aus. »Hast du den Bullen schon versorgt?«

Manuel schien etwas nervös zu sein. »Äh, der Bulle. Ja, also ... ich trau dem Viech nicht.«

»Stell dich nicht so an. Mein Schwager flippt aus, wenn er das mitbekommt. Den willst du nicht wirklich kennenlernen, wenn er sauer ist.«

»Er glotzt mich immer so komisch an«, sagte Manuel und

ließ die Zigarette in seiner Tasche verschwinden. Der junge Kerl fummelte an seinem Lippenpiercing herum und überlegte einen Moment. »Also, wie soll ich das sagen. Ich habe mit so einem riesigen Vieh noch nie zu tun gehabt.«

Lüders schüttelte den Kopf. »Mein Gott. Bis zur Halskrause tätowiert und den harten Kerl machen. Aber Schiss vor einem Bullen haben.«

Maria schnaubte nochmals zur Bestätigung.

Klaus latschte an dem Hofhelfer vorbei und beugte sich über das Gestänge. »Hey, Maria. Komm her zum Kuscheln.«

Der Bulle stand schwerfällig auf und trabte gemächlich zu ihm. Klaus streckte seine kurzen Arme aus. »Siehst du, er mag es, wenn man ihn hinter den Ohren krault.«

Manuel schlich mit schlotternden Knien heran. »Also, ich mach alles. Kühe melken, Stall ausmisten, Trecker fahren und was weiß ich. Aber dieses Vieh ist mir nicht geheuer.«

Klaus wandte sich um. Am liebsten hätte er das Weichei zum Teufel gejagt. Jedoch wusste er ganz genau, wie schwer es wäre, einen passenden Ersatz zu finden. »Okay, wir machen einen Deal. Du benimmst dich ab sofort und ich komme einmal am Tag und kümmere mich um den Bullen.«

Manuel stieß einen Seufzer aus. »Gute Sache, Chef. Aber darf ich noch nicht mal Musik hören?«

Klaus schüttelte den Kopf. »Hier gelten meine Regeln. Keine Musik, keine Drogen. Mach die Arbeit und benehm dich. Haben wir uns verstanden?«

»Ich denke, das geht klar.«, erwiderte Manuel kleinlaut.

Währenddessen zog Nicole die Gardinen in der Küche zu, setzte sich an den Tisch und blickte gedankenverloren durch den Raum. Eigentlich würde ihr Tjarko gegenüber sitzen und mit ihr über den Hof fachsimpeln. Meist mit einem Glas Cola zwischen seinen Pranken. Doch ohne ihn wirkte alles leblos. Die Wanduhr tickte lauter als sonst, selbst das monotone Brummen des Kühlschranks war ihr noch nie aufgefallen. Da war der Kerl erst einen Tag weg und schon fehlte er ihr. Klaus polterte ins Haus und ließ die Tür hinter sich zufallen. Er schien vollkommen entnervt.

»Gibt es Probleme?«, fragte Nicole, legte eine Hand auf ihren Bauch und stand ächzend auf.

»Nur Kleinigkeiten. Die jungen Leute heutzutage brauchen manchmal klare Worte.«

»Ist was mit dem Hofhelfer?«

»Äh, nö. Alles bestens. Mach dir keine Sorgen. Er ist nur etwas übermütig. Ich hab das geklärt.«

»Sehr gut. Stress ist das Letzte, was ich jetzt gebrauchen könnte.«

Ein neuer Tag brach an. Schwer lagen dunkle Wolken über den Hügeln des Werratals. Ein ungewohnt warmer Wind wehte. Bad Sooden Allendorf erwachte. Obwohl der Ort eigentlich immer schlief. In der historischen Altstadt reihten sich uralte Fachwerkhäuser aneinander. An den Fenstern bunte Blumenarrangements. Kellner deckten Tische ein, die vor den Restaurants unter großen Sonnenschirmen standen. Missmutig blickten sie zum wolkenverhangenen Himmel, der für diesen Tag nichts Gutes vorhersagte. Vor dem Kurhaus plätscherte ein kleiner Brunnen. Vereinzelt watschelten Wildgänse quer über die Minigolfanlage am Kurpark. Ein paar Meter weiter die Salzsole. Das alte Gradierwerk. Von meterhohen Wänden voller Schwarzdorn rieselte Sole herab. Früher diente diese zur Salzgewinnung, heute zur Inhalation für die Kurgäste. Man ließ sich einfach auf einer Bank nieder und atmete die salzhaltige Luft ein. Jedoch vergaßen einige Gäste, dass der Boden durch die hohe Feuchtigkeit spiegelglatt war. So hatten dann auch die Chirurgen viel zu tun. Der Ort lebte von den angrenzenden Kliniken und den Touristen, die sich die Attraktion nicht entgehen lassen wollten.

Durch den Ort schlängelte sich die Werra und bildete eine natürliche Grenze in der Stadt. Unendliche Laubwälder, viele Hügel, die mitunter von Flachlandtirolern auch als Berge

119

bezeichnet wurden. Darauf thronten imposante mittelalterliche Burgen. Die Kurklinik lag direkt an einem Wald. Davor ein großer Parkplatz, der allerdings kaum benutzt wurde, da die meisten mit dem Zug anreisten. Zwischen den Betonbauten ein kleiner Hof. Ein Pavillon für die Raucher. Bänke zum Verweilen. Hier und da ein Blumenbeet. Im Großen und Ganzen schien man sich nicht besonders viel Mühe zu geben, diesen Ort ansprechend zu gestalten. Wozu auch? Die Gäste kamen so oder so. Blieben drei oder vier Wochen und gingen runderneuert nach Hause.

Wo man auch hinsah, standen Wegweiser zu den jeweiligen Abteilungen. Physiotherapie, Ärzte, Fitnessraum. Ein Wirrwarr von Informationen. Überall Eingänge, die allesamt identisch aussahen. Wie ein bunter Tupfer jedoch wirkte ein Kiosk, der alles von den üblichen Zeitschriften für ältere Damen bis hin zu Zahnbürsten feilbot. Überteuerte Blumensträuße präsentierten sich vor dem Geschäft. Dazu Ständer mit Postkarten. Über »Gruß aus Bad Sooden« bis hin zu Glückwunschkarten wurde alles für Post in die Heimat angeboten.

Tjarko jedoch hätte nun dringend einen Lageplan gebrauchen können.

Seufzend blickte er auf die Schilder.

Abschnitt A, Unterbereich A1 bis 3. Da musste er hin. Laut der Dame an der Rezeption wäre dort seine Untersuchung. Er hatte mies geschlafen. Fühlte sich wie ein Frosch in der Schrottpresse. Obwohl er als Landwirt immer früh aufstand. Eine andere Umgebung, ein fremdes Bett ...

Das war er nicht gewohnt. Um halb sieben morgens herrschte in der Kurklinik schon lebhaftes Gewusel. Die Erfahrenen unter den Gästen huschten im Trainingsanzug zu ihren ersten Anwendungen. Niemand nahm Notiz von ihm.

Himmel nochmal, er hatte noch fünf Minuten bis zu seinem Termin.

Eine ältere Dame schob sich mit ihrem Rollator an ihm vorbei, blieb stehen und lächelte. »Kann ich Ihnen helfen?«

»Äh, ich suche Abschnitt A, Unterbereich A1 bis 3.«

»Da gehen Sie einfach in das linke Gebäude, fahren mit dem Fahrstuhl ein Stockwerk nach oben, dann links, dann rechts. Und schon sind Sie da.«

»Mm, danke. Werde ich finden«, sagte Tjarko und blickte der alten Frau nach. Sie erinnerte ihn irgendwie an die gute Hildegard. Im Kopf noch ordentlich auf Zack. Er nahm sich vor, Hilde eine schöne Postkarte zu schicken. Irgendwie vermisste er seine Freundin. Nach einiger Sucherei landete er endlich im dritten Stockwerk und latschte mitten in die

121

Entspannungsgruppe. Zehn Personen lagen wie schwangere Maikäfer auf Matten und stießen befremdliche Geräusche aus. Es klang, als würde eine Herde Ziegen gleichzeitig Nachwuchs werfen.

Beinahe panisch machte er kehrt, warf noch ein nettes »Moin« in die Runde und fuhr, seinem Bauchgefühl folgend, in den ersten Stock.

Unverkennbare Gerüche zogen in seinen Riechkolben. Der scharfe Duft von Putzmitteln. Hier roch es nach Arzt. Tjarko erinnerte sich für ein paar Sekunden an seinen Aufenthalt in der Entzugsklinik. Verdrängte den Flashback und fand sich Sekunden später vor dem Untersuchungszimmer wieder.

Punktlandung. Die Tür öffnete sich. Ein dünner Typ mit Halbglatze und schlechten Zähnen, weißem Kittel sowie Stethoskop um den Hals, bat ihn hinein.

»Herr Behrens? Tjarko Behrens?«, fragte er und hustete.

Tjarko nickte.

»Dann kommen Sie mal herein.«

Es folgten ein paar Worte. Dann Blutabnahme, Gewicht und so weiter. Der Blutdruck war natürlich jenseits von Gut und Böse.

»Oh oh, viel zu hoch. Viel zu hoch für Ihr Alter. Und Sie sind erst vierundvierzig«, nuschelte Dr. Lukazcekenski.

Tjarko entschied sich für Doc Loki, den vollen Namen konnte er sich eh nicht merken.

Für das Gespräch bat Loki zu seinem Schreibtisch.

»Aaaalso«, sagte er und schlug die Beine übereinander. »Ihr Blutdruck ist entschieden zu hoch. Sie haben Übergewicht und die Fettwerte sind auch viel zu hoch. Hier in Ihren Unterlagen steht, Sie haben eine Alkoholkrankheit.«

Zack. Die Anmerkung hatte Tjarko befürchtet. Seit knapp vier Jahren war er alkoholfrei. Im Trockendock. Na dann, was sollte er rumlügen. »Ja. Ich habe gesoffen. Bin seit Jahren abstinent.«

»Aha. Glückwunsch. Nun, Ihre Leberwerte sollten wir dennoch im Laufe der Kur prüfen. Ich verschreibe Ihnen ...« Doc Loki kramte einen Vordruck hervor. »Ich verschreibe Ihnen Meditation für Einsteiger, Physiotherapie, Moorbäder, Stangerbad, Einzelgespräche mit unserem Psychologen, Nordic Walking, Bewegungsbad und fettreduzierte Kost.«

»Aha.«

Loki war längst noch nicht fertig. Mit dem Kugelschreiber hakte er weitere Therapien ab. »Zudem Außenaktivitäten, Muskelentspannung, Heublumenbäder, Fitnessraum. Das volle Programm.«

Tjarko hob eine Hand. »Ich will hier nicht einziehen.«

Lukaundsoweiter sah ihn fragend an. »Das liegt auch nicht in unserem Interesse. Um keine Zeit zu vergeuden, gehen Sie in einer halben Stunde direkt in die Bäderabteilung zum Stangerbad.«

Was das auch immer war, es klang nicht gut. Aber was blieb ihm übrig. Er war nun hier und zog es einfach durch.

So einfach war das.

Eine Stunde später lag Tjarko nackt in einer Badewanne. Nur widerwillig hatte er sich komplett seiner Klamotten entledigt.

Ein älterer Therapeut mit Bierbauch erklärte ihm, dass schwacher Strom in das Wasser geleitet wird. »Ist gut für Ihre Muskeln«, sagte er grinsend.

Tjarko nickte und wartete auf seine Exekution. Er war davon ausgegangen, dass die Todesstrafe verboten war. Auch ein Weg, um kränkelnde Mitmenschen loszuwerden.

»Es geht los«, verkündete der Therapeut und betätigte einen Drehregler.

Ein leichtes Surren unter Tjarkos Hintern. Dann begann, seine Haut zu prickeln. Nicht unangenehm. Eher irgendwo zwischen »Ich will hier raus« und »Ach, dann entspann ich mich mal«. Der Landwirt ließ es über sich ergehen und schlief sogar für einen Moment ein. Als er aus der Wanne stieg, fühlte er sich für einen Moment wie neu geboren. Gar nicht mal so schlecht, dieser elektrische Stuhl für Kassenpatienten. Nachdem er wieder in seinen Trainingsanzug geschlüpft war, sah er auf den Terminplan, den Loki ihm in die Hand gedrückt hatte.

8:45 Frühstück, las Tjarko. In Klammern dahinter, die auf ihn beinahe wie eine Warnung wirkten, prangte das Wort: Cholesteringruppe.

Er runzelte die Stirn. Cholesteringruppe Klang so ähnlich wie Klöppelabend oder Selbsthilfegruppe für fettleibige Menschen. Wie es schien, befand er sich nun offiziell auf Diät. Das änderte aber nichts an seinem Hunger.

Verdammt, er hatte vergessen, nach einem Tischwechsel zu fragen. Bestimmt hatten ihm die alten Säcke wieder alles weggefressen.

Eine Servicekraft stand gelangweilt vor dem Speiseraum. Sie bohrte genüsslich in der Nase, erblickte Tjarko und wischte sich beiläufig die Hand an ihrem blauen Kittel ab. »Sie sind wer?«, fragte sie unfreundlich.

»Behrens, aus Ostfriesland. Vorname Tjarko.«

Sie fuhr mit einem Finger über ihre Liste.

»Die Cholesteringruppe. Sie gehen bitte zu Tisch zehn.«

Irgendwie war Tjarko der Meinung, die Dame würde ihn mitleidig ansehen. Und wie sie »Cholesteringruppe« sagte. In ihrem Tonfall lag etwas Bedrohliches. Na ja, wenigstens mit Fensterblick. Immerhin etwas.

Es folgte von der mies gelaunten Empfangsdame ein Wink Richtung Speiseraum. Kein »Guten Hunger, Herr Behrens«. Ein Lächeln hätte auch gereicht.

Egal. Ab zum Essen fassen.

Suchend blickte er sich um. Hauptsache nicht mehr an dem Tisch der beiden Muppet-Gestalten. So eine Diät hatte auch ihr Gutes. Als er seinen Platz erspähte, traf ihn fast der Schlag.

Steffi.

Die Steffi, bei der er sich eigentlich noch bedanken wollte.

Oh Gott. Und ich in dem ollen Trainingsanzug, dachte er.

Was war nur mit ihm los? Normalerweise war es Tjarko scheißegal, wie er aussah.

Sein Hals wurde trocken. Die Knie weich. Tjarko warf einen prüfenden Blick auf seine Fingernägel. Pulte hinter seinem Rücken einen viel zu langen Daumennagel ab und ließ ihn in der Hosentasche verschwinden.

Er schlich zum Tisch und nickte. »Moin.«

Steffi sah auf und präsentierte strahlend weiße Zähne. »Ach, du. Na, gut geschlafen?«

»Tisch zehn. Ich habe Tisch zehn.«

»Was ein Zufall, ich auch«, antwortete sie.

»Cholesteringruppe.«

Herrgott, was laberte er denn da für einen Blödsinn. Zusammenreißen, Maul halten und hinsetzen.

Sagte jedenfalls sein Gehirn.

»Diät, ich muss Diät machen«, hörte er sich stottern.

»Ich auch. Aber nur, weil ich es will.«

Tjarko steckte die Hände in die Hosentaschen.

Steffi griente. »Willst du hier Wurzeln schlagen oder deine Diät genießen? Vom ewigen Rumstehen wird man auch nicht schlank.«

Was sollte das heißen? War das eine Anmache oder ironisch gemeint? Ja, er schob eine Wanne vor sich her. Aber das sollte sich bald ändern.

»Ich setz mich dann mal.« Tjarko setzte sich ihr gegenüber.

»Witzig. Wie der Zufall so spielt, oder?«

»Was?«

»Na, dass wir beide hier sitzen.« Steffi stocherte in einem übersichtlich portionierten Salat herum. »Das Essen sieht sehr übersichtlich aus.«

»Hm.«

»Redest du nicht gern?«

»Doch, doch.« Tjarko schenkte sich einen Kaffee ein. Seine Hände zitterten wie ein trockengelegter Aal. »Stangenbad. Ich war im Stangenbad«, nuschelte er.

»Stangerbad«, erwiderte sie lächelnd.

»Oder so.«

»Oh, du hattest schon Therapie. Ja, das geht hier um sechs Uhr morgens schon los. Ich habe gleich meine Untersuchung.«

»Bei dem Arzt, der klingt wie ein Reisgericht?«

Tjarko wunderte sich selbst. Das war ein Scherz. Für seine Verhältnisse ein verdammt guter.

Steffi kicherte. »Ja, genau.« Sie wies auf die Aufschnittplatte vor ihnen. »Komm, iss was. Es gibt fettfreie Putenwurst, fettfreien Stinkekäse und Quark. Was eine Völlerei.«

Scheiße! Der Handkäse, schoss es ihm durch den Kopf.

Heute Morgen hatte er gedacht, der Muff käme von seinen Socken.

Am besten, er aß einfach und schwieg. Aber eines hatte er noch vergessen. Während er sich ein Schwarzbrot mit Quark beschmierte, sagte er leise: »Danke für die Koffer und so.«

»Kein Problem. Aber was meinst du mit und so?«

»Nichts. Einfach nur Danke.«

»Gern. Und nun Mahlzeit.«

Steffi schnappte sich die Putenwurst und warf sie in Mund.

Dann sagte sie schmatzend: »Darf ich fragen, warum du hier bist?«

»Erholung.«

»Ach was. Da bist du hier aber falsch.« Sie schlürfte an ihrem Kaffee und ließ nicht locker. »Nach deinen Händen zu urteilen arbeitest du hart.«

Tjarko nickte. »Landwirt. Ich bin selbständiger Landwirt.« Langsam wurde er locker.

Steffi beugte sich nach vorn. Sie duftete nach frischer Blumenwiese.

»Landwirt ist ein toller Job. Ehrliche Arbeit. Und wo liegt dein Hof?«

»Ostfriesland. Mitten drin. Über hundert Kühe, ein Bulle und unzählige Hühner«, erwiderte er nicht ohne Stolz.

»Ostfriesland. Kenn ich. War schon mal in Jever.«

Er verdrehte die Augen. »Das ist nicht Ostfriesland.«

»Was denn sonst? Ich dachte, alles an der Küste wäre Ostfriesland.«

»Nö.«

»Na und, wozu gehört dann Jever?«

»Friesland. Ohne Ost.«

Sein Gegenüber schmunzelte. Tjarko erschrak über sich selbst. Er konnte sogar richtig charmant sein.

»Mm ...« Steffi setzte die Tasse ab. »Ich bin wegen Krebs hier. Also der ist nun weg, aber die Chemo hat mir zugesetzt.«

Tjarko schluckte. Das war jetzt wie ein Schlag ins Gesicht für ihn. Krebs. So eine Scheiße. Danach sah sie gar nicht aus. »Wo?«

»Was meinst du damit?«

»Na, wo der Krebs war?«

»Der ist in Düsseldorf geblieben.«

Tjarko grinste. »Ach.«

Humor hatte sie. Verflucht, sie wurde ihm immer sympathischer.

Steffi blickte auf. »Sag mal, wie alt bist du eigentlich?«

»Äh, vierzig«, log er. Warum auch immer.

»Bester Jahrgang, ich auch«, sagte sie. Eine gewisse Skepsis stahl sich in ihren Blick.

Er wechselte wohl besser das Thema.

»Das Frühstück ist der Knaller«, bemerkte er.

»Mettwurst. Ich könnte jetzt zehn Kilo davon essen.«

Er nickte. »Halbes Schwein auf Toast oder so.«

Steffi lachte herzlich. »Oder so.« Dann schaute sie auf ihre Uhr. »Ups, ich muss los. Gleich ist Untersuchung. Und danach Bewegungsbad. Wir sehen uns heute Mittag zum Spanferkel.«

Als Steffi den Saal verließ, ertappte sich Tjarko, dass er

jeden ihrer Schritte beobachtete. Und so griff er neben seine Kaffeetasse und stieß sie um.

Kurz darauf waren Tischtuch und Trainingshose von dem dünnen Bohnengetränk durchnässt.

Was stimmt nicht mit mir?, dachte er und tupfte mit der Serviette den braunen See vom Tisch.

Körperhaare

Nachdem Tjarko das Frühstück hinter sich gebracht hatte, prüfte er seinen Therapieplan. Bewegungsbad. Schon wieder ein Bad? Wenn das so weiterging, hätte er am Ende der Kur Schwimmflossen am Hintern. Hatte die Steffi nicht auch davon gesprochen? Egal. Bestimmt wären Männer und Frauen getrennt. Mal wieder ohne Peilung, wo er eigentlich hinmusste, suchte er die Rezeption auf. Eine junge Dame lächelte freundlich. »Ihren Namen bräuchte ich.«

Tjarko stellte sich vor und ergänzte noch »Aus Ostfriesland, Buckbuhr.«

»Ach, warten Sie mal. Ich habe hier Post für Sie liegen.« Sie kramte in einem Stapel und zog eine Karte hervor. »Normalerweise hat mich die Post von den Gästen nicht zu interessieren. Aber dieses Bild fand ich sowas von süß.«

Ihm schwante Schlimmstes. So wie die Frau vor ihm

verzückt lächelte, konnte es sich nur um eine ganz bestimmte Art von Post handeln. Er nahm die Karte entgegen und starrte auf ein knallbuntes Motiv. Drei weiße Pudel mit roten Schleifchen auf dem Kopf. Darüber in pinkfarbener Schrift »Sweet Baby«. Ihm stockte für einen Moment der Atem. Zaghaft drehte er die Karte um und las.

Hallo Du. Komm schnell zurück. Ich vermisse dich.

Das Melken hat mir sehr gut gefallen.

Deine Christa

»Ihre Freundin?«, wurde er gefragt. »Entschuldigung, aber das Bild ist wirklich sowas von niedlich.«

»Äh, nö«, erwiderte er und kochte vor Wut. Was dachte sich die Nebelkrähe nur? Und wer hat ihr die Adresse gegeben? Hildegard. Ganz klar. Die beiden steckten unter einer Decke. Tjarko überlegte einen Moment. Dann knallte er den Liebesbrief auf den Tresen. »Können Sie gerne behalten. Ich habe eine Hundeallergie«, brummte er.

Sie bedankte sich und blickte fragend. »Wollten Sie nicht zum Bewegungsbad?«

»Was? Äh, ja. Wollte ich. Wie war der Weg nochmal?«

»Immer geradeaus, dann links und schon sind Sie da.«

Er nickte. Eine Frage hatte er noch. »Ist das getrennt?«

Sie hob die Augenbrauen. »Wie meinen Sie?«

»Na, nach Männern und Frauen?«

»Äh, nö. Haben Sie ein Problem damit?«

Tjarko lächelte nervös. »Nö. Kein Problem. Alles super.«

Nach ein paar Sekunden hatte er den Weg wieder vergessen und brauchte ein paar Anläufe.

Ein scharfer Geruch von Chlor wehte Tjarko in die Nase. Ein Schild wies zu dem Umkleideraum für Herren. Nicole hatte Tjarko extra eine Badehose gekauft. Seit seiner Kindheit war er nicht mehr schwimmen gewesen und wusste nicht genau, ob er sich überhaupt über Wasser halten konnte. Nachdem er sich umgezogen hatte, warf Tjarko einen Blick in einen Wandspiegel. Ein blasser Körper mit Hängebrust und Wohlstandswampe. Seine Beine sahen aus wie Kackstelzen. Eitelkeit war bisher ein Fremdwort für ihn. Aber so konnte er sich definitiv nicht sehen lassen. Er kramte sein Shirt aus dem Spind und warf es sich über. So wäre wenigstens das größte Elend bedeckt. Auf Zehenspitzen balancierte er über den gefliesten Boden durch eine Glastür, riss die Augen auf und stahl sich zurück in die Umkleide.

»Scheiße«, fluchte er.

Das war hundertprozentig Steffi gewesen, die in einem gelben Badeanzug am Rand des Bewegungsbeckens stand.

Unmöglich, sich ihr quasi halbnackt zu präsentieren. Die Entscheidung wurde ihm jedoch von einem muskulösen, glatzköpfigen Typen abgenommen, der die Tür öffnete und ihn fragend anstarrte.

»Sind Sie Herr Behrens?«, fragte er.

»Äh, ja.«

»Na, dann keine falsche Bescheidenheit. Wir warten auf Sie.«

Tjarko zog das Shirt so weit hinunter, wie es ging, und latschte dem Therapeuten, den er spontan Meister Proper taufte, widerwillig hinterher. Neben Steffi standen vier ältere Herren vor dem Becken. Einer besaß nur noch sein rechtes Bein und stützte sich auf Krücken.

»Moin«, grüßte Tjarko leise und nickte Steffi zu.

»Hey, auch im Seepferdchenkurs?«, fragte sie und lachte.

Er nickte. Ihm verschlug es gerade die Sprache. In ihrem engen Badeanzug wirkte sie auf ihn wie eine heilige Erscheinung.

Meister Proper klatschte in die Hände. »So, dann mal alle ins Becken. Und Sie ...«, er sah Tjarko tadelnd an, »runter mit den Klamotten.«

Steffi setzte sich an den Beckenrand und glitt ins Wasser. Die anderen entschieden sich, die Treppe mit Geländer zu nehmen. Der Herr mit nur einem Bein schmiss die Krücken auf den Boden und hüpfte erstaunlich flink die Stufen hinunter. Tjarko zögerte einen Moment. Wartete, bis Steffi ihre Blickrichtung wechselte, und zog das Shirt über seinen Kopf. Mit verschränkten Armen tapste er zum Beckenrand, setzte sich ungelenk hin und rutschte auf dem Hintern ins Wasser.

Der Therapeut blickte zu ihm hinunter. »Können Sie schwimmen?«, fragte er. »Das Wasser ist zwar nicht tief, aber ich frage aus Sicherheitsgründen.«

Tjarko überlegte und verneinte mit einem Kopfschütteln.

»Hier, eine Schwimmnudel«, sagte Meister Proper und warf eine Stange aus Schaumstoff in das wohlig warme Wasser.

Steffi tauchte unter, kam wieder hoch und strich sich durch ihre langen Haare. Ihre Brüste zeichneten sich weich unter dem gelben Stoff ab. Tjarko ertappte sich, wie er sie direkt anstarrte. Peinlich berührt, sah er in eine andere Richtung.

»Dann alle an den Beckenrand, die Beine nach vorne ausgestreckt und treiben lassen. Der Herr mit der Nudel legt sich die Schwimmhilfe bitte unter den Hintern.«

Die Gruppe reihte sich am Rand des Beckens auf. Und er war der Herr mit der Schwimmnudel. Sozusagen ein Sonderfall. Tjarko versuchte, sich das Ding unter den Arsch zu klemmen. Diese dämliche Schaumstoffwurst rutschte wieder weg und landete dann mit einem lauten Plopp an der Wasseroberfläche. Steffi stand zwischen ihm und dem Mann ohne Bein und nickte ihm auffordernd zu. Er lächelte dünn, stopfte sich die Nudel erneut unter den Allerwertesten, klammerte sich mit den Händen am Beckenrand fest und schaffte es tatsächlich, seinen massigen Körper nach oben zu bringen.

»Na, klappt doch«, freute sich Meister Proper, zeigte sein makelloses Gebiss und wanderte Richtung Steffi. Dann hockte er sich hin und berührte ihre Schultern. »Schön ausstrecken. Das machst du perfekt.«

Tjarko verlor den Halt, die Nudel ploppte wieder an die Oberfläche und er schluckte eine Ladung Chlorwasser. Der Therapeut schien Gefallen an Steffi gefunden zu haben und bat sie, sich einfach ganz fallen zu lassen. »Die Muskeln locker lassen. Genau so!«, säuselte er.

Tjarko kam hustend in den Stand. Rieb sich Wasser aus den Augen und stierte zu den beiden Turteltäubchen. Steffi kicherte und sagte irgendetwas zu dem Muskeltyp.

Was ein Wichser, dachte Tjarko. Macht sich so an Patienten ran und sie lässt sich auch noch drauf ein. Blanke Wut stieg in ihm hoch. Wie sollte er auch wissen, dass es pure Eifersucht war? Er hob die Hand.

Meister Proper blickte zu ihm. »Brauchen Sie Hilfe?«

Tjarko musste sich etwas einfallen lassen. »Ich kann nicht mehr.«

»Jetzt schon? Wir haben ja noch gar nicht angefangen.« Mister Adonis nickte Steffi zu und kam mit breiten Schultern zu ihm. »Was gibt´s, Sportsfreund? Wasser ist nicht dein Element, oder?«

Tjarko schüttelte den Kopf. Schnappte nach Luft und japste: »Mir ist schwindelig.«

Glatte Lüge, aber er hatte wenigstens den Kerl von Steffi weggelockt.

»Kann ich das heute abbrechen?«, bat er.

»Bevor Sie hier nen Klappmann machen, drücke ich ein Auge zu. Aber gehen Sie langsam die Stufen hoch. Nicht, dass ich Sie wie einen Wal aus dem Wasser ziehen muss.«

Tjarko schielte zu den Treppen. Dafür müsste er das gesamte Becken durchqueren. Direkt an Steffi vorbei. Das Wasser war hier gerade so tief, das es ihm nur bis knapp unter die Wampe reichte. Mit verschränkten Armen verdeckte er seine Hühnerbrust und nickte Steffi zu, die ihn fragend ansah.

Jetzt glotzt sie mich auch noch an, fuhr es ihm durch den Kopf. Bestimmt würde sie sich vor seinen Haaren auf dem Rücken ekeln.

Egal, das war es nun gewesen. Sie hatte augenscheinlich sowieso nur noch Augen für Meister Proper. Kaum aus dem Wasser gekommen, rutschte er über den glitschigen Boden, schnappte sein Shirt und zog es hastig über den nassen Körper. Steffi winkte ihm freundlich zu, bevor sie sich wieder dem attraktiven Therapeuten widmete.

Er lächelte dünn und verschwand in der Umkleide.

Ohne sich abzutrocknen, schlüpfte er in seine Jogginghose. Mit freiem Oberkörper stellte er sich vor einen Spiegel. Drehte sich rücklings und verrenkte den Hals, um seinen Rücken zu inspizieren. Zum ersten Mal in seinem Leben. Vorher gab es ja keinen Grund dafür.

»Na prima«, brummte er. Pechschwarze Haare, die im grellen Neonlicht wie das Fell eines mutierten Gorillas wirkten, bedeckten nicht nur seine Schulterblätter. Bis zum Hintern wucherten sie wie ein dunkler Flokati auf seinem Körper. Tjarko seufzte. Und überlegte, wie er die Dinger loswerden könnte. Am besten abrasieren, dachte er. Aber nachdem er mit einer Hand mehrmals versucht hatte, an seine Wirbelsäule zu gelangen, verwarf er den Gedanken. Vielleicht könnte er die nächsten Bewegungsbäder einfach schwänzen. Irgendeine dumme Ausrede würde ihm schon einfallen. So eine Schmach wie eben wollte er nicht mehr über sich ergehen lassen.

Mittags saß Tjarko allein am Tisch. War vielleicht ganz gut so. Steffi hatte eh jegliches Interesse an ihm verloren. Davon war er überzeugt. Er stocherte in einer dünnen Gemüsesuppe und glotzte aus dem Fenster. Am Raucherpavillion wurde lauthals gelacht. Hilde sagte immer, da, wo Raucher sind, ist die beste Stimmung. Doch deswegen würde er das Qualmen nicht anfangen. Einige Damen wackelten zusammen über den Hof und unterhielten sich angeregt. Ein Pfleger schob einen jüngeren Mann vor sich her. Tjarko entdeckte einen Sauerstoffschlauch an der Nase. Im Speiseraum gedämpfte Unterhaltungen und das Geklapper von Geschirr. Hier und da ein Husten oder Schnäuzen.

Himmel Arsch und Zwirn. Was würde er drum geben, wieder in seiner Küche zu sitzen. Noch drei Wochen. Wie in Gottes Namen sollte er das hier so lange aushalten?

Nach der Suppe und einem längeren Toilettengang warf er sich mit ein paar Leuten Gymnastikbälle hin und her und beendete das Programm mit einer Moorpackung auf seinem behaarten Rücken.

Nichts davon konnte er in irgendeiner Art genießen. Es war die reine Folter für den Landwirt. Als ihm eine burschikose Dame die glühend heiße Matte auf seinen Rücken klatschte, war er sich sicher: Hier kommst du nicht lebend raus.

Tjarko war vollkommen erledigt. In seinem Kopf drehte es sich wie ein Kettenkarussell. Er hüpfte ins Bad, schaufelte sich kaltes Wasser ins Gesicht und schlüpfte in seine Klamotten. Aus lauter Gewohnheit steckte er die Füße in seine Lieblingspuschen, die er mit in einen Koffer geschmuggelt hatte. Nicole wäre wahnsinnig geworden, wenn sie das mitbekommen hätte. Grüne Filzpantoffeln. Schnell noch ein Deo unter die Achseln gesprüht. *Orientalischer Frühling.* Hatte ihm Hassan vor ein paar Tagen mitgebracht.

Der Platz gegenüber blieb auch zum Abendbrot leer. Lustlos schlang er zwei Schwarzbrote mit Quark herunter, nippte an dem säuerlich schmeckenden Kräutertee und verließ, irgendwie enttäuscht, den Speiseraum.

Die Sonne schien. Ein lauer Wind wehte. Es war der perfekte Abend für einen Spaziergang. Obwohl sich seine Beine wie Beton anfühlten, lief er eine enge Gasse mit Kopfsteinpflaster hinunter. Was war er heute Vormittag auch ein Idiot gewesen. Tjarko ärgerte sich über seine kindliche Schwärmerei für eine Frau, in deren Liga er nicht mithalten konnte. Sie hatte ihn halbnackt gesehen. Die Sache war gelaufen. Außer der dicken Christa schien sich keine Frau für ihn zu interessieren. Und das würde für immer so bleiben. Damit hatte er sich seit seiner Geburt schon abgefunden.

Jäh wurde er von einem kurzen, stechenden Schmerz an seinem rechten Fuß aus seinen Gedanken gerissen.

Er wäre beinahe der Länge nach auf den Boden geklatscht, als er mit voller Wucht gegen einen Blumenkübel latschte. Tjarko schrak auf. Verwirrt sah er sich um. Er hatte keine Ahnung, wo er war. Scheinbar eine Art Blackout. Die letzten Minuten, wie ausradiert. Salziger Geruch stieg ihm in die Nase.

»*Zu den Salzsolen*«, verriet ein Wegweiser.

Ein Weiterer zeigte an, dass er sich wohl im Kurpark von Bad Sooden Allendorf befand. Vor ihm eine Minigolfanlage. Mit Kiosk und Eisverkauf. Dahinter erstreckte sich ein Weg an knorrigen Bäumen vorbei. Der Rasen frisch gemäht. Umsäumt von gepflegten Blumenbeeten.

»Eine Runde Minigolf?«, kam es vom Kiosk, der eher aussah wie der Bretterverschlag seines verschwundenen Hofhelfers.

»Äh, was?«, fragte Tjarko entgeistert.

»Minigolf. Kennen Sie das nicht?« Ein junges Gesicht kam zum Vorschein. Wahrscheinlich ein Schüler, der sich hier ein paar Euro verdiente.

»Ne, alles gut.«

Verdammt, wie war er hier nur hingekommen? Und wie ging es wieder zurück? Nach dem Weg zu fragen wäre ihm jetzt zu peinlich gewesen. An Wegweisern jedenfalls mangelte es nicht in dem Kaff. Tjarko nickte dem jungen Mann zu, wandte sich dann aber wieder um. Es war nur ein Moment, den er aus dem Augenwinkel wahrgenommen hatte. Wie ein Luftzug, der kam und verschwand. Für den Bruchteil von Sekunden war er sich sicher, dass Eugen Jacobs hinter ihm vorbeihuschte. Er konnte sogar die Duftfahne von THC wahrnehmen. Es war inzwischen kein Geheimnis mehr, dass der Pastor gern mal einen Joint dampfte. Aber nun war Tjarko ein paar hundert Kilometer weit weg von zu Hause. Hier war kein Pastor. Unmöglich.

Er sollte so schnell wie möglich zurück in die Kurklinik.

»Hey, auch die Beine vertreten?«, trällerte es vor ihm.

Steffi winkte ihm zu, ihr zierlicher Körper in ein weißes Sommerkleid gehüllt. Über die Schultern hatte sie eine rote Strickweste geworfen.

Die Sorgen, wie er verdammt nochmal ohne Verstand zum Kurpark gekommen war, waren verschwunden.

»Äh, moin«, stotterte er. Er musste selten dämlich aussehen. Mit seinem verdatterten Blick, an den Füßen grüne Wollpuschen, die Nicole schon längst entsorgen wollte.

»Ich konnte nicht zum Abendessen kommen. Hatte noch mit meinem Mann telefoniert.«

Mit meinem Mann. Sie erwähnte das so beiläufig. Aber für ihn war es gerade ein Faustschlag in die Fresse. Mitten auf die Zwölf. Knockout in der ersten Runde. »Ach«, stammelte er heiser.

Steffi kam auf ihn zu. Schenkte ihm dieses unsagbar bezaubernde Lächeln. Ihre Zähne glitzerten in der untergehenden Sonne. »Ich hatte eh keinen Hunger. Mein Magen ist so viel gesunde Kost nicht gewohnt.«

»Der Magen ... ja«, kam es zurück.

»Ist mit dir wieder alles okay? Hast im Bewegungsbad etwas blass ausgesehen.«

Tjarko nickte. »Ja, ja. Alles wieder gut. Das warme Wasser. Hoffe, du hattest noch deinen Spaß.«

Steffi lächelte. »Klar. Mein Bruder hat mich noch ordentlich gequält.«

»Dein Bruder?«, fragte er perplex.

»Jo. Witzig oder? Er hat den Job erst seit drei Wochen.«

Tjarko seufzte. »Ach, das ist ja ein Ding.«

»Finde ich auch. Haben uns lange nicht mehr gesehen.«

Ihr Bruder. Meister Proper war also nicht der Schürzenjäger in Person. Aber so wie die beiden miteinander umgegangen waren ... er wäre nie darauf gekommen. In seinem Bauch machte sich das Gefühl von Erleichterung breit.

Steffi überlegte einen Moment. Blickte sich um und fragte: »Hast du Lust auf ein Getränk? Die Innenstadt ist wirklich süß. Sieht aus wie in einem Märchen.«

Tjarko zuckte mit den Schultern. »Kein Geld mit.«

Steffi hakte sich bei ihm unter. »Ich lad dich ein.«

Ein warmer Schauer durchfuhr seinen Körper. Was tue ich hier?, dachte er. Sie hatte einen Mann. Und bestimmt auch Kinder. Na ja, wenigstens hatte sich das mit dem Oberbademeister geklärt. Aber er schämte sich. Irgendwie. Sie hatte die Haare auf seinem Rücken gesehen. Und die schlabbernden Brüste. Also, was wollte sie nur von ihm? Er sollte besser zurück in sein Zimmer gehen. »Äh, du, ich bin echt müde«, sagte er und löste sich sanft von ihr.

»*Richtig so! Lass die Finger von den Weibern. Geh lieber einen saufen*!«, wisperte eine Stimme in ihm. Wenn man den Teufel nicht ruft, steht er trotzdem sofort parat. Ob man wollte oder nicht. Warum gerade jetzt?

»Ach Blödsinn«, entgegnete Steffi. »Wir gehen ein Bier trinken. Und quatschen.«

»Ich mach das nicht mehr.«

»Quatschen?«

Tjarko sah sie fragend an. »Nein, Bier trinken. Trinke keinen Alkohol.«

Steffi klatschte in die Hände. »Was ist denn mit dir los? Ich darf eigentlich auch nichts. Aber eins schadet uns bestimmt nicht.«

»Vertrag das Zeug nicht mehr«, sagte er trocken.

Steffi schien zu überlegen. »Sollte eigentlich auch die Finger davon lassen. Aber das Leben ist schon kurz genug, um auf etwas zu verzichten.«

»Ich komm damit gut klar. Trinke lieber Tee und so.«

»Na, dann eben einen Tee für dich. So wie du wirkst, brauchst du einen Wachmacher.«

Er krauste die Stirn. Okay, er sah wahrscheinlich nicht sonderlich gesellschaftsfähig aus. Mit den ollen Filzpantoffeln und der zerschlissenen Jogginghose hätte man auch denken können, er wäre gerade aus der Koje gestiegen. Es half nichts. Er sollte besser sein Bett aufsuchen. Der Tag hatte ihn komplett fertig gemacht.

Als er gerade den festen Entschluss gefasst hatte, das Weite zu suchen, tippte ihn ein Finger an der Schulter.

Er drehte sich um. Blickte beklommen zu Boden.

»Ich ... muss wirklich zurück. Meine Schwester ruft gleich an«, log er. »Wenn ich nicht dran gehe, bekomm ich Ärger.«

»Deine Schwester. Nicht deine Frau oder Freundin?«

»Bin Single.«

»Landwirt, eine Schwester die Kontrollanrufe macht, Nichtschwimmer und grüne Wollpuschen an den Füßen ... du bist echt 'ne Marke.« Sie musterte schmunzelnd seine löchrigen Quadratlatschen.

Tjarko schwieg und blickte an ihr vorbei.

Er konnte Steffi nicht in die Augen sehen und verspürte trotzdem den Drang, es zu tun.

Nein, unmöglich. Steffi war verheiratet. Was wollte sie dann von ihm? Er sah jetzt nicht nach einem Leckerbissen aus, den jede Frau vernaschen wollte. Außer Christa vielleicht.

Sie verschränkte die Arme. »Also, junger Mann. Ist doch nur eine Einladung ohne Hintergedanken.«

»Mm.«

»Und mir ist zudem furchtbar langweilig.«

Scheiß drauf, dachte er. Was sollte schon passieren. Zudem war seine Kehle knochentrocken. Eine Cola mit Eiswürfeln wäre eventuell eine Option. Ostfriesentee gab es in diesem Landstrich vermutlich sowieso nicht.

»Aber kein Alkohol«, sagte er etwas wacher.

Sie nahm seine Hand, die mindestens dreimal so groß war wie die ihre, und plinkerte keck mit den Augen. »Currywurst. Darfst du die wenigstens?«

»Wir sind auf Diät.«

»Die verbotenen Früchte schmecken am besten«, lachte Steffi.

Das hätte auch von Pastor Jacobs kommen können, dachte Tjarko. Er gab sich einen Ruck und schlenderte mit ihr in den Sonnenuntergang hinein.

Auf Wollpuschen und in Trainingshose.

Achtsam

Gemächlich perlten dicke Regentropfen am Fenster herunter. Dunkle Wolken lagen tief über dem Werratal. Von weitem ein stetiges Grollen, hier und da zuckten Blitze über den Hügeln.

Tjarko blickte hinaus und schmunzelte.

»Schietwetter. Fühl mich ganz wie zu Hause«, murmelte er.

In der Nacht, als er sich zurück in sein Zimmer gestohlen hatte, war es ungewöhnlich warm gewesen. Stundenlang hatte er mit Steffi in der beschaulichen Fußgängerzone von Bad Sooden gesessen und an seiner Cola geschlürft. An den Füßen Wollpuschen und den Kopf voller Sterne. Manchmal hatten sich ihre Blicke getroffen, und für einen Moment, so meinte er zumindest, hatte Steffi ihm tief in die Augen gesehen. Nur für einen Wimpernschlag.

Für den Landwirt schien es wie eine Ewigkeit.

Vielleicht war es auch nur pure Einbildung gewesen.

Die Uhr zeigte gerade sechs Uhr morgens. Tjarko hatte kein Auge zu bekommen. Hatte sich hin und her gewälzt und immerfort an die unzähligen Sommersprossen gedacht, die auf Steffis zartem Gesicht wie gemalt wirkten.

Er hatte nicht die geringste Peilung, was mit ihm los war. Fühlte sich, trotz wenig Schlaf, fit wie eine Kuh nach dem Melken. Himmel nochmal, er wusste eigentlich ganz genau, was mit ihm geschah. Unmöglich. Steffi hatte einen Ehemann. Komischerweise hatte sie ihn den ganzen Abend nicht mit einem Wort erwähnt.

Inzwischen war er angezogen, wunderte sich für einen kurzen Moment über den leicht käsigen Geruch, der an seinem Kapuzenpulli haftete, schlüpfte in seine Turnschuhe und blickte nochmals hinaus. Selbst den Wald, der nur einen Steinwurf entfernt war, konnte er vor lauter Regen nicht mehr erkennen.

Wie dem auch sei. Um halb sieben musste er zum Blutdruckmessen parat stehen. Vielleicht wäre Steffi auch da. Vielleicht auch nicht. Aber wenn ... verdammt. Er freute sich wie ein Schneekönig auf das gemeinsame Frühstück mit fettarmem Quark und Eiweißbrötchen. Vorher musste er noch zu der Achtsamkeitsgruppe. Was das auch immer sein mochte. Schon wieder eine Entspannungsgruppe. Egal. Er dachte gerade nur an die zierliche, dunkelhaarige Frau mit den leuchtenden Augen.

Es folgte ein kurzer Blick in den Wandspiegel, der an dem Kleiderschrank angebracht war. Tjarko zog seinen Bauch ein. Strich sich über die Glatze und sagte: »Wird Zeit, dass ich endlich abnehme.«

Die Achtsamkeit fand ein Gebäude weiter in der sogenannten Bibliothek statt. Ein mit altem Teppichboden ausgelegter Raum, vollgestellt mit Regalen, in denen nach feuchtem Papier riechende Wälzer auf ihre Leser warteten. Mitten im Raum ein paar fleckige, rote Sessel, auf denen bereits einige Patienten Platz genommen hatten und den Therapeuten gebannt anstarrten. Der langhaarige und recht ungepflegte Typ nickte Tjarko zu und wies mit den Augen auf den leeren Stuhl direkt neben sich. Dann lächelte er und blickte in die illustre Runde von acht hundemüden Augenpaaren.

»Mein Name ist Volker. Ich bin Psychiater und möchte euch für zwanzig Minuten Raum und Zeit vergessen lassen.«

Keine Reaktionen aus der Runde. Tjarko hatte für einen kurzen Moment einen Flashback. Er erinnerte sich an die Selbsthilfegruppe in Emden. Damals, als er noch wie ein Stier gesoffen hatte.

Als dann Volker auch noch ein Glöckchen hervorkramte, konnte sich Tjarko ein Grinsen nicht verkneifen.

Volker runzelte die Stirn. »Es scheint, du weißt, was das ist?«

»Ne Glocke«, brummte Tjarko angenervt.

Leises Gelächter in der Runde.

»Dieses Glöckchen«, fuhr Öko-Volker fort, »ist für den ...«

»Hüter der Dialektik«, sagte Tjarko.

Wieso konnte er nicht einfach sein verdammtes Maul halten. Komisch, an was für unnützes Zeug man sich erinnerte.

Volker nickte grinsend. »Ja, genau. Ein Experte. Wunderbar. Dann kannst du auch erklären, was es damit auf sich hat.«

»Wer Scheiß labert, wird raus geklingelt.«

Hier und da lautes Gekicher. Tjarko hatte keine Peilung, was die anderen daran so lustig fanden. Er hatte es nur verständlich erklärt.

»Äh, nicht ganz«, antwortete Volker anerkennend und drückte Tjarko das Glöckchen in die Hände.

»Kann denn nicht jemand anders ...?«

»Nein, nein. Hiermit bist du die nächsten drei Wochen unser Hüter der Dialektik. Obwohl deine Ausdrucksweise ...«

»Tschuldigung. Ich bin Ostfriese«, erwiderte Tjarko.

Nun johlte die ganze Runde. Ein Typ gegenüber gackerte wie ein Huhn. Volker war jedoch Meister der absoluten Selbstdisziplin. Verzog keine Miene und hob die Hände. »Nehmt alle eine entspannte Haltung ein. Die Hände auf die Knie gelegt, die Füße fest auf dem Boden.«

Außer Tjarko folgten die anderen brav den Anweisungen. Niemand sagte mehr einen Mucks. Gehüstel und Geräusper und das brummende Geräusch des Vibrationsalarms von Tjarkos Handy.

Volker blickte ihn strafend an. »Keine Handys in der Gruppe, bitte.«

»Ja. Schon gut.« Er lugte auf das Display. Klaus Lüders.

Um diese Uhrzeit? Schien was Wichtiges zu sein.

»Ich ... muss mal eben ran gehen«, sagte er.

Volker zuckte entnervt mit den Schultern.

»Ja, ich hier ...«, murmelte der Landwirt. »Ne ... du das geht gerade nicht. Hab Therapie.« Dann riss er die Augen auf. »Bitte was? Nicht dein Ernst? Habt ihr ihm was anderes zu fressen gegeben?«

Volker wurde sichtlich nervös.

Tjarko telefonierte unbeirrt weiter. »Du regelst das schon«, blaffte er schließlich, beendete das Gespräch und steckte das Handy in die Hosentasche. Er schlug die Beine übereinander.

»Der Arsch bekommt ja auch nichts selber geschissen«, grummelte er in sich hinein. »Ohne mich läuft da nichts.«

»So, nun ist es aber gut. Das nächste Mal bitte das Handy aus lassen«, zischte Volker.

»Immer selbst und ständig«, kam es brummend zurück.

»Geschäftsmann? Was für ein Gewerbe?«

»Natur«

»Ah, Gärtner?«

»Nö, Landwirt.«

»Ach. Ein Bauer.«

»Was?«

»Nichts. Ein schwerer Beruf, denke ich.«

»Jeder das, was er kann.«

Volker nickte. »Durchaus.«

»Unser Bulle ist etwas unruhig. Hat Blähungen.«

»Mm.«

»Die Vollpfeife von Hofhelfer hat ihm das falsche Futter gegeben. Das kann auch mal nach hinten losgehen.«

»Tja, aber nun bist du ja hier, um dich zu entspannen.«

»Na, dann legen Sie mal los«, sagte Tjarko, legte das Glöckchen auf die Knie und nahm eine entspannte Position ein. »Ich habe Schmacht und brauch dringend einen Kaffee.«

»Kaffee hätte ich auch sehr gerne«, sagte eine ältere Dame.

»Wie lange müssen wir denn hier noch so sitzen?«

Volker klatschte in die Hände. »Die Zeit ist bald um und wir haben noch gar nicht angefangen.«

»Wie soll man sich ohne Frühstück entspannen?«, meldete sich ein dürrer Kerl im gelben Trainingsanzug. »Besonders in dieser unbequemen Haltung?«

»Genau«, kam es aus der Runde.

Der Psychiater strich sich durch die fettigen Haare. »So, bitte Ruhe jetzt!«, sagte er in einem harschen Ton.

Tjarko klingelte das Glöckchen.

»Was soll das?«, sagte Volker mit zittriger Stimme.

»Bei Ihrem aggressiven Ton kann sich keiner entspannen«, entgegnete er.

Herrgott, das war hier sogar noch verrückter als der irre Stuhlkreis damals in der Selbsthilfegruppe.

Der Therapeut blickte auf seine Uhr. »Wir haben noch genau fünf Minuten. Machen Sie einfach mit und gut ist.«

»Na, dann machen Sie Ihren Job«, forderte die ältere Dame. »Ich hab Kaffeedurst.«

»Ich auch«, tönte es im Chor.

»Na dann«, meldete sich Tjarko. »Ist die Runde wohl beendet.«

Volker stand kerzengerade auf und schien vollkommen

außer sich. »Das geht nicht. Die Gruppe endet erst dann, wenn ich das sage. Sonst gilt das als nicht teilgenommen.«

»Und?«

»Bei dreimal Gruppen oder Therapien versäumen kann es zu einer vorzeitigen Entlassung kommen.«

»So ein Unsinn, wir sind hier nicht im Gefängnis«, tönte es aus der Reihe.

Volker versank im Sessel und verfolgte mit leeren Blicken, wie die Achtsamkeitsgruppe zum Essen fassen eilte.

Wie es sich für eine Kurklinik gehörte, war der Kaffee nicht nur dünn, sondern auch koffeinfrei. Jedenfalls schmeckte er so. Lustlos schlürfte Tjarko an dem Getränk. Was gäbe er jetzt für einen Ostfriesentee. Der Platz gegenüber war leer. Keine Steffi. Mal wieder. Schade aber auch. Vielleicht hatte sie verschlafen. Kein Wunder bei den fünf Gläsern Wein, die sie in sich reingeschüttet hatte.

Tjarko kaute gelangweilt an seinem Eiweißbrötchen mit Margarine und Quark und entdeckte einen kleinen Zettel, der unter Steffis unangetastetem Teller steckte.

Er nahm ihn, blickte sich einmal verstohlen um und las die Worte, die hektisch mit einem Bleistift auf das karierte Papier gekritzelt waren.

Hey Du,

Danke für den tollen Abend. Ich hatte keinen Hunger. Warte gegen 19 Uhr auf dem Parkplatz auf mich. Und bring deine Pantoffeln mit. Ich mag die Dinger.

Tjarko lächelte, faltete den Zettel sorgfältig und verstaute ihn in seiner Jogginghose. Danach schob er sich ein weiteres Brötchen hinein, kippte den restlichen Kaffee runter und blickte aus dem Panoramafenster. Regen. Das perfekte Wetter für einen perfekten Tag.

Noch perfekter wurde es, als die Dame an der Rezeption mit einem breiten Grinsen eine weitere Karte von Christa hochhielt.

»Was ist es heute?«, fragte er.

»Eine Katze mit Hut.«

»Katzenallergie habe ich auch.«

Sie lächelte überrascht. »Ehrlich. Aber das ist doch Ihre Post.«

Tjarko beugte sich über den Tresen. »Wissen Sie was? Verschonen Sie mich mit den Karten und behalten Sie die einfach. Wenn ich Lust habe, nehme ich am Ende der Kur den Stapel mit und verbrenne ihn auf meinen Hof.«

Er verabschiedete sich mit einer galanten Verbeugung.

»Hilde, da hast du mir was eingebrockt«, grummelte er.

In Bad Sooden Allendorf schüttete es wie aus Eimern. Sogar die Nordic Walking-Gruppe für Anfänger wurde kurzfristig abgesagt. Eigentlich war ein Einführungslauf an der Werra geplant gewesen. Bei Wind und Wetter, wie es der Therapieplan vorsah. Doch selbst für diese Gruppe war das dann doch zu viel Wetter. Tjarko störte sich nicht daran. Er liebte den Regen. Doch hier war der irgendwie anders als in seiner Heimat. Anstatt von einem leichten Ostwind getragen von der Seite kommend, prasselten die Wassertropfen senkrecht vom Himmel. Und das Gewitter hing zwischen den Hügeln fest wie ein Huhn im Gatter.

Stundenlang ertönten gewaltige Donnerschläge, gefolgt von Blitzen, die hier und da in die Bäume krachten. Unaufhörlich heulten die Martinshörner der Feuerwehr.

Das perfekte Wetter für einen Massagetermin. So stand es jedenfalls auf Tjarkos Terminplan. Vielleicht etwas Zeit, um zu entspannen. Die Anwendungen und Therapien waren bisher kein Zuckerschlecken gewesen. Hauptsache, er musste nicht reden. Und Massage, die Tjarko in seinem Leben bisher noch nicht erhalten hatte, schien perfekt für eine halbe Stunde Auszeit.

Der Physiotherapeut war ein drahtiger Kerl, braungebrannt, mit enorm trainierten Oberarmen. Er stellte sich mit einem festen Händedruck als »Stefan« vor und bat den Landwirt, sich bäuchlings ohne Oberteil auf der Liege niederzulassen. Das Gesicht musste er durch eine Einsparung im Kopfteil stecken. Nun denn, dachte er. Kann ja so schlimm nicht sein.

Stefan legte los. Mit einem öligen Zeug rieb er den Rücken ein und fuhr mit einem kräftigen Druck an der Wirbelsäule Richtung Hintern. Tjarko Behrens schloss tatsächlich für einen Moment die Augen und stieß ein seufzendes Geräusch aus. Welches jäh von einem lauten Schrei ersetzt wurde.

»Scheiße verdammt!«, brüllte er keuchend.

Ein stechender Schmerz schoss in seine Schultern. Sein Peiniger schien ihm gerade ganze Fleischstücke aus dem Körper zu reißen.

»Oh, da ist ein ordentlicher Knubbel«, freute sich Stefan und hantierte weiter am Schulterblatt herum.

Knubbel. Na wunderbar. Schön zu wissen. Was er damit auch immer meinte, dieses Ding knirschte unter den Händen des Folterknechtes wie altes Gebälk.

»Ich nehm eben die Massagepistole«, murmelte Stefan.

Das konnte definitiv nichts Gutes heißen.

Sekunden später ein brummendes Geräusch. Dann das Gefühl, als ob eine Schleifmaschine sich direkt bis auf die Knochen pflügte.

Behrens stand der Schweiß auf der Stirn. Ein erneuter, nun übelst bohrender Stich schoss durch seine Muskeln bis in das Hirn hinauf. Von draußen ertönte ein ohrenbetäubendes Krachen. Als ob irgendwo ein Blitz eingeschlagen hätte. Und genau in diesem Moment trat Tjarko mit seinem rechten Bein nach hinten. Ein dumpfes Geräusch folgte. Dann ein Keuchen und so etwas wie ein: »Umpf.«

Tjarko stützte sich auf und blickte über die Schulter.

Stefan lehnte zusammengekrümmt an der Wand und presste mit schmerzverzerrtem Gesicht die Hände auf den Bauch.

»Sag mal, hast du noch alle Tassen im Schrank?«, sagte er heiser.

Der Landwirt sprang auf. »Das war keine Absicht. Reflex oder so.«

»Hast mich voll am Magen erwischt.«

»Ich ... ich kann helfen. Kenn mich da aus«, stotterte Tjarko.

»Bist du Arzt oder was?«

»Landwirt.«

Stefan winkte ab, »Lass mal. Scheiße, tut das weh.« Vorsichtig krempelte er sein Shirt nach oben. »Das gibt nen blauen Fleck. So ein Mist.«

»Kühlen. Du musst es kühlen. Wenn mich 'ne Kuh getreten hat, nehm ich sofort Arnika. Das sind so kleine Kügelchen.«

»Steck dir dein Zeug sonst wo hin. Die Massage ist beendet.«

Ein greller Blitz zischte direkt am Fenster vorbei auf den Boden.

Tjarko warf einen Blick auf den Boden. Hob die Massagepistole auf und legte sie auf die Liege. Mit dem Ding hätte man auch Kühe betäuben können. »Ich geh dann mal besser«, brummte er und warf sich das Shirt über.

Stefan schien sich wieder aufgerappelt zu haben und rieb seinen Oberbauch. »Sag mal, welche Schuhgröße hast du eigentlich?«

»Neunundvierzig.«

»Hast mir 'nen ordentlichen Dampfhammer mit deiner Quante verpasst. Wir sehen uns morgen um dieselbe Zeit.«

»Sorry nochmal. Wenn ich das wieder gut machen kann ...«

»Wie hieß dieses Zeug nochmal?«

»Arnika. Acht Kügelchen, nach einer Stunde vier und dann dreimal am Tag. Am besten, du holst noch Pferdesalbe. Dann fühlst du dich wieder wie ein frischer Fisch.«

Stefan schenkte ihm ein dünnes Lächeln und humpelte aus dem Raum.

Nach dem verpatzten Date auf der Massagebank freute sich Tjarko auf einen lauen Tag. Die abgesagte Walkinggruppe kam ihn eigentlich sehr entgegen. Vielleicht sollte er sich einfach auf sein Bett lümmeln und Fünfe gerade sein lassen. Draußen schüttete es weiterhin wie aus Eimern. Außer Mittagessen lag am Nachmittag nur noch MTT an. Was die drei Buchstaben bedeuten sollten, wurde ihm erst nach dem Öffnen einer dunkel verglasten Tür gewahr. *»Medizinisch-technische Therapie«* prangte in roter Schrift auf einem Schild. Das verhieß nichts Gutes. Vor ihm erstreckten sich allerlei Gerätschaften, die eher aussahen wie mittelalterliche Folterinstrumente.

Cornelia, so stellte sich eine zierliche Physiotherapeutin mit hochtoupierten blonden Haaren vor, begrüßte ihn mit einem überraschend festen Händedruck und legte sogleich los.

»Erst einmal Kardiotraining«, trällerte sie und bat Tjarko auf ein Fahrrad. Jedoch ohne Räder und mit einem blinkenden Display vor seiner Nase.

Sie stellte den Sitz auf die höchstmögliche Position. Tjarko setzte sich ungelenk darauf. »Und jetzt?«, fragte er.

»Na, in die Pedale treten. Aber langsam.«

»Ich komme aus Ostfriesland. Ich bin sozusagen mit dem Fahrrad geboren«, brummte er. Um seine Worte zu unterlegen, trat er in die Pedale und grinste breit.

»Ach, dann stell ich dir das Profiprogramm ein.« Cornelia beugte sich zum Display und drückte ein paar Tasten. »So, dann leg mal los.«

Tjarko griente. Endlich etwas, das er kannte. Nur, dass dieses Fahrrad ohne Reifen irgendwie sinnlos für ihn war. Es brachte ihn weder nach A noch nach B. Einfach ein paar Minuten locker strampeln und er hätte sein Tagwerk erledigt. Schon der erste Antritt ließ ihn Schlimmes befürchten. Die Pedale bewegten sich schwerfällig, als ob er sich in einem Misthaufen festgefahren hätte. Eine Minute später keuchte er wie eine alte Dampflok.

Cornelia kam zu ihm und legte eine Hand auf seine Schultern. »Na, das sieht ja schon ganz gut aus«, lobte sie in einem Tonfall, als redete sie mit einem Kleinkind.

Tjarko wollte keine Schwäche zeigen. Nickte nur lächelnd, obwohl seine Oberschenkel wie glühende Lava brannten. Zehn Sekunden später pochte sein Herz bis zu den Gehörgängen.

»Ich ...«, keuchte er, »Ich kann nicht mehr.« Mit hochrotem Kopf ließ er die Griffe los und kippte seitwärts vom Rad.

Cornelia winkte einen Kollegen zu sich heran. »Ein Schlappmacher« sagte sie.

Indes fiel Tjarko wie ein Sack auf eine neben dem Fahrrad liegende Trainingsmatte. Um ihn herum schien sich alles zu drehen. Er blinzelte und blickte auf seine Beine, die Cornelias Kollege mit entspannter Miene nach oben hielt. »Wird gleich wieder«, sagte er. »Ist gerade nur der Kreislauf.«

Kreislauf. Tjarko dachte in diesem Moment, er müsste von der Welt abtreten. Doch seine Sinne erhellten sich wieder. Nach ein paar Minuten berappelte er sich und winkte ab. »Alles okay. Ich kann aufstehen.«

»Langsam, Meister«, erwiderte der Therapeut und half ihm auf. Ein säuerlich riechendes Getränk wurde gereicht. »Trinken Sie erstmal. Ist isotonisch.«

Tjarko kippte sich das Zeug in den Rachen. Schmeckte wie eine Urinprobe mit Kohlensäure. Das Zeug schien jedoch wahre Wunder zu wirken. Er wankte zu einem Stuhl und ließ sich darauf fallen.

Cornelia nickte zufrieden. »Und das bei Stufe eins.«

»Passiert bei den meisten«, meinte ihr Kollege.

»Martin, er ist Ostfriese.«

»Ach was. Aus dem Land der Radfahrer. Witzig.«

Tjarko blickte auf. »Die Luftveränderung«, sagte er heiser.

»Ja, ja. Natürlich. Kein Problem«, kicherte Martin.

Am liebsten hätte der Landwirt dem Typen die Meinung gegeigt. Aber er musste zugeben, dass seine Kondition sich als absolut schrottreif erwies. War wohl doch etwas zu viel gewesen heute. Achtsamkeit, Massage, dann der dünne Kaffee. Und zu guter Letzt die Foltergeräte. Was die in der Kur von ihm verlangten, war schon ein ordentliches Pfund. Ihm ging es gerade miserabel. Keinen Meter würde er mehr laufen können.

Cornelia beschloss, dass Tjarko Feierabend machen durfte. »Ich denke, das reicht für heute.«

Tjarko nickte, stand wortlos auf und schlurfte breitbeinig aus dem Fitnessraum. Er freute sich auf eine Dusche und sein Bett. Doch Moment mal. Da war ja noch was. Freude kam in ihm auf. So ganz war der Tag nicht versaut. Beinahe hätte er das abendliche Date mit Steffi vergessen. Trotz elendig schmerzender Beine legte er einen Zahn zu. Und erwischte sich dabei, wie seine Lippen eine dahergeflogene Melodie pfiffen.

Rätselhafter Kerl

Sanft und warm wehte der Wind über die Felder Ostfrieslands. Ein trüber Schleier verhüllte den nahegelegenen Deich des Ems-Jade-Kanals. Regen hatte die Nacht das Land überzogen. Erst zum Sonnenaufgang verabschiedeten sich die dunklen Wolken und ließen eine träge Sonne im Morgendunst ihr Tagwerk verrichten. Aufgeregt muhten Milchkühe im Stall um die Wette. Im Entenmarsch wackelten sie mit vollen Eutern in den Melkstand, hinterließen hier und da einen beachtlichen Fladen, um dann fröhlich auf die Weide zu traben. Tjarkos Kühe gehörten noch zu den glücklichen Tieren, die ihr Dasein nicht in einem neonbeleuchteten Stall fristen mussten. Er bestand nach dem Umbau darauf, dass sein Vieh unbegrenzt grasen durfte. So konnte er seine Milch als sogenannte Weidemilch für ein paar Cent mehr verkaufen. Obwohl es nicht sonderlich viel mehr Geld in die Kasse spülte.

An diesem Morgen war Manuel erstaunlich schnell mit seiner Arbeit fertig. Schließlich war Donnerstag und er musste noch in die Niederlande, um sich Nachschub an grüner Ware zu besorgen. Das Tor öffnete sich. Manuel stellte einen Besen beiseite und blickte auf.

»Moin, bin ich hier bei Behrens?«, fragte eine brüchige Stimme.

»Jo. Aber der Chef ist außer Haus«, erwiderte der Hofhelfer.

Ein großgewachsener Mann erschien und blickte sich neugierig um. Der Kopf kahl geschoren, ein Zwirbelbart unter der Nase und in einen Blaumann gekleidet. Seine Hände ölverschmiert. »Mein Name ist Klaus Nanninga. Der neue Besitzer vom Automuseum bei Norddeich.«

»Schön für Sie.«

Nanninga blickte sich um und fragte beiläufig: »Das ist hier doch bei dem Geisterjäger, oder?«

Manuel zuckte mit den Schultern. Er war sowas von stoned, dass seine Pupillen groß wie Untertassen waren. »Jäger? Nö. Landwirt. Hier wohnt ein Landwirt.«

»Mm. Wissen Sie, wo ich Ihren Chef erreichen kann?«

»Der ist irgendwo in Bayern oder so und macht da Urlaub.«

»Gibt es da noch jemanden aus der Familie?«

Manuel hob erneut die Schultern, betrachtete argwöhnisch den Bart seines Gegenübers und fragte sich, ob das vielleicht dessen Nasenhaare waren. »Mm, ich kenne nur einen Lüders oder so. Und seine Schwester.«

»Sie haben bestimmt eine Telefonnummer von denen.«

»Nicht direkt am Mann. Aber da ist noch so ein schwarzbärtiger Typ. Ausländer oder so. Der kommt zwischendurch auf den Hof und schleppt irgendwelche komischen Geräte aus dem Haus.«

»Iraner?«, fragte Nanninga.

»Was weiß ich. Der redet nicht viel. Holt nur irgendwelches Zeug ab und geht wieder. Hat einen Laden hier in Buckbuhr.«

Nanninga grinste. »Ich weiß.« Er warf einen Blick auf seine Armbanduhr. »Aber am liebsten hätte ich Herrn Behrens gesprochen. Kann ich mich hier noch etwas umsehen?«

»Tun Sie sich keinen Zwang an.« Manuel schnappte sich den Besen und folgte mit den Blicken dem komischen Kauz, der kurz verharrte, sich umsah und dann zielstrebig auf Mutter Maria zuging.

»Da ist er ja. Der berühmte Bulle!«, kicherte er.

»Äh, da würde ich nicht so nah rangehen. Der ist nicht ganz koscher.«

»Blödsinn. Um das Tier ranken sich Legenden.«

Manuel wurde aufmerksam. Zudem ebbte die Wirkung seiner besonderen Krautmischung ab. »Was für Legenden?«, rief er und schwankte zum Bullen.

Nanninga stand an die Wand gelehnt und mit verschränkten Armen vor dem Verschlag und nickte. »Er kann angeblich sprechen.«

»Ach was?«

»Ihr Chef ... der redet mit dem Tier. War sogar mehrmals in der Zeitung mit ihm. Das Vieh hat unzählige Preise bekommen. Und einmal ist er wohl gesehen worden, wie er auf den Bullen einredete und er dann mit dem Kopf nickte. Und man munkelt, das Vieh hätte so etwas wie: Verpiss dich zu ihm gesagt.«

»Blödsinn ..., woher wollen Sie das wissen?«

»Sie kommen nicht von hier, oder?« Nanninga blickte ihn auffordernd an.

»Wilhelmshaven. Mir ist egal, was hier läuft. Ich bin nach drei Wochen eh wieder weg.«

»Auf diesem Bauernhof geschahen vor einigen Jahren unheimliche Dinge.«

Manuel strich sich durch die langen Haare und nickte. »Also, das Riesenvieh ist schon manchmal etwas gruselig.«

»Mutter Maria.«

»Na, dann eben Mutter Maria.«

Der Bulle schnaufte zufrieden.

Nanninga blickte erneut auf seine Uhr. »Nun denn, ich will Sie auch nicht länger aufhalten. Kann Ihnen nur raten, das Tier mit einem gewissen Respekt zu behandeln.« Er schlug Manuel auf die Schulter und nickte zum Abschied.

Nachdem der komische Kauz verschwunden war, steckte sich Manuel eine Tüte zwischen die Lippen und zündete sie an. Inhalierte den klebrigen Rauch tief in seine Lunge und blies eine süßlich riechende Wolke Richtung Bullen.

»*Schmeiß deinen Bubatz weg, du Kacknase*«, zischte es in seinem Kopf.

Manuel zuckte zusammen. Kam bestimmt von der neuen Ware, die er von seinem Dealer bekommen hatte. Nicht das er 'nen Psycho davon schieben würde. Egal, noch einen tiefen Zug. Dann würde das schon klar gehen.

Leise in sich hineinkichernd torkelte er zurück zum Melkstand.

Nicole tauchte in das Badewasser, kam wieder hoch und rieb sich mit einem zufriedenen Seufzer die Augen. Klaus hatte sie für verrückt erklärt, sich bei der ungewohnten Hitze draußen eine heiße Wanne einlassen zu wollen. Sie hatte die Nacht furchtbar schlecht geschlafen. Der Rücken schmerzte und zwischendurch war ihr so übel, dass sie Angst hatte, sich übergeben zu müssen. »Schwangerschaft ist keine Krankheit«, hatte ihr Gynäkologe gesagt, als sie ihm ihr Leid klagte. Der Ultraschall war zur vollsten Zufriedenheit des Arztes ausgefallen. »Alles okay«, hatte er gesagt. »Sie sind im achten Monat, da sind Ihre Beschwerden vollkommen normal.«

Nicole fragte sich manchmal, warum es mehr Männer als Frauen in dem Fachbereich gab. Irgendwas musste mit denen nicht stimmen. Aber in Ostfriesland konnte man froh sein, überhaupt an einen guten Arzt geraten zu sein. Wie dem auch sei, sie fühlte sich bei der zunehmenden Wärme draußen einfach hundeelend. Klaus tat alles für sie. Manchmal sogar zu viel für Nicoles Geschmack. Und ehrlich gesagt, das ging ihr gehörig auf den Keks.

»Schatz, alles gut mit dir?« Oder »Kann ich dir noch einen heißen Tee mit frischer Zitrone und Bio Ingwer bringen?« War zwar nett gemeint, aber oft einfach nur nervig. Er war ein guter Mensch und zudem ein perfekter Liebhaber. Anfangs tuschelte ganz Buckbuhr über ihre Beziehung. Klaus Lüders hatte als Besamungstechniker und mit seinem unförmigen Aussehen seinen Ruf weg im Ort. Dazu die prägnante Stimme, die klang wie Donald Duck auf Helium. Nicole war das egal. Sie liebte ihre »Knutschkugel«. Zudem, einen besseren Vater als Klaus konnte sie sich nicht vorstellen.

Beide wollten nicht wissen, ob es ein Junge oder ein Mädchen wird.

»Hauptsache gesund«, hatte Klaus zum Frauenarzt gesagt.

Nicole lehnte den Kopf an den Wannenrand und schloss die Augen. Frühmorgens ein heißes Bad war die beste Idee des Tages gewesen.

Klaus klopfte an die Tür. »Darf ich?«, fragte er.

»Du kennst mich doch, Schatz. Komm rein und steig zu mir.«

Ihr Mann schüttelte den Kopf. »Ich muss gleich nochmal los. Und du bist hochschwanger.«

»Spielverderber«, sagte sie gespielt beleidigt.

»Hab ich dir schon erzählt, dass ich mit Tjarko telefoniert habe?« Klaus setzte sich auf den Wannenrand.

»Ach. Bist du endlich mal über deinen ewigen Schatten gesprungen?«

»Maria hatte Probleme. Und er kennt seinen Bullen besser als ich.«

Nicole lachte leise. »Miteinander reden ist halt das Beste.«

Klaus zuckte mit den Schultern. »Er war kurz angebunden am Telefon. Musste ihm jedes Wort aus der Nase ziehen.«

»Und, was hat er gesagt?«

»Nicht viel. Klang ziemlich entspannt für seine Verhältnisse.«

Nicole setzte sich auf. »Entspannt?«

»Was weiß ich. Er hat mich jedenfalls nicht beleidigt.«

»Klaus, vielleicht hat Tjarko Sehnsucht nach dir«, kicherte sie.

»Nach mir? Ich habe da ja eine Vermutung.«

»Aha? Und was vermutet der Herr Lüders?«

Er grinste breit. »Kurschatten.«

»Kurschatten?« Nicole schöpfte Schaum aus der Wanne und blies ihn ihrem Mann entgegen. »Nun spinnst du aber.«

»Ich vergaß. Er würde diese Christa bestimmt niemals betrügen.«

»Ach Klaus. Du und deine Theorien.«

»Wieso? Dein Bruder ist ein großer Junge. Da hat man so seine Bedürfnisse. Stille Wasser sind tief. An seiner Stelle würde ich auch nicht alles erzählen.«

Nicole setzte sich auf, griff nach seinem Hosenbund und ehe sich Klaus versah, lag er der Länge nach in der Wanne.

»Hey, was soll das?«, keifte er.

»Lass uns Dinge tun, Baby«, hauchte sie und gab ihm einen innigen Kuss.

Mittlerweile pladderte es in Bad Sooden Allendorf, als ob es kein Morgen gäbe. Tjarko verkrümelte sich unter einen Baum und zog sich die Kapuze über. Gut, dass er darauf bestanden hatte, seine abgewetzte Öljacke mit einzupacken. Obwohl Nicole verständnislos den Kopf geschüttelt hatte. Schließlich war es Frühsommer. Er kramte den Zettel heraus, den Steffi beim Abendbrot hinterlassen hatte, schmunzelte in sich hinein und dachte an seine grünen Filzpuschen, die er wohlweislich nicht angezogen hatte. Die Uhr zeigte kurz nach sieben. Tjarko blickte auf. Steffi huschte mit einem aufgespannten Regenschirm über den Parkplatz.

»Hast du meinen Brief gefunden?«, fragte sie und stellte sich neben ihm unter den Baum. »Sauwetter, oder?«

Tjarko nickte.

»Ich dachte ja erst, wir machen einen Spaziergang. Aber bei dem Regen ...«

»Der macht mir nichts aus«, erwiderte er. »Ich bin Ostfriese.«

Steffi blickte auf seine Schuhe. »Keine Pantoffeln? Du enttäuschst mich aber.«

Er zuckte mit den Schultern. »Hatte erst überlegt, sie anzuziehen.«

Sie lachte. Dabei kam ihr kleines Grübchen am Kinn zum

Vorschein. »Ich hatte keinen Bock, allein auf dem Zimmer zu sitzen und dachte, wir setzen unsere Unterhaltung fort. Fand den Abend wirklich nett mit dir.«

»Jo.«

»Und jetzt? Bis wir im Ort sind, sind wir klitschnass.«

Tjarko wischte sich Regentropfen von der Nase. »Könnte sein.«

Steffi schloss für einen Moment die Augen und schien zu überlegen. »Heute ist Bingoabend im Speiseraum. Wie wär´s?«

Bingoabend. Er hatte davon gehört. Überall in der Klinik lagen Flyer herum. Der erste Preis war ein pH-neutrales Kosmetikpaket. Aber eigentlich hatte er sich auf einen netten Abend mit Steffi gefreut. Doch so, wie sie ihn nun ansah, mit ihren strahlend grünen Augen, blieb ihm nichts anderes übrig, als zustimmend zu nicken.

Sie spannte den Schirm wieder auf. »Wunderbar. Das wird lustig.«

Der Speiseraum war gut gefüllt. Die meisten schienen an diesem verregneten Abend dieselbe Idee gehabt zu haben. Tjarko zog seine triefend nasse Öljacke aus und blickte sich suchend um. Alle Tische waren belegt. Niemand schien sich an die Sitzordnung zu halten. Steffi erspähte zwei freie Plätze.

Als Tjarko die beiden Herren sah, die ihm am ersten Tag das Abendbrot vor der Nase weggefuttert hatten, geriet er doch etwas in Panik. Doch seine Begleitung nahm seine Hand und zog ihn durch die Reihen.

»Ach, das ist ja ein Zufall«, sagte der dürre Senior mit Mütze und lächelte säuerlich. Sein Kumpel hatte seine Krücken auf einen Stuhl gelegt. Der andere freie Platz diente als Ablage für eine Jacke. »Der untreue Tischgenosse. Die Plätze sind leider belegt.«

Steffi stutzte. »Mm. Vielleicht könnten Sie Ihre Sachen woanders deponieren. Wir würden auch gern Bingo spielen.«

»Aber nur, weil Sie so eine hübsche Frau sind«, sagte der andere und stellte sich als Herr Arends vor. »Und das ist Dr. Brüchert. Er ist Arzt«, fügte er hinzu.

»Gewesen«, korrigierte der. »Aber einmal Arzt, immer Arzt.«

Tjarko reichte Arends die Krücken. Der lehnte sie an die Wand und rutschte mit seinem Stuhl ein Stück zur Seite. Steffi zog ihre Jacke aus und nahm Platz.

»Gibt es denn auch Bingo-Karten?«, fragte sie.

Brüchert schob seine Brille auf die Nasenspitze. »Haben Sie den Prospekt nicht gelesen? Die Karten konnten heute an der Rezeption erstanden werden.«

179

»Ach, so ein Jammer«, bemerkte Tjarko. Niemand lächelte. Selbst Steffi nicht, die sich tatsächlich auf das Bingospielen zu freuen schien. Egal. Er wollte so schnell wie möglich diese beiden Vogelscheuchen vom Pelz bekommen.

Brüchert schob Steffi eine Bingokarte hinüber. »Für die junge Dame. Würde mich freuen, wenn Sie uns noch etwas Gesellschaft leisten könnten.«

»Oh, das ist aber sehr nett von Ihnen.«

Arends blickte Tjarko an. »Tja, für Sie habe ich leider keine mehr übrig.«

»Egal. Ich kann ja solange einen Spaziergang machen.«

Brüchert griente. »Oh ja. Frische Luft hat noch niemandem geschadet.«

»Kommt nicht in Frage«, entgegnete Steffi. »Du bleibst bei mir.«

»Ruhe jetzt. Es geht los«, flüsterte Arends und starrte gebannt nach vorn.

Eine Dame mit hochtoupierten Haaren ergriff ein Mikrofon und begrüßte zu dem wöchentlichen Bingoabend mit tollen Gewinnen. Als dritten Preis gab es sogar eine Duschhaube. Auf einem Tisch war eine kleine Lostrommel positioniert. Gespannte Stille herrschte. Sie kurbelte an der Trommel und eine Kugel rollte heraus. Theatralisch wurde die

Nummer ausgerufen. Jeder, außer Tjarko, klebte mit seinem Gesicht förmlich auf der Bingokarte und markierte das passende Feld.

Die Prozedur wiederholte sich mehrmals. Gelangweilt blickte Tjarko aus dem Fenster. Hier gab es auch nicht viel zu sehen. Es regnete weiterhin sturzbachartig. Irgendjemand brüllte laut Bingo. Steffi war voller Eifer mit dabei und schenkte ihm noch nicht mal ein Lächeln. Was ihm jedoch ziemlich auf den Sack ging, war Dr. Brüchert, der andauernd kaum wahrnehmbare schmatzende Geräusche von sich gab. Ab und zu leckte er sich mit der Zunge über die rissigen Lippen. Tjarko ging das gewaltig auf den Keks.

»Ich gehe mir eben die Beine vertreten«, sagte er.

Steffi blickte auf. »Bleib doch hier. Ich habe gleich ein Bingo.«

»Lass mal. Du hast ja ... nette Gesellschaft.«

Brüchert schmatzte und Arends nickte wortlos.

Kaum hatte sich Tjarko erhoben, landeten die Krücken auf seinem Platz.

Steffi brüllte laut: »Bingo!«, und freute sich wie ein Plätzchen.

»Bis dann«, sagte er, schnappte sich seine Jacke und stiefelte aus dem Speiseraum.

Das war es dann wohl gewesen. Sein erstes, richtiges Date. Vielleicht war es auch besser so. Er schien hier nur das fünfte Rad am Wagen zu sein. Tjarko stülpte sich die Kapuze über, steckte die Hände tief in die Hosentaschen und entschied sich für einen Spaziergang. Regen war jetzt genau das, was er brauchte.

◆

Alte Geister

Mit ausgestreckten Beinen saß Hassan auf seiner Terrasse und blickte über seinen gepflegten Garten. Seine Frau stellte ein Glas Pfefferminztee vor ihn auf den Tisch und setzte sich zu ihm.

»Dank dir«, sagte er. »Fatime, ich mache mir echt Sorgen.«

Sie legte eine Hand auf seinen Arm. »Der Laden, oder?«

Er blickte in ihr Gesicht. Wenn sie besorgt war, mogelten sich ein paar Fältchen an ihre Stupsnase. Seine Frau war so verdammt wunderschön, dass ihm in solchen Momenten schwindelig wurde.

»Ja. Dieser Termin bei unserem Steuerberater war echt niederschmetternd.« Hassan hätte gern bessere Nachrichten mit nach Hause bringen wollen. Seine Frau war sein Ein und Alles. Und er war mächtig stolz auf sie. Trotz aller Widrigkeiten hatte sie ihn immer wieder ermutigt, sein bescheidenes Lebensmittelgeschäft weiterzuführen. Und nun rückte sie an ihn heran, blickte ihn mit ihren tiefdunklen Augen an und lächelte. Obwohl es keinen Grund zum Lächeln gab. Mit einer Hand fuhr sie durch ihre schwarzen Haare. Hauchte ihm mit sanften Lippen einen Kuss auf die Stirn und strich über seine Wange.

»Hassan, das schaffen wir. Ich kann jederzeit meine Stunden in der Schule aufstocken. Damit wir über die Runden kommen.«

»Das Thema hatten wir schon«, raunzte er.

Fatime liebte ihren Job als Lehrerin. Doch Hassans Stolz war einfach zu groß. Nicht, dass es er seiner Frau verbieten würde. Aber er hatte es sich in den Kopf gesetzt, den kleinen Supermarkt am Leben zu erhalten. Was sollten denn die älteren Herrschaften ohne ihn machen? Viele hatten noch nicht mal ein Auto, um aus Buckbuhr herauszukommen.

Die Klingel an der Haustür ertönte. Fatime seufzte. »Wer kann das noch sein?«

Hassan winkte ab und stand schwerfällig auf. Gelangweilt lief er durch den Flur und öffnete. Ein großgewachsener Typ mit Zwirbelbart und Glatze griente ihn an und streckte ihm eine Hand entgegen.

»Nanninga mein Name. Sind Sie Herr Mansour?«

Hassan nickte. »Was kann ich für Sie tun?«

Nanninga stellte einen Fuß auf die Türschwelle und beugte sich nach vorn. »Es geht um etwas, worin Sie Spezialist sind.«

»Hören Sie, ich kaufe nichts«, sagte Hassan und war drauf und dran, dem Kerl die Tür an den Fuß zu hämmern.

»Es geht um einen Spuk.«

Nanninga erwähnte es so beiläufig, dass Hassan es im ersten Moment nicht wahrgenommen hatte. Dann zögerte er und kam einen Schritt aus der Tür heraus. »Herr Nanninga, bei allem Respekt.« Er blickte kurz über seine Schulter und senkte die Stimme. »Ich nehme nur noch kleine Aufträge an.«

Sein Gegenüber seufzte. »Hören Sie. Ich war schon bei Herrn Behrens. Aber da er nicht anwesend war, sind Sie nun meine letzte Hoffnung.«

»Woher haben Sie meine Adresse?«

Nanninga grinste. »Der nette junge Mann auf dem Hof hat sie mir gegeben. Ich war gerade noch einmal bei ihm. Er meinte, Sie hätten gesagt, bei Notfällen könnte man jederzeit bei Ihnen vorbeikommen.«

Hassan räusperte sich. »Das ist ein Missverständnis. Was Ihr Problem betrifft ... bin ich der falsche Ansprechpartner.«

Nanninga ließ nicht locker. Seine Mine verfinsterte sich. »Es geht um das Automuseum.«

Hassan nickte wortlos und bat ihn mit einer Handbewegung herein. Fatime blickte verwundert von der Terrasse herüber. Ihr Mann winkte ihr lächelnd zu und schleuste Nanninga in das Esszimmer. Ein mulmiges Gefühl rumorte in seinem Magen.

Nach knapp einer Stunde ließ er sich auf einen Liegestuhl nieder und seufzte.

»Wer war das?«, fragte seine Frau und warf ihm einen dieser Blicke zu, die nichts Gutes verhießen. Es half nichts. Fatime würde es so oder so erfahren. Hassan schwieg und legte sich eine Antwort zurecht. Sie bräuchte ja nur die halbe Wahrheit zu erfahren.

»Es ging um einen Auftrag.«

Sie sog die schwüle Abendluft durch ihre Nasenflügel. »Hab ich mir gedacht. Aber du hast hoffentlich nein gesagt.«

»Ja, natürlich. Wir haben ja schon genug am Hals.«

»Und?«

»Nichts. Muss er sich halt einen anderen suchen«, brummte er möglichst unauffällig.

Fatime richtete sich auf. »Es gibt keine anderen.«

»Doch doch. Hab ihn an die ostfriesischen Ghostschnacker verwiesen.«

Sie lachte auf. »Ach du ahnst es nicht.«

»Wieso?«, fragte er.

»Das sind absolute Stümper, die sich nur wichtig machen wollen. Nicht so wie ihr damals.«

Hassan zuckte mit den Schultern. »Mir egal. Ich brauch alle Kraft für unseren Laden.«

»Versprochen?«, fragte sie ernst.

Er lächelte. »Natürlich. Mein Ehrenwort, Schatz.«

Während sich der alte Dr. Brüchert beim Bingoabend über den ersten Preis, ein pH-neutrales Duschbad, freute, kehrte Tjarko von einem ausgedehnten Spaziergang in sein Zimmer zurück. Er war bis auf die Haut durchgeweicht. Ein herrlich erfrischendes Gefühl, wie er fand. Sein Kopf war klarer und der Verdruss über den arg versemmelten Abend nahezu verschwunden. Müde pellte er sich aus seinen klatschnassen Klamotten und schmiss sie in die Duschwanne. Nackt, wie ihn irgendjemand mal geschaffen hatte, schmiss er sich auf das Bett und knüllte das Kissen unter dem Kopf zurecht. Er lauschte den Regentropfen, die in einem monotonen Rhythmus gegen das Fenster klatschten. Zu Hause in Ostfriesland wäre er auf der Stelle eingepennt. Vielleicht hätte er sich vorher in der Küche einen Tee aufgebrüht. Noch einen Keks oder auch zwei gegessen und nach den Kühen und dem

Bullen geschaut. Aber nun war er nicht auf seinem Hof, sondern gefühlt zehn Tagesreisen entfernt in einem Kaff, das aussah wie Disneyland.

Einfach eindummeln, dachte er und schloss die Augen.

Steffi lächelte ihn an.

Grunzend wälzte er sich auf die Seite.

Steffi erschien auf der weißen Vliestapete.

Er biss sich auf die Unterlippe, drehte sich auf den Rücken und ließ ein Bein aus dem Bett baumeln. Doch immer, wenn er die Augen schloss, sah er Steffi vor sich, wie sie ihr entwaffnendes Lächeln zeigte und ihre Lippen öffnete. Tjarko hatte genug. Leise fluchend setzte er sich auf die Bettkante, stützte den Kopf in die Hände und starrte auf das Fenster.

»Wäre ich doch besser zu Hause geblieben«, flüsterte er.

Er schnappte sich die Fernbedienung und schaltete den Fernseher an, der gegenüber an der Wand hing. Lustlos zappte er durch die Sender und stellte die Glotze wieder aus.

Egal, welchen Kanal er wählte. Überall schienen sich die Gesichter in Steffi zu verwandeln. Er warf die Fernbedienung im hohen Bogen an das Fußende und kickte sie vom Bett.

»Tjarko ... bist du da?«, kam es von der Tür. Ein Gesicht voller Sommersprossen lugte in sein Zimmer. »Deine Tür ... war nicht zu.«

Tjarko checkte erst einmal gar nichts, und bemerkte eine Sekunde später, dass er mit nacktem Arsch und ausgestreckten Beinen auf dem Bett hockte. Panisch blickte er sich um, ergriff das Kissen und knüllte es vor sein Gemächt.

»Äh, du, es geht gerade nicht«, stotterte er, stand auf und stolperte über seine Filzpantoffeln. Mit einem lauten Krach landete er bäuchlings auf dem Boden. Wie er seinen Kopf nach oben reckte, sah er Steffi in das Zimmer stürmen. Tjarko musste wie ein besoffener Maikäfer ausgesehen haben. Mit einer Hand versuchte er, seinen blanken Hintern abzudecken.

»Ach du Scheiße«, prustete Steffi.

»Das ist nicht das, wonach es aussieht«, keuchte er.

Seelenruhig ging sie zu seinem Schrank. Rümpfte die Nase, als sie die Tür öffnete und wahllos nach einem Kleidungsstück griff. Mit der Hand vor den Augen warf sie es ihm zu.

Tjarko griff danach. Eine Unterhose. Zwar schon getragen, aber das war in diesem Moment vollkommen egal. Er zog sie mit seltsamen Verrenkungen über seinen Hintern und hangelte sich schließlich an einem Stuhl hoch.

»Tut mir leid, dass ich so lache«, hustete sie. »Aber das sah echt zirkusreif aus.«

»Was? Ja, kann sein. Bin noch nicht richtig wach.«

Sie winkte ab. »Alles okay. Ich hätte anklopfen sollen.«

Sie kramte etwas aus ihrer Hosentasche und hielt es ihm vor die Nase. »Hier. Dein Anteil vom Bingo-Abend. Eine erstklassige Duschhaube.«

»Äh, danke. Dafür bist du extra zu mir gekommen?«

»Wollte eigentlich nur wissen, ob du irgendwie sauer auf mich bist.«

Sauer? Auf Steffi? Er doch nicht. Na ja, ein wenig angepisst war er schon. Der Abend hätte durchaus anders verlaufen können.

»Mir ging es nicht gut. Brauchte dringend einen Spaziergang.«

Steffi wies mit dem Kinn zum Fenster. »Bei dem Wetter.«

»Klar. Warum nicht? Ich liebe Regen.«

»Warum sind wir dann nicht gelaufen?«

Tjarko zuckte mit den Schultern. »Dachte, du magst kein Regenwetter.«

Steffi kam ein Stück näher, so nah, das er ihren Duft vom Duschbad riechen konnte. »Ich mag Schmuddelwetter.«

Gänsepelle schien sich wie Unkraut über seine Haut zu legen.

Er wollte etwas Nettes sagen. Vielleicht mit ein wenig Romantik.

»Na ja, dann ein anderes Mal«, brummte Tjarko.

In seinen Worten lag genauso viel Poesie wie in den Groschenromanen von Eugen Jacobs. Aber verdammt, er war mit der Situation vollkommen überfordert.

»Okay. Dann schlaf mal gut«, erwiderte sie. Ein paar Sekunden später klappte die Tür zu.

Tjarko ließ sich nach hinten fallen und stieß mit voller Wucht mit dem Hinterkopf an die Wand.

»Du dämlicher Idiot«, fluchte er und hämmerte mit einer Faust auf die Matratze.

Ein neuer Tag erwachte. Allmählich wurden die Bürgersteige in Buckbuhr wieder heruntergeklappt. Selbst in der Kirche herrschte in den Morgenstunden eifriges Treiben.

Eugen Jacobs kroch unter eine Kirchenbank, stieß einen zufriedenen Kiekser aus und kam schwerfällig mit einem Zwanzig-Cent-Stück in den Fingern wieder hoch. Er hatte sich vor einigen Wochen die Mühe gemacht, den Boden nach dem Kleingeld abzugrasen, das aus dem löchrigen Klingelbeutel gefallen war. Jeder Cent zählte, und die Einnahmen schwanden in diesen mageren Zeiten. Spendenaufrufe wurden sowieso bewusst ignoriert. Jeder sah nur noch zu, dass er selbst das kleinste Stück vom Kuchen für sich behielt. Eugen konnte das niemandem verübeln. Die Zeiten hatten sich nun mal geändert.

Auch in dem sonst so idyllischen Buckbuhr. Quietschend öffnete sich die schwere Holztür. Hassan lugte herein.

»Moin. Störe ich?«, fragte er.

Jacobs kam ihm entgegen und hielt das Geldstück wie eine Trophäe nach oben. »Ganz und gar nicht. Ich stocke gerade die Kirchenkasse auf.«

»Ich habe ein kleines Problem«, sagte Hassan mit ernster Mine.

Der Pastor setzte sich auf eine Kirchenbank und nickte einladend. Hassan nahm neben ihm Platz und druckste herum.

»Was belastet dich, mein Freund?«, fragte Eugen.

»Mach jetzt keinen auf Kirchenmann. Das kann ich nicht gebrauchen.«

»Dann leg los.«

»Ich hatte gestern Abend Besuch.«

Eugen lächelte. »Oh, das ist doch fein.«

Hassan verdrehte die Augen. »Nun bleib doch mal ernst, bitte. Wir haben ein riesen Problem am Hals.«

»Ach?«

»Du kannst dich doch noch an unseren letzten Auftrag erinnern ...?«

»Äh ... ist was mit dem Seniorenkreis?«

»Eugen. Tu nicht so. Die Sache bei Norddeich.«

Nun schien Eugens volle Aufmerksamkeit geweckt. Er verschränkte die Arme und blickte an die Decke. »Ja, natürlich. Das hat unseren Tjarko ordentlich aus der Bahn geworfen.«

Hassan nickte. »Tja, und genau da liegt nun das Problem.«

Jacobs kniff seine Augen zusammen. Er kratzte sich am Kopf und murmelte: »Ich höre.«

»Nun dieser Besuch ... wirkte sehr verzweifelt.«

»Versicherungsvertreter?«

Hassan seufzte. Er spürte, dass der Pastor schon längst wusste, um was es ging. »Ich glaube, allein komm ich damit nicht klar«, sagte er.

»Verstehe nur Bahnhof. Red nicht um den heißen Brei herum.« Eugen sah ihn auffordernd an.

»Wir hätten die Sache damals klären sollen. Nun haben wir die Quittung.«

»Nun raus mit der Sprache. Worum geht´s?«

»Der Spuk ... so wie es sich anhört, ist es schlimmer geworden.«

Eugen stand auf und bekreuzigte sich. »Ach du heilige Kacke. Wer sagt das?«

»Der neue Besitzer vom Automuseum.«

»Wie ... wo ist denn der alte geblieben?«

Hassan blickte zu Eugen. »Der ist verblichen.«

»Aha. Nicht so schön.«

»Und so, wie es sich anhört, treibt ein Poltergeist dort sein Unwesen.«

Der Pastor rieb sich die Augen und seufzte. »Das ist mal eine Hausnummer.«

Hassan nickte wortlos und nestelte an seinem Bart.

»Herr Mansour. Was willst du jetzt von mir?«, fragte Eugen.

Hassan erhob sich und legte beide Hände auf Eugens schmale Schultern. »Ich brauche deine Hilfe.«

Jacobs hob abwehrend die Hände. »Poltergeist. Damit lege ich mich ganz bestimmt nicht an. Ich sollte dich daran erinnern, dass der Fachmann für solche Sachen vierhundert Kilometer weiter seine bitternötige Erholung genießt.«

Hassan nickte. »Und genau deswegen bin ich hier.«

»Na, nun wird es interessant.«

Die beiden Herren setzten sich wieder, steckten ihre Köpfe zusammen und tuschelten leise miteinander. Dann stand Hassan auf, gab Eugen die Hand und verschwand. Der Pastor blieb noch einen Moment sitzen. Unter seinen Füßen erspähte er ein weiteres Geldstück und hob es leise kichernd auf. »Das wird ein Spaß«, sagte er und beschloss, den Rest des Tages mit Unkrautzupfen zu verbringen.

Hildegard saß vor der Residenz und zündete sich eine Zigarette an. Von weitem wackelte ihre Lieblingspflegerin heran und grinste breit.

»Hallo Christa. Na, hast du Dienst?«

Christa keuchte und wischte sich Schweißperlen von der Stirn. »Nein, ich bin privat hier.«

»Wegen mir?«, fragte Hilde und rutschte auf der Bank ein Stück zur Seite.

Christa nahm Platz. »Ich schicke Tjarko jeden Tag Postkarten. Und bekomme keine Antwort. Frage mich, ob er überhaupt noch Interesse an mir hat.«

Hildegard blies blauen Rauch in die Luft. »Ach, meine Liebe. Das sind doch erst ein paar Tage. Der meldet sich schon.«

»Ich mag ihn wirklich sehr.«

»Na, und er lernt auch, dich zu mögen. Glaub mir. Habe gestern noch eine Runde Karten gelegt.«

Christa fischte einen Lippenstift aus ihrer Handtasche und schminkte sich nach. »Und, was hast du gesehen?«

»Oh, das könnte alles bedeuten. Herz-Bube in Verbindung mit Pik-As. Eine schwierige Sache. Aber ich könnte etwas nachhelfen.«

Christa glotzte sie verdattert an. »Nachhelfen?«

»Süße Kälber«, sagte Hilde. Sog an ihrer Zigarette und schmiss sie achtlos in ein wohlgepflegtes Blumenbeet.

»Ich dachte, du kannst mit einem Zauber oder so ...«

»Nein, meine Liebe. Die Zeiten sind vorbei«, erwiderte Hilde und zog sich an ihrem Rollator hoch. Der bierbäuchige Hausmeister kam aus der Residenz, grüßte beiläufig und blieb stehen.

»Hast du wieder Kippen in das Beet geschmissen?«, fragte er und stemmte die Arme in die Hüften.

»Ich doch nicht. Niemals würde ich das tun«, log Hilde und blickte dem Hausmeister mit stechenden Augen hinterher. »Der denkt, er wäre der Chef von dem Laden«, zischte sie. »Also, schick ihm Postkarten mit Kälbern. Dann wird sein Herz bestimmt weich werden.«

»Und was soll ich ihm schreiben?«

»Was Nettes. Dass du gerne Kühe magst und oft an seinen Bullen denkst.«

»Ehrlich?«

Hilde nickte. »Na klar. Er liebt dieses Vieh über alles.«

Christa lächelte zufrieden. Darauf wäre sie niemals gekommen. Ihre Sehnsucht nach einem starken Kerl an ihrer Seite hatte sie förmlich aufgefressen. Seit der Landwirt vor ihr gestanden hatte, war es um sie geschehen. Ein Kerl, der harte

Arbeit nicht scheute. Und wahrscheinlich einiges an Kleingeld auf dem Konto hatte. Sie bedankte sich bei Hilde und fuhr kurz darauf in die Stadt, um die schönsten Postkarten mit Kälbern zu kaufen. Leider fand sie nur Kühe vor Leuchttürmen. Für den Anfang sollten die auch genügen.

Beichten

»Keine süßen Hündchen mehr«, sagte die junge Dame an der Rezeption und drückte Tjarko die Postkarte in die Hand. »Kam sogar per Eilpost.«

»Wie, keine Hündchen mehr?«, fragte er verwundert und blickte auf das Motiv. Vier süße Kälber vor dem Pilsumer Leuchtturm. Mehr nicht. Fassungslos wendete er die Karte und las.

Mein Purzelchen,

Kühe sind ein Zeichen für Verbundenheit.

Sie geben Milch, und selbst ein Bulle muht an dunklen Tagen.

Deine Christa

»Ach du Scheiße«, schoss es aus ihm heraus. »Nun wird es kriminell.«

Die Rezeptionistin schaute verwundert. »Darf ich fragen, ob es sich um eine Verehrerin handelt?«

Tjarko war klar, das die junge Frau genau wusste, welche dämlichen Botschaften Christa ihm schickte. Schließlich hingen schon einige davon an ihrer Pinnwand. »Die nervt einfach. Lange Geschichte.«

»Nehmen Sie es mir nicht übel. Aber die Kühe dürfen Sie behalten«, sagte sie.

Er nickte, stopfte die Karte in die Tasche seiner Jogginghose und wanderte zur Gruppengymnastik.

Den gesamten Tag dachte er darüber nach, dass er ein echtes Problem an der Backe hatte. Er wollte von dieser Frau definitiv nichts wissen. Vielleicht sollte er die Post einfach zurückschicken. Dummerweise gab es keine Adresse. Das Heim käme nicht infrage. Je weniger Menschen in seiner Heimat davon wussten, umso besser war es.

Freitag Nachmittag war traditionell Kaffee und Kuchen im Speiseraum gerichtet. Bald war Wochenende. Die Zeit war wie im Flug vergangen. Es gab Zuckerkuchen mit Schlagsahne. Der Platz gegenüber war leer. Steffi hatte er nur einmal zu Gesicht bekommen. Sie hatte ihm kurz zugewunken. Die Mahlzeiten nahm er allein ein und suchte dabei nach passenden Worten, falls sie auftauchen sollte. Ihm war die Angelegenheit in seinem Zimmer immer noch furchtbar peinlich. An diesem Tag stand erneut das Bewegungsbad an.

Tjarko bastelte sich eine Ausrede zurecht. Magenschmerzen, wie er der Abteilungsschwester mit verkniffener Miene mitteilte. Sie nahm es hin. Vielleicht war es ihr auch scheißegal. Er wäre nicht der Erste, der eine Therapie schwänzte.

Er überbrückte die Zeit zum Abendbrot mit einem Spaziergang zu dem angrenzenden Wald. Das Wetter hatte sich mittlerweile beruhigt, und zwischendurch lugte die Sonne hinter den Wolken hervor. Eine drückend heiße Schwüle lag über dem Werratal. Ein Wegweiser wies zu einem Wanderpfad. *Zum Gasthaus Ahrenberg* stand auf der verwitterten Holztafel. Tjarko schnaufte. Auf Berge hatte er nun wahrhaftig keine Lust. Der Weg erwies ich zudem als enger Trampelpfad mit mannshohen Brennnesseln. In dieser Gegend ging es sowieso gefühlt nur bergauf. Steigungen, soweit das Auge reichte. Nun gut, so schlimm könnte es ja nicht werden.

Zwei ältere Damen liefen mit einem seligen Grinsen im Gesicht an Tjarko vorbei und grüßten mit einem fröhlichen »Guten Tag«.

Er nickte.

Tjarkos Vermutung nach mochten sie der ledrigen Haut wegen schon weit über achtzig sein. Trotzdem schienen beide Damen noch gut in Schuss. Leichtfüßig erklommen sie den steilen Wanderweg.

»Ein besonders schöner Weg. Aber hüten Sie sich vor der Steigung. Die darf man nicht unterschätzen«, sagte eine der Damen.

»Aha.«

»Wir laufen diesen Weg jeden Tag. Seit wir in Rente sind«, erwiderte sie nicht ohne Stolz in der Stimme. »Sie kommen nicht von hier, oder?«

»Nö. Ich bin Ostfriese.«

»Ach, da war ich auch schon einmal …«

Tjarko verdrehte die Augen. Gleich würden wieder irgendwelche Inseln aufgezählt werden, die definitiv nichts mit seiner Heimat zu tun hatten. »Das ist schön«, brummte er und wedelte irgendein Stechviech von seinem Gesicht.

»Ja, ja. Eine wirklich nette Gegend. Waren auf Hallig Ho …«

»Das ist nicht Ostfriesland!«, murrte Tjarko.

Mit großen Schritten latschte der Landwirt an den Damen vorbei den Wanderpfad hinauf. Nach ein paar Metern ging ihm schon die Puste aus. Er äugte zurück. Die beiden rüstigen Seniorinnen liefen leichtfüßig knapp hinter ihm.

»Sie haben es aber eilig«, krakeelte es von hinten.

Tjarko nahm Tempo auf. Er hatte weder Lust auf ein weiteres Gespräch und Erklärungen, wo denn nun genau Ostfriesland lag, noch darauf, auch nur ansatzweise Schwäche zu zeigen. Herrgott, die waren locker doppelt so alt wie er und nahmen die beachtliche Steigung, als wären sie die weibliche Inkarnation von Reinhold Messner. Jedenfalls, als der noch Füße hatte.

Tjarko hetzte weiter. Und der Weg wurde immer steiler. Schweiß rann ihm literweise den Rücken bis zum Hintern hinunter.

Wo man auch hinsah, nichts als Bäume. Und hinter der nächsten Kurve kam wieder eine Abzweigung, die zudem um das Doppelte steiler hinaufging. Er erspähte eine Bank. Die Zunge hing ihm förmlich aus dem Hals. Abertausende von Mücken umschwirrten ihn. Er krempelte seine Hose bis über die Knie und rieb sich die Unterschenkel. Etwas zu trinken wäre jetzt nicht verkehrt gewesen.

»Ach, der Ostfriese«, tönte es im Chor.

Die wandernden Kessler-Zwillinge kamen auf ihn zu. Und wirkten taufrisch. Nicht ein Schweißtropfen war auf der faltigen Haut zu erkennen. Eine nahm ihren Rucksack ab, kramte wortlos eine Flasche heraus und reichte sie Tjarko.

»Trinken Sie. Sie sehen aus, als würden Sie gleich von der Bank kippen.«

Er nahm die Flasche mit einem Nicken, setzte an und trank das Wasser in einem Zug aus. »Danke.«

»Ich hab Sie vor dem Weg gewarnt. Und gleich wird es noch steiler.«

»Was gibt es denn da ... auf dem Berg?«

»Kaffee und Kuchen.«

»Ach so«, antwortete Tjarko.

»Sie sind bestimmt ein Kurgast, oder?«

»Öhm, wie kommen Sie darauf?«

»Na, so wie Sie aus der Puste sind ...«

Er richtete sich auf. »Alles super. Mir gehts gut. Ich bin topfit.«

Sekunden später machten seine brennenden Beine schlapp und er sank wieder zurück auf die Bank.

Die Seniorin holte ein weiteres Fläschchen heraus, kniete sich vor ihn und schüttete den Inhalt auf seine Unterschenkel. Geruch von Menthol stieg ihm in die Nase. Eine angenehme Kühle breitete sich in seinen Waden aus.

»Kampfer«, erwähnte die Dame. »Hilft bei müden Muskeln. Damit Sie den Rückweg schaffen.«

»Magda, nun lass den Herrn. Vielleicht mag er uns begleiten und wir laden ihn auf einen Käsekuchen ein«, sagte die andere Dame.

So sehr Tjarko auch Käsekuchen mochte, er würde keinen Schritt weiter nach oben laufen. Mit einem Blick auf die Uhr stellte er fest, dass es in einer Stunde Abendbrot gab. Es war also Zeit, den Rückweg anzutreten. »Ich muss dringend zurück. Hab völlig die Zeit vergessen.«

»Ach, sag ich doch«, kiekste Magda. »Ein Kurgast. Das Abendbrot ruft.«

Tjarko blickte verwundert. Die Damen schienen gut informiert.

»Na, Sie sind nicht der Erste, den wir versorgen. Einmal hatte sich sogar eine ganze Truppe junger Männer im Wald verirrt. Allesamt mit operierten Bandscheiben. Sind Sie auch operiert worden?«

Er stand ächzend auf. »Ich bin nur zur Erholung hier. Danke für die Hilfe.« Vorsichtig stolperte er den Weg hinunter, hielt kurz inne und rief nach hinten. »Hallig Hooge gehört zu Schleswig Holstein.«

»Ach was«, sagte Magda während sie sich den Rucksack über die Schulter warf. »Ist Ostfriesland nicht in Holstein?«

»Nicht so wirklich.«

»Aber es liegt nicht weit von Ihnen entfernt.«

Er schüttelte lächelnd den Kopf und legte Tempo zu. Jedenfalls lief er, so schnell es ihm möglich gewesen war. Die Zeit bis zum Abendbrot würde höchstens noch für eine kurze Dusche reichen. Und die hatte er bitternötig.

Steffi blickte lächelnd auf, als Tjarko wortlos seinen Platz einnahm und sich, ohne ihr Beachtung zu schenken, einen Tee eingoß.

Tjarko glotzte aus dem Fenster, kaute an einem Schwarzbrot und tat so, als wäre Steffi nicht anwesend. Nach ein paar Minuten quälenden Schweigens ergriff sie die Initiative.

»Hat dir jemand den Mund zugenäht?«, fragte sie. »Lang nicht mehr gesehen.«

Gedankenverloren starrte er sie an. »Äh, was?«

»Tust so, als wäre ich Luft.«

Er rutschte auf seinem Stuhl herum und schien äußerst nervös.

»Nö. Also ... ich ... äh«, stotterte Tjarko.

Steffi versenkte den Kopf in den Händen, seufzte leise und blickte auf. »Ist dir noch etwas peinlich?«

»Nix.«

»Wie, nichts?«

»Na, nix«, brummte er.

Am liebsten hätte er gesagt, wie dämlich er sich angestellt hatte.

Sein Handy vibrierte. Er holte es hervor, äugte auf das Display und nickte. »Meine Schwester, ich muss mal ...«

Steffi winkte ab. »Kein Problem. Wenn du Lust hast, zu reden ... ich sitz hier noch 'ne Weile.«

Tjarko suchte sich vor dem Speiseraum eine ruhige Ecke. In einer ausgeleierten Sitzgruppe fläzte er sich in einen Sessel und schlug die Beine übereinander.

»Hey Nicole, was gibt´s? War grad beim Abendbrot.«

»So eilig war das nun auch wieder nicht«, sagte sie.

Im Hintergrund vernahm er Stimmengewirr und hektisches Treiben. »Wo bist du?«

»Reg dich bitte nicht auf, versprochen?«

»Ich reg mich nicht auf«, erwiderte Tjarko.

»Ich bin im Klinikum Leer. Werde gleich aufgenommen.«

Er richtete sich kerzengerade auf. »Bitte was? Alles gut mit dem Kind?«

»So weit schon.«

Jasses, die hatte Nerven. So langsam regte er sich auf. Normalerweise sagte seine Schwester immer direkt, was Sache war. In der Familie Behrens laberte man für gewöhnlich nie um den heißen Brei herum.

Irgendwas stimmte hier nicht.

»Nicole, ist was mit dem Kind?«

Sie seufzte. »Die Herztöne sind etwas zu schnell. Soll zur Beobachtung hierbleiben.«

»Dein Herz ist doch gesund.«

»Tjarko. Die Herztöne meines Kindes.«

Er sprang auf. »Ich komme nach Hause.«

»Genau deshalb wollte ich dich nicht anrufen. Du bleibst da, wo du bist. Klaus ist bei mir.«

»Da liegt ja das Problem«, raunzte der Landwirt.

»Mein Gott. Nun reg mich nicht mehr auf, als ich es eigentlich schon bin. Klaus wird dich auf dem Laufenden halten. Kann sein, dass die eine Sectio machen müssen.«

»Eine was?«

»Kaiserschnitt. Das Kind holen.« Nicole unterbrach sich. Irgendjemand redete mit ihr. »Bruderherz, ich muss aufhören. Klaus meldet sich, wenn was ist.«

Fassungslos stierte Tjarko das Handy an und stopfte es in die Hosentasche. Verdammt. Sie hatte doch gesagt, alles wäre in Ordnung. Ihm kam es gerade vor, als ginge es um sein eigenes Kind. So eine Scheiße. Und er hockte hier in dieser dämlichen Kuranstalt. Bisher hatte ihm dieser Mist außer Muskelkater und einem versauten Date nichts gebracht. Wie von Geisterhand gesteuert ging er zurück in den Speiseraum, setzte sich wieder an seinen Platz und kippte den Tee mit einem Schluck hinunter.

»So eine verdammte Kacke«, fluchte er leise.

Steffi sah ihn fragend an. »Ist was passiert?«

»Dem Kind meiner Schwester geht es nicht gut.«

»Ach. In welchem Monat war sie nochmal?«

»Im achten.« Tjarko lehnte sich zurück und legte den Kopf nach hinten. »Sie redete von so einem Kaiserschnitt. Am liebsten würde ich nach Hause fahren.« Er trat mit dem Fuß gegen ein Tischbein, verschränkte die Arme und starrte aus dem Fenster.

»Mach dir nicht so viele Sorgen. Ich war zwar noch nie schwanger, aber du malst hier den Teufel an die Wand.«

Tjarko räusperte sich. »Ich mach mir aber Sorgen, verdammt.« Abrupt stand er auf und stiefelte aus dem Speiseraum.

»Hallo, junge Frau«, grüßte Dr. Brüchert und stellte die Bremsen von seinem Rollator fest.

»Ach, guten Abend«, erwiderte Steffi.

»Ihr Freund scheint ja schlechte Laune zu haben.«

»Mein Freund ... er ist nicht mein Freund.«

Brüchert kam ein Stück näher. Sein Atem roch nach schalem Bier. »Wir beobachten Sie schon etwas länger. So wie Sie hier anfangs am Turteln waren, dachten wir, Sie wären zusammen.« Das »Wir« unterstrich Brüchert mit einem Blick zu seinem Kumpel, der ein paar Tische weiter fröhlich winkte.

Steffi warf ihm giftige Blicke zu. »Wissen Sie was? Das geht Sie beide einen Scheißdreck an.« Sie stand auf und rauschte erhobenen Hauptes an Brüchert vorbei. Das musste mal raus. Irgendwie fühlte sie sich erleichtert. Vielleicht sollte es sie es öfter wie Tjarko machen. Einfach mal so richtig fluchen.

Eine junge Hebamme entfernte Kabel von Nicoles Bauch und zog einen Papierstreifen aus einem Gerät. Klaus Lüders hockte wie ein ausgewrungener Waschlappen auf einem Schemel und blickte besorgt.

»Und, was ist los? Geht es dem Kind gut?«, stotterte er.

Die Hebamme hatte schon viel erlebt während ihrer Dienstzeit. Aber der kleingewachsene Ehemann ging ihr inzwischen ordentlich auf den Wecker. Die werdende Mutter nahm es zum Glück gelassen. Nachdem der Gynäkologe bei ihr gewesen war, war sie sogar für ein paar Späße zu haben. Die Schwierigsten bei einem bevorstehenden Kaiserschnitt waren sowieso immer die Männer.

»Vielleicht sollten Sie einen Kaffee trinken gehen. Ihre Frau muss eh noch für den OP vorbereitet werden.«

Klaus sah mit hochroter Birne auf. »Operation?«

Nicole setzte sich auf und ließ die Beine baumeln. »Klaus. Es ist ein Kaiserschnitt. Das können die nicht hier machen.«

Er sprang zu seiner Frau und drückte sie zurück auf die Liege. »Nicht bewegen, Schatz. Du musst dich schonen.«

»Hör auf die junge Frau und schnapp mal frische Luft.« Nicole schob sanft seine Hände zurück.

Die Hebamme nickte zustimmend. »Wollen Sie dabei sein?«

Klaus wandte sich um. »Wer?«

»Na, Sie. Ob Sie mit in den OP wollen?«

Panik schoss in ihm hoch. »Äh ... also ...«, stammelte er.

»Natürlich kommt er mit«, fuhr Nicole dazwischen. »Nicht wahr, Schatz?«

Klaus nickte zaghaft. Nun würde er dringend an die frische Luft gehen müssen.

Während er vor die Tür hastete und sich in einen Papierkorb erbrach, streckte Nicole die Beine aus. Eine weitere Hebamme kam herein, bat sie, den Schmuck abzulegen, und reichte ihr ein blaues OP-Hemd. Ein Arzt legte einen Zugang an ihrer rechten Hand. Sogleich wurde eine Infusion angehängt. Nachdem er auf den Papierstreifen gesehen hatte, wurde es etwas hektischer. Er nickte den beiden Hebammen zu. Flüsterte etwas wie »Müssen wir sofort machen« und entsicherte die Bremsen vom Bett.

»Und mein Mann?«, fragte Nicole. Nun bekam sie doch Muffensausen.

»Wo ist der?« Der Arzt blickte ernst. Sie wusste genau, dass das nichts Gutes hieß.

»Frische Luft schnappen«, antwortete eine der Hebammen, während sie Nicoles Papiere in eine Aktentasche schob.

»Na dann. Sagt der Auszubildenden Bescheid. Die soll ihn in den OP manövrieren.«

Klaus wischte sich mit einem Taschentuch den Mund ab. Eine recht junge Frau kam ihm entgegen. »Sind Sie Herr Lüders?«

»Äh, ja. Warum?«

»Ich soll Sie in den OP bringen. Ihr Kind kommt.«

Klaus starrte sie an. »Wer kommt?«, fragte er und wirkte wie in Trance. Das war eindeutig zu viel des Guten heute.

»Na, Ihr Kind. Wollen Sie nicht mit dabei sein?«

»Äh, ich ... also ...«

Sie lächelte, hakte ihn unter und zerrte ihn mit sich.

Wie ein Raubtier lief Tjarko in seinem Zimmer hin und her. Starrte auf sein Handy und hoffte auf irgendeine Nachricht aus Ostfriesland. Er musste etwas tun. Der Unterton seiner Schwester hatte ihm überhaupt nicht gefallen. Vierhundert Kilometer von zu Hause weg. Ihm waren die Hände gebunden. Einfach hier abzuhauen wäre absolut unmöglich.

Um diese Uhrzeit würde er definitiv keine Verbindung mehr bekommen. Die Konsequenzen waren ihm egal. Nicole war ihm wichtiger. Ein kleiner Spaziergang würde ihm den Kopf freimachen. Er schlüpfte in seine grünen Filzpantoffeln und öffnete die Tür.

»Ach, Steffi«, sagte er.

»Ich wollte gerade klopfen.«

»Du, ich muss mir eben die Beine vertreten.«

Sie lugte auf seine Füße. »Mit deinen berühmten Pantoffeln.«

»Ja, genau. Die brauche ich zum Nachdenken.«

Steffi schob ihn zurück in das Zimmer. »Du setzt sich erst einmal hin und erzählst mir alles.«

»Alles?«, fragte er und ließ sich auf einem Stuhl nieder.

Die Tür klappte zu. Steffi setzte sich ungefragt auf das Bett. »Deine Schwester scheint dir sehr wichtig zu sein, oder?«

Tjarko warf einen Blick auf sein Handy und legte es beiseite. »Ja klar. Sie ist meine einzige Schwester. Und ihrem Kind geht es nicht gut.«

»Sie hat bestimmt einen guten Mann, der auf sie aufpasst.«

Tjarko prustete. »Der? Ein Vollversager ist das.«

Steffi lachte. »Solche Männer kenne ich.«

»Da gibts nichts zu lachen. Der kriegt nichts geregelt.«

»Aber seinetwegen wirst du nun Onkel.«

Tjarko überlegte. »Mm. Hoffe nur, das Kind hat keine Ähnlichkeit mit ihm.«

Steffi rutschte auf dem Bett zurück, streckte die Beine aus und lehnte sich an die Wand. »Hast du ein Bild von ihr?«

Tjarko holte seinen Geldbeutel hervor. Kramte einen Moment und reichte ihr ein Foto.

»Gott, sie ist wunderschön«, staunte Steffi.

»Ja, wie ihre Mutter. Ich komme leider nach meinem Vater.«

Sie beugte sich vor und reichte ihm das Bild zurück. »Wieso leider?«

»Er war ein Arschloch«, raunzte er.

Danach redete Tjarko wie ein Wasserfall. Für ihn war es, als holte der Müllwagen einen übervollen Container mit stinkendem Restmüll ab. Er quasselte sich die Seele aus dem Leib. Zwar war nicht alles, was er erzählte, in chronologischer Reihenfolge. Und einige Dinge hatte er bewusst ausgelassen. Das Thema Alkohol sowie die Geschehnisse auf dem Behrenshof wären dann doch zu viel des Guten gewesen. Eigentlich redete er nur, und das nicht ohne Stolz, über seine Schwester und den Hof. Regte sich über seinen dämlichen Schwager auf und sinnierte über seinen Vater, der ihn in jungen Jahren zu schweren Arbeiten auf dem Bauernhof gezwungen hatte. Doch zum Schluss sprudelte etwas über seine Lippen, was er besser hätte verschweigen sollen. »Hätte ich nicht die Geisterjagd gehabt, wäre ich schon längst durchgedreht«, beendete er seinen Monolog.

Steffi schwieg einen Moment. Sie räusperte sich und runzelte die Stirn. »Du willst mich verarschen, oder? Geisterjagd. Wie im Fernsehen?«

Tjarko hätte sich in den Hintern beißen können. Aber nun war es raus.

»Jo. Wie im Fernsehen. Oder so ähnlich.« Erwartungsvoll blickte er sie an. »Ist nur ein Hobby«, warf er leise nach.

»Krass. Kannst mich ja mal mitnehmen.«

»Äh, ist ganz schön langweilig.«

»Hätte ich jetzt nie gedacht. Da wäre ich gern mal mit dabei.«

Na, die Suppe musste er wohl auslöffeln, die er sich da eingebrockt hatte. Er beschloss, die Frage zu übergehen. »Ich hab noch 'nen Bullen. Ein wunderschönes Tier. Der hat eine Menge Preise gewonnen«, versuchte er vom Thema abzulenken.

»Geisterjäger. Ich werde echt weich. Welche Geheimnisse hast du noch? Mit Tieren reden wie dieser Doktor Doolittle?«

Tjarko schreckte auf. »Was ... wie kommst du denn darauf?«

»Na komm. Ostfriese, der Schwager ist Besamer und du jagst Geister. Würde mich jetzt nicht wundern, wenn du sogar mit dem Bullen einen Plausch machen kannst.«

»Maria heißt er. Der Bulle. Quasi mit Nachnamen.«

Steffi lachte leise auf. »Und mit Vornamen? Quasi?«

»Mutter.«

Beinahe wäre sie vor Lachen vom Bett gefallen. Tjarko kauerte wie ein Lamm auf seinem Stuhl und konnte selbst ein Schmunzeln nicht vermeiden. Doch dann tat Steffi etwas vollkommen Unvorhergesehenes. Sie stand auf, legte eine Hand auf seine Schulter und verpasste dem Landwirt einen angedeuteten Kuss auf seinen kahlen Schädel.

»Bist ein eigenartiger Typ, Tjarko«, sagte sie.

»Mm.«

Sie warf einen Blick auf ihre Uhr. »Du, ich muss schlafen. Und du kommst auf keine dummen Gedanken. Versprochen?«

»Versprochen«, erwiderte Tjarko.

»Keine Fluchtaktionen in der Nacht.« Steffi warf ihre langen Haare zurück.

»Bitte?«

»Irgendwie habe ich das Gefühl, du willst nur noch zu deiner Schwester.«

Er hob die Hände. »Ich ... bin doch nicht bekloppt und setze damit diese Kur aufs Spiel.«

Steffi nickte zufrieden.

»*Küss sie*«, zischelte es in seinen Hirnzellen.

Von wegen. Es war definitiv sein letzter Abend in dieser verfluchten Kurklinik. Er hatte das Gefühl, dass er Steffi nie wiedersehen würde. Sie sollte ihn wenigstens in guter Erinnerung behalten. Als alter Lustmolch wollte er nicht dastehen. Zudem kannte er Steffi ja erst seit ein paar Tagen.

Tjarko versprach, beim Frühstück auf sie zu warten. Hundertprozentig.

Aber es nützte nichts. Nicole brauchte ihn. Und das dringend.

»Dann bis morgen zum Frühstück. Und danke, dass du dich mir anvertraut hast«, sagte Steffi.

»Womit?«

»Mir dir«, erwiderte sie, zeigte ein zauberhaftes Lächeln und ging.

Tjarko starrte ihr hinterher. Das war es dann wohl gewesen, dachte er.

Nacht und Nebel

Laut gähnend kurvte Hassan auf den Parkplatz am Buckbuhrer Gemeindehaus. Drei Uhr morgens war definitiv nicht seine Uhrzeit. In Eugens Küche brannte gedämpftes Licht. »Sei pünktlich«, hatte er den Pastor gebeten. Der nahm es mit Uhrzeiten nicht so genau. Nach knapp zehn Minuten des Wartens lief Hassan genervt zum Haus und klingelte Sturm.

»Einen Moment noch«, quäkte es von innen. »Ich muss noch Gabriel füttern.«

Sein dämlicher Kater. Seit Eugen das Tier zugelaufen war, brachte er ihm sogar ein paar Kunststückchen bei. Wenn er Halleluja sagte, machte Gabriel Männchen. Katze hin oder her, so langsam drängte die Zeit. Mittlerweile war sich Hassan nicht mehr so sicher, ob sein Plan eine gute Idee gewesen war. Es hatte alle Mühe gekostet, sich für seine Ehefrau eine passende Ausrede auszudenken. Die Wahrheit hätte sie nie und nimmer hingenommen. Zudem wurde er das Gefühl nicht los, das er sich mit dem Pastor auf ein Himmelfahrtskommando begab. Entweder es ging schief oder klappte. Etwas anders blieb ihnen nicht übrig. Dazu war der Anlass ihrer Fahrt zu heikel.

Nach einer gefühlten Ewigkeit öffnete sich die Tür. Eugen schnappte sich eine Plastiktüte und grinste fröhlich. »Moin. Früher Wurm fängt den Vogel«, trällerte er.

»Umgekehrt macht es mehr Sinn«, raunzte Hassan. »Was hast du denn in der Tüte?«

»Ach, ein paar neue Klamotten für morgen. Und ein paar hessische Handkäse für die Fahrt.« Er öffnete die Tüte. Ein unangenehm scharfer Geruch stieg hervor und ließ Hassan die Nase rümpfen.

Auf der Autobahn war kaum ein Wagen unterwegs. Viel Straße, wenig Verkehr. Knapp fünf Stunden lagen vor ihnen, Stau nicht mit eingerechnet. Doch die Zeit hing ihnen im Nacken. Morgen Abend müsste die Sache erledigt sein. Eine Nacht- und Nebelaktion, von der noch nicht mal Nicole etwas mitbekommen durfte.

Zwei Käsestullen und Trinkpäckchen von Jacobs später passierten sie Oldenburg. Wie zu erwarten wurde die Straße voller. Eugens Handy klingelte. Er wischte sich die fettigen

Finger an der Hose ab und nahm ab. »Ach, das ist ja wunderbar ... nein, du hast mich nicht geweckt. Ich hatte gerade mein Morgengebet. Herzlichen Glückwunsch euch beiden«, trällerte er.

Hassan drosselte das Tempo. Der Pastor legte sein Handy auf das Armaturenbrett und stieß einen zufriedenen Seufzer aus. Machte eine theatralisch lange Pause und sagte dann: »Tjarko ist nun ein echter Onkel.«

»Ach, das ist ja mal ...«

Eugen klatschte in die Hände. »Eine tolle Neuigkeit. Klaus sagt, es wäre ein ungeplanter Kaiserschnitt gewesen. Eine Ann-Kathrin.«

»Ein Mädchen. Mit einem wundervollen Namen«, erwiderte Hassan erleichtert.

Jacobs nickte. »Klingt wie eine frische Blumenwiese.«

Hassan lachte auf. »Wie klingt denn eine Blumenwiese?«

»Na, wie der Name. Frisch und bunt.«

»Aha.«

»Oder was weiß ich. Wie eine Feder im Wind oder wie ein Erdbeerfeld im Morgentau.«

Hassan bog Richtung Bremen ab, während Eugen verzückt über den Namen von Nicoles Tochter sinnierte.

Mit einem harten Ruck kam der Wagen zum Stehen.

Hassan hämmerte verärgert auf das Lenkrad. »So ein verdammter Mist. Stau. Wie immer auf dieser Strecke.«

Eugen lehnte sich zurück. »Nimm es doch gelassen. Wir kommen schon pünktlich an.«

»Dein Wort in Gottes Ohr.«

»Genau«, erwiderte Jacobs und genehmigte sich eine weitere Käsestulle.

Tjarko stellte sein Handy auf stumm. Bisher gab es keine Neuigkeiten von seiner Schwester. Er wälzte sich in seinem Bett und fand keine richtige Position zum Einschlafen. Hektisch hatte er noch in der Nacht die Koffer gepackt, seine Jacke, die irgendwie komisch roch, in das vordere Fach gestopft und nach den ersten Zugverbindungen Richtung Heimat gesucht. Die Kur war für ihn gelaufen. Mit allen Konsequenzen. Schließlich war es ein familiärer Notfall. Eine besondere Situation. Ihm blieb nichts anderes übrig, als zurück nach Ostfriesland zu reisen.

Oder sollte er doch hierbleiben? Nicht der Kur wegen. Die ging ihm am Arsch vorbei. Allein der Gedanke, wie Steffi am Morgen vergeblich auf ihn wartete, machte den Landwirt vollkommen kirre. Vielleicht reichte es wenigstens für eine Freundschaft. Der gute Kumpel in Ostfriesland. Den sie in ein paar Jahren mit gut aussehendem Ehemann und Kindern besuchen würde. Am besten noch, sie würden dann in seiner Koje nächtigen und er auf dem Sofa. Der liebe Onkel Tjarko mit dem idyllischen Bauernhof.

Oder war da mehr? Blödsinn, das bildete er sich nur ein. Da war nichts. Er war ein Freak, ein Außerirdischer aus dem Land der Teetrinker. Ein Kuhbauer, der bis zu den Knien in stinkender Gülle stand. Oder sich nackig auf die Fresse legte und dem wohl zauberhaftesten Wesen seinen behaarten Hintern zeigte.

Nein, die Entscheidung stand fest.

Er fuhr. Koste es, was es wolle.

Hassan seufzte. Zum Glück hingen sie nicht mehr in einem Stau fest. Dafür war die Autobahn inzwischen rappelvoll. Lastwagen wagten leichtsinnige Überholmanöver. Gestresste Geschäftsleute jagten auf der linken Spur zu ihren Terminen. Bei den beiden Herren war die erste Euphorie verschwunden. Der Stau bei Bremen hatte sie mindestens eine Stunde gekostet. Jacobs zog ein Stück Käse aus der Tüte, pulte akribisch die Folie ab und hielt ihn Hassan vor die Nase.

»Auch einen Happen?«, fragte er.

Mit einer Hand stieß Hassan das stinkende Etwas von sich.

»Ich frag mich, wie du so ein Zeug essen kannst«, brummte er. »Zudem, du hast doch gerade erst die Brote verschlungen.«

»Ist gesund. Fettfrei und nahrhaft. Bei der nächsten Bestellung kannst du mir ein paar mehr davon ordern.« Genüsslich schob sich Eugen den kompletten Käse in den Mund und schmatzte. »Du weiß ja gar nicht, was gut ist«, nuschelte er mit vollem Mund. Dann wies er mit einer Hand auf ein Schild. »Oh, gleich kommt Hannover. Nichts ist doofer als Hannover.«

Hassan war nicht zum Lachen zumute. Er konzentrierte sich auf den Verkehr. Von wegen, Samstag morgens ist nichts los auf der Autobahn. Sein Blick ging zur Uhr. Wenn das so weiterging, würden sie niemals pünktlich ankommen. Acht Uhr war geplant. Pausen nicht eingerechnet. Ganz schön wagemutig, aber es musste klappen.

Irgendwann ließen sie Hildesheim hinter sich. Am Horizont präsentierte sich der Harz mit nebelverhangenen Hügeln. Ein paar Kilometer schlängelten sie sich über eine zweispurige Strecke. Danach kam endlich ein dritter Streifen dazu und nun ging es flott voran. Die Sonne ging auf, der Himmel ohne Wolken. Wenigstens das Wetter spielte mit. Eugen hatte mittlerweile seinen vierten Käse verschlungen und döste. Aus seinem Mund strömte Hassan der Geruch von vergorener

Milch entgegen. Er stellte die Klimaanlage auf volle Kraft. Seine Blase drückte. Eine Pause musste her. Ob er wollte oder nicht. Er bog auf einen Rasthof ein. Ließ Eugen selig schlafen und huschte zu den Toiletten. Gefühlt drei Liter leichter, entschloss er sich, seine Frau anzurufen.

»Nein Schatz, der Kleinbus, den wir uns ansehen wollen, steht in Goslar. Das ist nicht mehr weit«, log er und hatte ein furchtbar schlechtes Gewissen. Wenn sie wüsste, wohin die Reise wirklich ging, hätte sie ihn durch den Hörer gezogen.

Sonnenstrahlen mogelten sich durch die zugezogenen Gardinen. Vogelgezwitscher vermischte sich mit gedämpften Stimmen auf dem Flur. Tjarko blinzelte. Drehte sich auf die andere Seite und zog die Decke über den Kopf. »Ach du Scheiße«, fluchte er und sprang aus dem Bett. Der Wecker zeigte zehn vor acht. Glatt verpennt. Eine Katastrophe. Hatte er sich doch seinen Plan akribisch zurechtgelegt. Den Zug würde er nicht mehr bekommen. Er müsste es nur noch schaffen, unbemerkt aus der Klinik zu kommen. Eine nächste Verbindung würde er schon finden. Tjarko stieg in eine Trainingshose und zog sich, während er ins Bad eilte, sein T-Shirt über. Eine Ladung kaltes Wasser ins Gesicht, Pipi machen und bloß weg hier. Er musste raus aus dieser Hölle.

Wie er die ganze Sache seiner Schwester erklären sollte, war ihm im Moment schnurzegal. Hauptsache weg von hier.

Als er die Koffer schnappte, warf er einen schnellen Blick auf sein Handy. Fünf Sprachnachrichten von Klaus. Sein Herz hämmerte. Hoffentlich keine Hiobsbotschaften.

»Hey, du Arsch. Bist jetzt Onkel. Meiner Frau geht es gut, dem Kind auch«, quäkte es aus dem Handy. »Es ist übrigens ein Mädchen«, kam als zweite Nachricht. Tjarko zitterte am ganzen Körper. Nun war ihm kotzübel. Vor seinen Augen begann es zu flirren und sein Kopf drehte sich gefühlt zehnmal um die eigene Achse. Onkel. Ein Mädchen. Nicole und dem Kind geht es gut. Zuviel Input für sein vernebeltes Hirn. Er taumelte nach hinten, ließ sich auf das Bett fallen und versuchte, sich irgendwie unter Kontrolle zu bekommen. Atmete tief ein. Verschränkte die Arme hinter dem Kopf. Doch es half nichts. Es brach einfach aus ihm heraus. Erst war es eine Krokodilsträne, dann japste er. Sagte zu sich, er dürfe jetzt nicht heulen. Doch schon schossen ihm dicke Tränen aus den Augen. Er schluchzte, Schnodder floss ihm aus der Nase. Verdammt. Er war doch kein Weichei.

»Ich bin Onkel«, flüsterte er und benutzte die Bettdecke als Taschentuch.

Und wie es der Zufall so wollte, ertönte ein zaghaftes

Klopfen an seiner Tür. Als er nicht reagierte, erneutes Pochen. Nun etwas lauter.

»Tjarko, bist du wach?«, kam es aus dem Flur.

Scheiße. Steffi. Warum gerade jetzt. Er total verheult und vollkommen neben der Kappe. Am besten, er verkroch sich unter der Decke und tat so, als wäre er nicht da.

»Mach auf. Du verpennst sonst unser First Class Frühstück.«

Als sich die Tür öffnete und ein verquollenes Gesicht mit roten Augen herauslugte, ging Steffi einen Schritt zurück. »Tjarko, was ist los?«, fragte sie.

»Ich ... mir geht es nicht gut«, sagte er kleinlaut und schniefte.

»Wegen gestern ... das ...«

Tjarko klammerte sich am Türrahmen fest und antwortete heiser: »Ich bin Onkel geworden.«

Es geschah einfach so. Kam wie aus dem Nichts. Plötzlich und vollkommen überraschend. Brachial und etwas ungestüm. Steffi hatte keine Möglichkeit zu reagieren, als der riesige Kerl über sie sank, seine Arme um ihren zierlichen Körper warf und die zierliche Frau an sich drückte.

Steffi ließ es zu. Tjarko heulte. Erst leise wimmernd, dann schluchzend und etwas später wie ein Kleinkind. Tränen tropften wie ein Wasserfall auf ihre Schultern. Kein theatralisches Heulen. Das hier war echt und abgrundtief ehrlich. So ehrlich, dass es Steffi vollkommen bewegungslos machte.

»Verdammt, ich bin nun ein echter Onkel«, schluchzte er.

Ein neugieriger Flurbewohner glotzte aus seinem Zimmer. Beschwerte sich über das Spektakel am Wochenende. Steffi zischte ihn an, das würde ihn einen feuchten Kehricht angehen und schob Tjarko in seine Unterkunft.

»In 200 Metern die nächste Ausfahrt nehmen«, plärrte das Navigationssystem.

Eugen ließ seine Seitenscheibe herunter, als Hassan den Anweisungen folgte und die Autobahn verließ.

»Oh, das schöne Hann Münden. Da war ich mal zu einem Meditationsseminar. Ein wundervoller Ort«, kiekste Jacobs freudig erregt.

Hassan bat ihn, das Fenster zu schließen. Er musste aber gestehen, dass die Gegend hier wirklich nett aussah. Laubwälder, Hügel und Täler, so weit das Auge reichte. Erinnerte ihn an den Schwarzwald. Nur ohne Tannen. Aber sie waren nicht hier, um die Landschaft zu genießen. Lange wollte er sich hier nicht aufhalten. Zu ihrem Zielort waren es noch knapp fünfzehn Kilometer. Eine kurvige Straße ließ ihn das Tempo drosseln. Sie lagen gut in der Zeit. Die Uhr zeigte halb neun. Trotz aller Behinderungen auf der Autobahn war er hervorragend durchgekommen. Er bräuchte so schnell wie möglich einen Kaffee. Die Fahrt hatte ordentlich an seinen Nerven gezerrt. Doch je näher sie ihrem Ziel kamen, umso mehr bekam Hassan ein flaues Gefühl im Magen. Vielleicht hätte er Tjarko doch vorwarnen sollen. Der würde aus allen Wolken fallen, hundertprozentig.

»Und wenn wir ihn nicht antreffen?«, fragte Hassan.

Er erntete scharfe Blicke vom Pastor.

»Er ist da. Das habe ich im Urin. Ich weiß auch, wo wir ihn finden können«, erwiderte Jacobs, ließ die Scheibe wieder hinunter und steckte seinen Kopf hinaus. »Hach, das ist wie Urlaub«, trällerte er.

»Ich weiß nicht. Hab kein gutes Gefühl bei der Sache.«

Er erntete giftige Blicke von Eugen. »Wie? Das war doch auch deine Idee.«

Hassan erspähte einen Rastplatz und bog darauf ab. Kaum stand der Wagen, stieg er aus und lehnte sich an die Kühlerhaube. Er kam sich irgendwie schäbig vor. Nun erst wurde ihm bewusst, in welch missliche Lage sie seinen Freund hineinziehen könnten. Weil er alleine mit einem dämlichen

Spuk nicht zu Potte kam. Zudem war es nur eine Frage der Zeit, dass seine Frau von der Aktion Wind bekommen würde. Er sollte sich jetzt schon ein paar Worte überlegen, um die Angelegenheit gerade zu bügeln. Auf jeden Fall würde es einen riesen Ärger geben. So oder so.

Eugen schien das nicht zu interessieren. Mit seiner kindlichen Gelassenheit streckte er die kurzen Beine aus dem Wagen und stieß einen übertrieben lauten Seufzer aus. »Ist das nicht herrlich hier? Diese Waldluft, diese Landschaft. Allein dafür hat sich die Fahrt gelohnt.«

Hassan schlug mit der flachen Hand auf die Kühlerhaube. »Kannst du nicht einmal den Mund halten? Das fühlt sich alles falsch an.«

»Willst du etwa wieder nach Hause fahren?«, krähte der Pastor und stieg aus.

Hassan brummte und beobachtete, wie der kleine Kerl ein paar Kniebeugen machte. Eugen klatschte in die Hände und machte eine einladende Handbewegung. »Auf gehts, keine Müdigkeit vortäuschen.«

»Mach keinen Stress, Eugen.«

»Ich doch nicht. Und nun ab in dein Auto.«

Hassan setzte seine Sonnenbrille auf und stieg wortlos in den Wagen.

Friedliche Stille herrschte über dem idyllischen Kurort. Der Brunnen am Kurpark plätscherte vor sich hin. Die ersten Cafés öffneten. Erste Spaziergänger genossen die erfrischende Luft an den Salzsoden. Schon am frühen Morgen herrschte eine drückende Hitze im Werratal. Unzählige Mücken piesackten Kellner, die Stühle aufklappten und die Tische eindeckten. Kinder rannten ihren Müttern davon, um die Hände in den eiskalten Brunnen zu tauchen. Tauben landeten auf dem Kopfsteinpflaster der beschaulichen Fußgängerzone. Im Park mähte ein kleiner Traktor den Rasen. In Bad Sooden Allendorf stand die Zeit still. Jeder Tag schien wie ein Wochenende. Und das schätzten die Kurgäste, die bereits am frühen Morgen auf unzähligen Bänken einfach die Seele baumeln ließen. Auf einer dieser Bänke saß ein ungleiches Paar. Sie hatten die Beine ausgestreckt und blickten stumm auf das morgendliche Treiben.

Tjarko fühlte sich hundeelend. Obwohl ihn Steffi mehrmals zu motivieren versuchte, Nicole anzurufen, starrte er nur auf sein Handy und konnte sich nicht überwinden. Er fühlte sich wie in Beton gegossen. Vollkommen handlungsunfähig. Nach seinem Gefühlsausbruch war er einfach nur leer. Ausgelaugt und am Ende.

»Oder soll ich für dich anrufen?«, fragte Steffi.

Er sah sie an und verzog das Gesicht. »Nein. Sie würde sich nur wundern. Ich leg mir nur die richtigen Worte zurecht.«

»Tjarko, gratuliere deiner Schwester zur Geburt und gut ist.«

»Ich war nicht da, als sie mich brauchte«, erwiderte er mit heiserer Stimme.

Steffi richtete sich auf. »Willst du immer noch abhauen?«

»Ich ... keine Ahnung.«

Steffi seufzte. Riss ihm das Handy aus der Hand und warf es achtlos über die Schulter.

»He, was soll das?«, beschwerte er sich.

Sie verschränkte die Arme. »Ich werde aus dir echt nicht schlau.«

Tjarko stand auf und zuckte mit den Schultern. In ihm herrschte das reinste Chaos. In diesem Moment kam es ihm vor, als säße nicht Steffi, sondern Nicole vor ihm. Sie blickte ihn mit sorgenvollen Augen an. Diese leuchtend grünen Augen. Wie zwei Eisbonbons im Rosenbeet. Ihre kastanienbraunen Haare zu einem Zopf gebunden. Herrgott, diese Frau war so wunderschön. Er fühlte sich ihr gegenüber einfach mies. Besonders wenn er Menschen mochte, verhielt er sich meistens ungerecht. Daran konnte er nichts ändern.

Steffi klopfte mit der flachen Hand auf die Bank.

Tjarko überlegte einen Moment und ließ sich seufzend nieder.

Und als er nun so dasaß und ihre Blicke sich erneut trafen, wusste Tjarko gar nicht, wo er hinsehen sollte. Ein Stromschlag fuhr durch seinen Körper. Ungefähr so wie bei diesem Stangerbad. Unaufhörlich kroch ihm eine prickelnde Gänsepelle von seinen Armen bis hinunter zu den Füßen. Erschrocken über die neuen Eigenarten seines Körpers rückte der Landwirt ein Stück zur Seite. Grunzte unverständliches Zeug in sich hinein und rieb gedankenverloren die Hände aneinander. Herrgott, sogar seine verhornten Handflächen kribbelten, als ob er sie mitten in ein Ameisennest gehalten hätte.

»Ich ... ähm ... also«, nuschelte er.

Steffi lachte leise und drängte sich an ihn. »Hat es dir die Sprache verschlagen?«

Was das auch immer werden sollte, es fühlte sich gar nicht mal so schlecht an. Ein regelrechter Platzregen der Gefühle. Mit einer Menge Sturm dabei. Doch er war sich nicht sicher, wie er die doch verständlichen Signale von Steffi deuten sollte. War schon schwierig genug, sein Sprachzentrum unter Kontrolle zu halten, damit sein dämliches Kauderwelsch nicht die ganze Situation versaute.

»*Schalt dein Hirn aus und benimm dich nicht wie ein Kleinkind*«, zischte es in Tjarkos Hirnwindungen.

Er legte ganz beiläufig eine seiner riesigen Hände auf ihren Schoss. Ohne es zu wollen. Er tat es einfach. Steffi ließ es zu. Sagte kein Wort und legte ihre Hand auf seine.

Irgendetwas sollte er sagen. Tat man das eigentlich in so einem Moment? Woher sollte er das denn auch wissen?

»Ich hoffe, meinen Kühen geht es gut«, kam leise über seine Lippen.

»Ist das jetzt nicht egal?«, fragte Steffi.

»Jo, ist eigentlich egal.«

»Soll ich meine Hand wegnehmen?«

»Hm«, brummte er in sich hinein.

»Dann lass ich sie so liegen, falls es dir nichts ausmacht.«

Natürlich machte es ihm nichts aus. Ganz im Gegenteil.

»Nö, lass mal so. Wie du meinst.«

Steffi nickte. »Wenn du magst, kannst du mich auch in den Arm nehmen.«

»Was?«

»Sag bloß, du hast noch nie jemanden in den Arm genommen?«

»Außerhalb der Familie eigentlich niemanden«, antwortete er heiser.

In den Arm nehmen. Also, das hieß, sich von ihrer Hand zu lösen, den Arm zu heben und über ihre Schultern zu legen. Irgendwie so.

Oder so ähnlich.

»Ich lass jetzt deine Hand los«, kündigte er an.

»Na dann«, erwiderte sie. »Ich bin jedenfalls bereit.«

»Okay, dann fang ich mal an.«

»Ich bin gespannt.«

Ungelenk hob er den linken Arm.

»Kannst du etwas nach vorn rücken?«, bat er Steffi.

Sie lächelte und rutschte ein Stück nach vorne. Sein Arm, der gegenüber der zierlichen Steffi aussah wie eine Würgeschlange aus dem Amazonas, schob sich an ihrem Nacken vorbei. Seine riesige Pranke legte sich auf ihre Schulter.

Steffi nickte zufrieden. »Na, das klappte ja schon mal ganz gut.«

»Und jetzt, zieh sie an dich ran, du Melkschemel!«, quäkte es in seinem Kopf.

Ein Ruck ging durch Steffi. Ihr Kopf wurde zur Seite gerissen und fand sich an Tjarkos Brust wieder. »Du, ich bekomm gleich keine Luft mehr.«

»Äh. Ja klar. Entschuldigung. War keine Absicht von mir.«

Ein Spaziergänger kam des Weges und beobachtete, wie ein grobschlächtiger Kerl eine junge Frau scheinbar in den Schwitzkasten nehmen wollte. »Hallo, alles gut bei Ihnen?«, fragte er mit erbostem Unterton.

Steffi winkte ab. »Ja ja. Alles super. Er übt noch.«

»Wirklich?«, fragte der Herr.

Steffi richtete sich auf, legte eine Hand auf Tjarkos Gesicht und verpasste ihm einen sanften Kuss auf die Lippen. »Sehen Sie, kein Grund zur Sorge. Er ist mein Freund.« Sie lächelte den besorgten Herrn an.

»Na dann. Man weiß ja nie heutzutage«, erwiderte der, wünschte noch einen schönen Tag und zog von dannen.

»Ups«, sagte sie und sah Tjarko tief in die Augen. Ihr Blick schien seinen Schädel förmlich zu durchbohren. Verdammt, er kannte diese Frau erst seit einigen Tagen. Irgendwie traute er dem Braten nicht.

Unter seinen haarigen Achseln herrschte mittlerweile Katastrophenalarm wegen Überschwemmung. Er nestelte an seinem Shirt herum. Das also war ein Kuss. Ein richtiger, verdammter Kuss. Nicht so wie von seiner Schwester. Das hier war eine ganz andere Kiste.

Mit der Reizüberflutung kam er gar nicht klar.

Das war entschieden zu viel für den Ostfriesen.

Und wie es zu erwarten war, brabbelte seine innere Stimme wieder los. *»Worauf wartest du? Attacke, Kumpel!«*

Tjarko machte sich bereit. Dachte kurz darüber nach, ob sein Atem frisch genug war. Für den ersten aktiven Kuss seines Lebens.

Also Vollangriff. Es half ja nichts. Noch einmal würde er es nicht versauen. Schließlich hatte Steffi ja angefangen. Nun war er am Zug. Irgendwie würde er es hinbekommen. Eventuelle Fehler würde Steffi ihm schon verzeihen. Schließlich wusste sie ja, dass er eine männliche Jungfrau war. Augen zu und durch. Er beugte sich über sie. Schloss die Augen und hoffte, nicht ihre Nase abzubeißen. Mit gespitzten Lippen näherte er sich Steffis Mund. Spürte ihren warmen, ruhigen Atem ...

Er blinzelte, um keinen Fehltreffer zu landen. Zählte innerlich bis drei und ...

Genau in diesem Moment nahm Tjarko aus den Augenwinkeln einen Schatten wahr. Für einen Bruchteil von Sekunden spürte er eine Präsenz, die er nur allzu gut kannte. Vielleicht war es Einbildung gewesen. Seine Sinne spielten sowieso Boßeln mit ihm.

»Tjarko?«, sagte Steffi und zog seine Hand an sich. »Mir ist sowas auch noch nie passiert. Nach so kurzer Zeit ...«

Er blickte zur Seite. Atmete schwer. Löste sich von ihr und

sah aus, als hätte er den Heiligen Geist persönlich erblickt. Ungläubig riss er die Augen auf und löste sich von seiner Freundin.

Von weitem huschte ein dürrer Kerl, der aussah wie Sam Hawkins, hinter einem Busch hervor und winkte fröhlich.

»Ach du große Scheiße«, brummte Tjarko und sprang wie von der Tarantel gestochen auf.

Der schmächtige Kerl warf seine langen grauen Haare nach hinten. »Na, wie hat dir der Handkäse geschmeckt?«

Undercover

»Ihr hättet mich mindestens vorwarnen sollen!«

Tjarko war außer sich. Er konnte nicht einordnen, ob es Wut oder Freude war, dass seine Freunde unerwartet hier auf der Matte standen. Es war, als ob man ihn aus einem wunderschönen, nicht enden wollenden Traum gerissen hätte.

Steffi saß mit lauter Fragezeichen im Gesicht auf der Bank und verfolgte das Geschehen. Der kleine Kauz kam auf sie zu und griente über beide Ohren.

»Moin. Entschuldigung, dass wir hier so reinplatzen. Ein kleiner Überraschungsbesuch aus Ostfriesland«, sagte er. Sein Atem roch unangenehm nach scharfem Käse.

»Äh, kein Problem«, erwiderte sie und reichte ihm die Hand.

Eugen ergriff sie mit einem kurzen Händedruck. »Moin. Ich bin Pastor Jacobs. Und der bärtige Kerl da hinten ist Hassan.«

»Steffi Rabe«, erwiderte sie.

Innerlich musste sie schmunzeln. Es passte, so skurril es jetzt auch anmutete, zu der gesamten Situation.

Tjarko krempelte gerade gehörig ihr Leben um.

Warum auch immer.

Die beiden fremden Herren fügten sich in dieses Chaos wie ein Puzzleteil ein. Als sollte es so sein. Sie beobachtete Tjarko, wie er nervös sein viel zu enges Shirt über den Bauch zog. Wie ihm, die Hände in den Taschen seiner Jogginghose, sämtliche Farbe aus dem Gesicht fiel, während er sie ansah, dünn lächelte, um sich danach wieder seinem Besuch zu widmen, der ihm mit ernster Miene wichtige Dinge mitzuteilen schien.

Eugen nutzte die Gelegenheit und nahm neben Steffi Platz. »Sie sind auch zur Kur hier?«

»Ja, natürlich. Was sollte man an diesem Ort sonst machen?« Steffi rückte ein Stück zur Seite. Der Kauz wirkte nicht unbedingt wie ein Pastor. »Ist doch wunderschön hier«, erwiderte Eugen und schlug seine käsigen Beine übereinander. »Genau wie Sie, junge Frau.«

Steffi wäre am liebsten geflüchtet. Ihr Sitznachbar machte sie ein wenig nervös. »Sie haben eine weite Fahrt hinter sich?«, führte sie das Gespräch aus reiner Höflichkeit fort.

»Ach, für Tjarko machen wir das gern. Haben Sie gehört,

dass er frischgebackener Onkel ist?«

Natürlich hatte sie das. Aber ein Gefühl sagte ihr, es dem Kerl besser zu verschweigen. »Ach, das hat er mir nicht erzählt.«

Jacobs nickte. »Eine Ann-Kathrin. Ist diese Nacht zur Welt gekommen.«

»Schön. Das freut mich.«

»Und Sie sind Tjarkos ...«

Die Frage musste ja kommen. Sie konnte es ihm nicht verübeln.

»Bekannte.«

Er runzelte die Stirn. »Ach was. Ist das so?«

Leichtes Unbehagen überkam Steffi. Der Tonfall in der Stimme des kleinen Kerls gefiel ihr überhaupt nicht. Seine Blicke schienen sie förmlich abzuscannen. Als könnte er ihre Gedanken lesen.

»Wir machen hier und da etwas zusammen. Sitzen seit einer knappen Woche gemeinsam am selben Tisch.«

»Der Tjarko ist ein einzigartiger Mensch. Ich kenne ihn wie meine Westentasche. Und er ist Single.«

Steffi drängte sich an die Armlehne der Bank. So langsam wurde es ihr unangenehm. Ein metallischer Geschmack kroch über ihren Gaumen. Als ob sie auf Aluminium kauen würde.

241

»Ich bin der Eugen«, sagte er. »Ich mag am liebsten geduzt werden.«

Okay, nun kam die Vertrauensmasche. Bestimmt, um ihr mehr Informationen aus der Nase zu ziehen.

Der Pastor fuhr fort. »Ich hoffe, Tjarko hat kein Wort über mich gesagt.«

Nein, hatte er tatsächlich nicht. Vielleicht waren das gar nicht seine Freunde. Und wenn, der Kerl neben ihr strahlte etwas Unheimliches aus. Ob gut oder schlecht, konnte sie nicht beurteilen.

»Nein, wir reden meistens über die Kur.«

»Na, hätte mich auch gewundert. Tjarko hat das Reden nicht erfunden. Außer es geht um seine Kühe.«

Wenn der wüsste, dachte sie.

Eugen klatschte sich auf die Schenkel und stand auf. »Na dann. Wir können unser nettes Gespräch gern fortsetzen.«

»Ach, Sie bleiben länger?«

Der Pastor wirkte auf einem Schlag sichtlich nervös. »Äh, nein. Ist auch egal. Ich will Ihre Erholung nicht länger stören.«

Besucher am Wochenende waren in der Kurklinik nichts Ungewöhnliches. Manchmal verirrten sie sich in den Fluren oder standen, wie Eugen Jacobs, vor dem Speiseraum und

242

studierten an der Pinnwand das angebotene Menü für das Wochenende. Mit den Händen hinter dem Rücken klebte er mit der Nase an der Speisekarte. Darunter erspähte Eugen einen Hinweis in fett gedruckten Buchstaben.

Bitte am Wochenende Ihr Namenskürzel auf der Liste nicht vergessen!

Er griente. Alles lief wie am Schnürchen. Genau das wollte er wissen. So überprüfte die Einrichtung, ob sich möglicherweise jemand ohne Abmeldung einfach vom Acker gemacht hatte. Es gab viele, die an einem Sonntag den Lagerkoller bekamen und ohne Genehmigung für einen Tag nach Hause fuhren. Er musterte für einen Moment die örtlichen Gegebenheiten. Das sollte ausreichen, um sich für kurze Zeit zu orientieren. Mit einem zufriedenen Grinsen verließ er das Gebäude. Hassan wartete auf einer Bank und hob müde die Hand.

»Wird Zeit. Wir müssen spätestens um 19 Uhr in Ostfriesland sein«, sagte er und gähnte ausgiebig.

»Wo ist Tjarko?«, fragte Eugen und setzte sich zu ihm.

»Der muss noch irgendwas klären. Mit seiner Bekanntschaft nehme ich an.«

»Bekanntschaft. Das hast du aber schön gesagt.«

Hassan streckte seine Beine aus. »Was denn sonst?«

Jacobs verdrehte die Augen und schwieg.

»Eugen, ich glaube nicht, das Tjarko sich einen Kurschatten angelacht hat. Dafür ist er gar nicht der Typ. Die einzige Frau in seinem Leben wird nur Nicole sein.«

Der Pastor hob seine Hände. »Und wenn ... er ist ein Mann im besten Alter. Da sollte man ihm doch etwas Spaß gönnen.« Eugen hatte den Durchblick. Tjarko war bis über beide Ohren verliebt. Halleluja!

Hassan lachte leise und schüttelte den Kopf. »Nun übertreibst du aber.«

Der Landwirt kam über den Hof und sah alles andere als glücklich aus.

»Na, alles geklärt?«, fragte Hassan und erhob sich. »Mit deiner Bekanntschaft?«

Tjarko blickte ihn giftig an. »Ja, alles geklärt. Ich glaube, sie hat gemerkt, dass ich sie angeflunkert habe.«

»Ich regle das schon«, bemerkte Eugen.

»Du redest bitte kein Wort mit ihr.« Er stapfte an den beiden vorbei.

Hassan blickte auf. »Mein Gott, hast du einen Furz gefressen oder was?«

»Der beruhigt sich schon wieder.« Jacobs verschränkte die Arme hinter dem Kopf. »Geht ihr mal. Ich komme hier klar.«

Mit tausend Fragezeichen im Gesicht stand Hassan auf, gab Eugen einen freundschaftlichen Klaps auf die Schulter und hastete Tjarko hinterher. »Bis morgen«, rief er, bevor er hinter einem Baum in Richtung Parkplatz verschwand.

Klaus Lüders fühlte sich miserabel.

Nachdem seine Glückshormone Reißaus genommen hatten, verließen ihn sämtliche Kräfte.

Er war nun Vater. Offiziell und unwiderruflich.

Er hatte sogar den Schneid gehabt, eigenhändig die Nabelschnur zu durchtrennen. Ann-Kathrin war kerngesund. Man reichte ihm irgendwann dieses kleine Wesen, das friedlich in seinen Armen schlief. Alle lief wie ein Film ab, und an vieles würde er sich irgendwann nicht mehr erinnern können. Mit letzter Kraft hatte er wenigstens ein paar Voicemails versendet, und er musste zugeben, nicht ganz ohne Stolz. Nicole war gut versorgt, ihr ging es nach dem Eingriff sogar so hervorragend, dass sie sich auf die Bettkante setzte und Tjarko anrufen wollte. Klaus, besorgt wie immer, versprach, das Telefonat am Vormittag zu übernehmen. Doch bis jetzt hatte er es auf die nächste Stunde verschoben. Der Vollpfosten würde schon zurückrufen. Und wenn nicht, umso besser. Klaus hegte keine Sehnsucht, mit Tjarko zu plaudern.

Mit dunklen Ringen unter den Augen krabbelte Lüders aus seinem Auto. Müde blickte über den Hof von seinem Schwager und stutzte. Irgendetwas stimmte hier nicht. Der Bulli vom Tierarzt Fokko Münnings stand quer vor Tjarkos Kuhstall. Von drinnen ertönte ein ohrenbetäubendes Krachen.

»Was ist hier denn schon wieder los?«, raunzte Klaus. Am Ende des Stalles stand Münnings und diskutierte aufgeregt mit dem Hofhelfer. Von einer Sekunde auf die andere war Lüders hellwach. Mutter Maria schnaubte wie ein wildgewordener Drache und trat an das Stahlgitter. Manuel machte erschrocken einen Satz nach hinten und legte sich der Länge nach hin.

Fokko sah auf. »Klaus, du kommst im richtigen Moment. Maria dreht völlig durch.«

Manuel raffte sich auf. In seinem Gesicht stand pure Angst. »Ich hab keine Schuld«, stotterte er aufgeregt.

Klaus hob besänftigend die Hände. Er war hundemüde. Vollkommen erledigt und zudem frischgebackener Vater. In dem Zustand hatte er keine Lust auf weiteren Stress. »Nun mal schön der Reihe nach«, bat er und stützte sich an der Wand ab. Etwas Schlaf wäre nicht schlecht gewesen.

Münnings fuhr sich durch sein volles Haupthaar. »Er hätte beinahe den Hofhelfer auf dem Gewissen gehabt.«

»Ich wollte nur seinen Stall ausmisten. Da lag er noch auf

dem Boden. Konnte doch nicht ahnen, dass er auf mich lospreschen würde. Ging alles so schnell.« Manuel klemmte sich mit zitternden Händen eine Zigarette zwischen die Lippen und erntete tadelnde Blicke von Lüders. Flugs verschwand die Kippe in der Hosentasche.

Klaus winkte den Tierarzt zu sich. »Das ist das letzte Mal vor drei Jahren passiert«, raunte er ihm zu.

Münnings zuckte mit den Schultern. »Was?«

»Dass er so ausflippt. Vergiss nicht, er hätte mich beinahe umgebracht.«

»Das war eine andere Situation«, erwiderte Fokko.

Klaus runzelte die Stirn. Blickte zu Mutter Maria, der sich mittlerweile wie eine Balletttänzerin unaufhörlich um die eigene Achse drehte.

Münnings seufzte. »Ich muss dem irgendwie Blut abnehmen. Vielleicht Rinderwahn. So, wie der sich benimmt.«

Eine logische Vermutung.

Doch dann, ohne Vorwarnung, sauste eine Stimme durch die Gehörgänge des Besamers. Gnadenlos laut und bedrohlich.

»Lass den Chef kommen!«

Klaus schnaufte, torkelte vorwärts und wäre um Haaresbreite über Münnings Füße gestolpert. Der fing Lüders im letzten Moment auf und starrte ihn besorgt an.

»Alles gut mit dir?«, fragte er.

Klaus winkte ab. »Mir ist irgendwie komisch im Kopf. Zu wenig Schlaf, glaube ich.« Dabei schielte er zu Mutter Maria, der rückwärts lief, ein lautes Schnauben von sich gab und sich gemächlich auf dem Stroh niederließ. Als ob nichts gewesen wäre. Dann glotzte er Lüders an, hob den Schädel und spitzte die Ohren.

»Mach was, Besamer!«

Lüders riss die kurzen Arme hoch und hielt sich die Ohren zu. »Verdammt«, fluchte er. Auf einem Strohballen fand er Platz und fiel in sich zusammen. »Ich muss ins Bett. Irgendwie. Höre schon Stimmen.«

Münnings beobachtete für einen Moment den Bullen. »Bevor ich mich um Maria kümmere, bringe ich dich erstmal nach Hause. Du siehst fürchterlich aus.«

Klaus nickte. »Entschuldigung. Ich bin letzte Nacht Vater geworden.«

Fokko lachte auf und schlug ihm auf die Schulter. »Ach. Und das sagst du jetzt erst? Was eine schöne Nachricht.«

Es folgten überschwängliche Gratulationen vom Tierarzt. Manuel nickte ihm mit einem dünnen Lächeln zu und machte sich aus dem Staub. So langsam ging ihm sein Aushilfsjob gehörig auf den Keks.

Während Klaus aus dem Stall wankte, wagte er einen Blick zurück. Maria hatte den Kopf über das Gitter gestreckt und kaute gemütlich vor sich hin.

»*Regle das*«, zischelte es laut in Klaus' recht angeschlagenen Hirnwindungen.

Tjarko versuchte, seine langen Beine irgendwie in eine bequeme Position zu bringen. Die Rückbank von Hassans Wagen war wohl nur für kleinwüchsige Menschen vorgesehen. Aber er dachte, es wäre der richtige Ort, um noch eine Mütze Schlaf zu kriegen. Denn den würde er für die bevorstehende Nacht dringend brauchen. Mittlerweile hatten sie Bremen hinter sich gelassen. Hassan hatte einen Umweg über die Bundesstraße gewählt, um den Stau zu umfahren, der sich angekündigt hatte. Es ging flotter voran, als sie dachten.

»Wenn wir da sind«, sagte Tjarko und setzte sich ungelenk auf. »Können wir eben einen Blick auf den Hof wagen?«

»Das kommt gar nicht in die Tüte. Ich hab Eugens Haustürschlüssel. Da legst du dich für ein paar Stunden aufs Ohr.«

Tjarko grunzte. »Stell dich nicht so an. Wird schon keiner mitbekommen, dass ich in Ostfriesland bin. Außerdem bist du mir einen Gefallen schuldig.«

Hassan warf einen Blick nach hinten. »Kein Risiko eingehen. Wenn das rauskommt, ist der Teufel los. Und denk an deine Schwester. Die kann keine Aufregung gebrauchen.«

Tjarko nickte und grübelte vor sich hin. Recht hatte er ja. Es war eine Nacht und Nebel Aktion. Sozusagen undercover. Auf was für eine Scheiße hatte er sich da nur eingelassen? Die ganze Sache stank zum Himmel. Es hatte einige Überredungskunst von Hassan gebraucht, um ihn vollends zu überzeugen. Kein Wunder, wenn man wie aus dem Nichts plötzlich irgendwo auftauchte. Genau in den Moment, als ...

Egal. Es ließ sich jetzt ohnehin nicht mehr ändern.

Dass er vor ein paar Stunden noch abhauen wollte, war für ihn kein Thema mehr. Hätte ihn Hassan nicht so angefleht, hätte er ihn achtkantig vom Hof geschmissen.

»Nur dieses eine Mal. Und dann nie wieder«, hörte Tjarko seinen Freund jammern.

Bei dem einem Mal sollte es auch bleiben. Tjarko hatte sich ein Versprechen gegeben. Er wurde, um es in der Sprache eines Suchtkranken auszudrücken, praktisch wieder rückfällig.

Doch letztendlich wusste er genau, dass seine Freunde nicht ohne Grund den weiten Weg zu ihm gefahren waren. Es war eben nur der falsche Zeitpunkt gewesen.

»Hast du schon Nicole angerufen?«, fragte Hassan.

Tjarko schreckte auf. »Äh, nö. Wie denn auch, bin noch nicht dazu gekommen.«

»Dann solltest du es auch erst mal nicht tun. Wenn sie davon Wind bekommt, ist High Life in Tüten.«

Tjarko nickte. Er hätte so gern wenigstens ein Bild seiner Nichte gesehen. Doch das hatte Klaus noch nicht auf die Kette bekommen.

»Am besten, du schaltest dein Handy aus«, fuhr Hassan fort.

Tjarko reichte es ihm nach vorn. »Nimm du es. Ich hab keine Ahnung, wie das geht.«

Nach etwas mehr als drei Stunden fuhren sie an Oldenburg vorbei Richtung Ostfriesland. Die Autobahn wurde mit einem Schlag leerer. Ein erster Wink, dass die Heimat nicht mehr fern war. Unzählige Windräder erschienen am Horizont. Wolken, die wie Wattebäusche wirkten, zogen am Himmel. Der Landwirt fuhr die Seitenscheibe herunter und steckte seine Nase heraus. Tief sog er die Luft in die Lungen. Ein leicht salziger Geruch vernebelte die Sinne. Herrlich. Wie hatte er das vermisst. Sein Freund bog kurz vor Leer auf die Autobahn Richtung Emden und Aurich ab. Erstaunlicherweise waren sie gut durch den Verkehr gekommen. Eine Pause hätte aber durchaus gutgetan. Tjarkos Rücken schmerzte und der Hintern brannte wie Feuer. Noch ein paar Kilometer. Er konnte es kaum erwarten, das Ortsschild von Buckbuhr zu passieren. Das Fenster wurde wieder hochgefahren. Mit einem zufriedenen Seufzen lehnte er den Kopf nach hinten und beobachtete ein paar Rehe, die auf den weiten Feldern grasten. So schön wie alles auch war, wurde er das Gefühl nicht los, dass dieser Moment irgendwie falsch war.

Ehrengast

Steffi lag auf dem Bett und legte das Tablet beiseite. Die Ruhe konnte sie gerade gut gebrauchen. Sie fühlte sich ausgelaugt und gleichzeitig verwirrt. Es war einer dieser Momente, in denen sie ihre Gefühle nicht wirklich einordnen konnte. Und das alles wegen diesem Kerl, der ihr sämtliche Sinne zu rauben schien. Sie war definitiv nicht zur Kur gefahren, um einen neuen Partner zu suchen. Wollte sich erholen von dem ganzen Hickhack mit diesem verdammten Krebs und ihrer Trennung. Einfach abtauchen und Energie tanken. Die hatte sie dringend nötig. Der ganze Stress mit der Scheidung stand noch bevor. Doch was heute Vormittag im Kurpark geschehen war, bevor die seltsamen Freunde auftauchten, konnte sie nicht mit Worten erklären. Es war einfach so geschehen. Jeder Weg hatte eine Abzweigung. Und beinahe wäre sie eingebogen. Ohne nachzudenken, wohin die Reise führen würde. Tjarko war anders. Mitunter wie ein kleines Kind, dann aber auch erwachsener als jeder andere auf dieser Welt. Ungestüm, manchmal voller Geheimnisse. Verrückt, bodenständig und ehrlich. Mit einem seltsamen Hobby. Ein Typ, nicht so glattgebügelt wie ihr zukünftiger Ex-Mann. Mit Ecken und Kanten, doch dahinter eine sanfte Seele.

Das alles zu verdauen, brauchte seine Zeit.

Nach Tjarkos zugegebenermaßen überaus abenteuerlichen Erklärungen wollten die Herren nach Göttingen fahren. Um sich die Heimat eines guten Bekannten anzusehen.

Eigenartig.

Aber hey, es waren Ostfriesen. Was konnte man da schon anderes erwarten? Es passte zu Tjarko wie die Faust aufs Auge.

Ihre Mutter hatte mal zu ihr gesagt: »Schau immer die Freunde des anderen an. Dann weißt du, auf wen du dich einlässt.«

Zu oft hatte sie das vergessen, und jedes Mal einen Griff ins Klo gelandet. Sie hätte gern Kinder gehabt. Am besten so viele, dass ihr Haus aus allen Nähten platzte. Ein geregeltes Leben, mitten auf dem Land. Mit Hühnern und von ihr aus auch Schafen. Egal. Jedenfalls nie wieder diese trostlose Blase, in der sie jahrelang leben musste. Letztendlich, so bitter es auch klingen mochte, war der elendige Krebs der Start in ein anderes Leben. Ob gut oder schlecht, würde sich noch zeigen. Nun denn, etwas frisch Luft würde ihr guttun. Die Sonne strahlte in ihr Zimmer und lud zu einem Spaziergang ein.

Steffi schlüpfte in ihre Sandalen, warf einen prüfenden Blick in den Schrankspiegel und schloss die Tür hinter sich. Ein Blick wanderte auf ihre Armbanduhr. Sie ertappte sich dabei, dass sie innerlich die Stunden zählte, bis sie Tjarko wiedersehen würde. Es war ein verdammt gutes Gefühl. Mit einem Lächeln und leichten Schritten machte sie sich auf den Weg.

Ein Stockwerk über ihr stand Eugen Jacobs unter der Dusche, shampoonierte sich die langen Haare und trällerte vergnügt vor sich hin. Er fummelte den Duschkopf von der Stange und drehte an einem kleinen Rädchen.

»Oh, mit Massagefunktion«, sagte er und hielt sich den rotierenden Wasserstrahl an den Hintern. Verzückt kiekste er auf. Hach, was war das Leben doch schön.

Nach einer halben Stunde hüpfte er aus der Dusche. Rasierte sich mit Tjarkos nagelneuem Rasierer das spitze Kinn und schlüpfte in seine Klamotten. Eugen schlurfte aus dem Bad und beschloss, ein Mittagsschläfchen zu halten. Vorher wollte er sich aber noch schnell ein Wässerchen auf dem Flur holen, wo einige Kisten Mineralwasser standen mit dem Hinweis, dass die Getränke nur für Kurgäste seien. Dummerweise klappte die Tür hinter ihm zu. Der Schlüssel lag auf dem Nachtschrank im Zimmer.

»So ein Elend aber auch«, seufzte der Pastor. Ihn überkam leichte Panik. Das war außerordentlich dumm von ihm gewesen. Zudem hatte er keine Schuhe an. Ein junger Mann kam aus dem Treppenhaus in den Flur.

»Kann ich Ihnen helfen?«, fragte er, den Blick auf Eugens Füße gerichtet.

Bloß keine Aufmerksamkeit erregen, dachte Jacobs. »Nö, nö. Alles gut. Ich warte hier nur auf meine Frau.«

»Ach, Ihre Frau. Dann müssen Sie Herr Mersbach sein.«

»Bitte, was?«

»Na, der Mann meiner Zimmernachbarin. Hat davon erzählt, dass Sie hier heimlich übernachten.«

Eugen hielt sich einen Finger vor die Lippen. »Pst, das darf aber niemand wissen«, flunkerte er.

»Schon in Ordnung. Hab Sie mir ganz anders vorgestellt.«

»Wie meinen Sie?«

Sein Gegenüber grinste. »Na, ich sitze mit Ihrer Frau am selben Tisch. Seitdem weiß ich eine Menge über Sie.«

»Ach, sie neigt manchmal zu Übertreibungen.«

Der junge Herr, mindestens drei Köpfe größer als Eugen, blickte skeptisch und kam einen Schritt näher. »Wie viele Kilo?«

»Äh, bitte?«

»Na, wie viele Kilo reißen Sie?«

Eugen nestelte an seinen feuchten Haaren herum. »Dreihundert«, sagte er aufs Geratewohl. Er hatte keine Ahnung, worum es ging.

»Dreihundert? Im Bankdrücken? Unmöglich. Sie müssen erstaunlich fit sein.«

»Ja ja. Bin ich.« Zum Beweis für was auch immer machte Jacobs zwei Kniebeugen und griente.

»Mm. Nun, als ehemaliger Landesmeister eine beachtliche Leistung. Obwohl Sie nicht danach aussehen.«

»Der Schein trügt manchmal.«

»So, wie Sie Herr Mersbach sind«, murmelte der drahtig gebaute Kerl.

Nun wurde die Sache prekär. Eugen stand kurz davor, aufzufliegen.

Ein paar Türen weiter spähte eine Frau mit Lockenwicklern in den Haaren auf den Flur.

Der junge Mann winkte fröhlich. »Frau Mersbach, wenn Sie ihren Mann suchen ... der steht hier.«

Eugen wäre am liebsten im Boden versunken.

»Mein Mann?«, fragte die Dame und trat näher.

Jacobs nutzte den Moment und huschte hinter dem jungen Mann die Treppe hinunter. Um Haaresbreite wäre er frontal mit einer Frau zusammengeprallt, die gerade aus einem Flur herauskam.

»Ach?«, sagte sie erstaunt.

»Hoppla«, erwiderte Eugen.

»Sie sind doch ...«

Jacobs musste sich etwas einfallen lassen. Sofort.

»Ja, genau. Der bin ich. War eben noch einmal auf der Toilette in Tjarkos Zimmer.«

Steffi hob die Augenbrauen. »Ich dachte, Sie wären schon längst los.«

»Reizdarm. Ich habe Reizdarm. Kaum sitze ich in einem Auto, geht es los.«

Sie blickte nach unten. »Sie haben keine Schuhe an.«

»Ich laufe am liebsten nackt.« Eugen standen dicke Schweißperlen auf der Stirn.

»Aha.«

»Jaja. Ohne Schuhe ist es bei der Wärme einfach viel angenehmer. Mit nackten Füßen lässt es sich deutlich besser laufen.«

»In Göttingen?«

»Göttingen? Warum in Göttingen?«

»Da wollten Sie doch hin.« Steffi verschränkte die Arme und sah den kleinen Kerl skeptisch an.

Die Sache lief gerade in eine vollkommen falsche Richtung. Mit Höchstgeschwindigkeit. Und da Eugen seinen paar Schäflein jeden zweiten Sonntag in der Kirche predigte, dass man nicht lügen sollte, besann er sich auf diese Worte und beschloss, die Hosen runterzulassen. Es hatte eh keinen Zweck. Er lächelte so nett, wie er das in diesem Moment tun konnte und fragte, wo man einen Zweitschlüssel bekommen könnte. Steffi seufzte.

»Nur, wenn Sie mir erzählen, was hier los ist.«

»Versprochen. Hundertpro.«

»Sie haben Glück, dass ich gut mit dem Hausmeister kann. Ich gehe zu ihm und besorge den Schlüssel.« Dann wies sie mit einer Hand in den Flur. »Solange bleiben Sie in meinem Zimmer und rühren sich nicht von der Stelle.«

Eugen nickte und folgte ihr mit reumütigen Blicken.

Vierhundert Kilometer weiter entfernt, ohne den Hauch einer Ahnung von Eugens Fehltritten, schmiss Tjarko Behrens einen Stapel von Groschenromanen auf den Teppichboden und legte sich auf das Sofa. In Eugens Wohnzimmer stapelte sich der Krempel bis zur Decke. Organisiertes Chaos nannte das der Pastor. Er hätte wenigstens das Nötigste beiseiteschaffen können. Dabei hatte der Pfaffe doch genau gewusst, das Tjarko hier für einige Stunden sein Lager aufschlagen musste. Na ja, wenigstens war seine dämliche Katze nicht im Haus. Das Vieh war ihm irgendwie nicht geheuer. Derweil war Hassan zu seiner Frau geeilt. Der hatte jetzt noch einige Stunden Zeit, sich die nächste Ausrede einfallen zu lassen. Tjarko war das in diesem Moment egal. Sein Rücken brannte wie Feuer und ihn überkam bleierne Müdigkeit. Er suchte auf dem ausgeleierten Dreisitzer nach einer gemütlichen Position. Doch nach einigen Lagewechseln setzte er sich stöhnend auf und überlegte, wie er die übrige Zeit totschlagen konnte. Innerlich hatte er sowieso Hummeln im Hintern. Nur einen Steinwurf entfernt war sein geliebter Hof, und er hockte hier in einem muffigen Wohnzimmer. Bei einer gefühlten Innentemperatur von über dreißig Grad. Zudem musste er unaufhörlich an Steffi denken.

Nun, eine kleine Mahlzeit würde ihn vielleicht aufmuntern.

Er schlurfte in die Küche. Die Spüle quoll über von dreckigem Geschirr. So ähnlich hatte es vor ein paar Jahren auch bei ihm ausgesehen. Inzwischen machte ihn Dreck nervös. Aus dem Kühlschrank schlug ihm ein stechender Geruch entgegen. Zweifellos hessischer Handkäse. Tjarko würde diesen Geruch niemals aus der Nase bekommen. Hatte er das Zeug eigentlich entsorgen können? So sehr er überlegte. Er wusste es nicht mehr so genau.

Das war jetzt auch egal. Der Pastor hatte eine gute Nase für so etwas und hockte bestimmt auf seinem Bett, um das stinkige Zeug zu verputzen. Es sei ihm gegönnt.

Nachdem Tjarko den Abwasch erledigt hatte, setzte er sich an das Küchenfenster und lugte unter der Gardine durch nach draußen. Von hier aus konnte man ungestört das Geschehen auf der Dorfstraße beobachten. Aber außer ein paar Kindern auf Fahrrädern geschah dort auch nicht viel. Zwischendurch raste ein Auto vorbei, hier und da pickten Hühner an der Bordsteinkante. Alles wie immer. Und genau das hatte er schmerzlich vermisst.

»Das Fahrrad!« Er überlegte einen Moment und ging durch eine Hintertür zu Eugens Schuppen. Das alte Rad des Pastors stand angelehnt an der Wand, als hätte es auf ihn gewartet. Fehlte nur noch der Heiligenschein. Tjarko zögerte. Wenn ihn jemand sah? Aber bei der Hitze saßen alle im Schatten, und er könnte über einen Schleichweg einen Blick auf seinen Hof wagen. Nur für ein paar Minuten.

Warum nicht? Wer nicht wagt, der nicht gewinnt.

Und so schwang er sein rechtes Bein über die Stange und trat in die Pedale. Seine Fahrt führte hinter dem Garten entlang auf einen holprigen Feldweg. Er sog die Luft tief in die Nase. Es duftete dezent nach Gülle. Herrgott, tat das gut. Nirgendwo roch es besser als hier in Buckbuhr. Am Himmel kreisten Jagdvögel und spähten nach Beute. Eine Bisamratte kreuzte seinen Weg. Gänse zogen ihre Formationen am Himmel. Ein leichter Ostwind umschmeichelte seine Haut. Es fühlte sich perfekt an. Und das Schönste: Kein Hügel versperrte den Blick auf die Natur. Es ging einfach nichts über Ostfriesland. Tjarko wunderte sich über seine Fitness. Normalerweise wäre er vollkommen aus der Puste gewesen. Weder schmerzten seine Beine noch pfiff er auf dem letzten Loch. Ihm war heute Morgen schon aufgefallen, dass er den Gürtel seiner kurzen Hose enger schnallen musste. Es fühlte sich gar nicht mal so schlecht an.

Nach knapp zwanzig Minuten erreichte er sein Ziel. Ein paar Meter vor ihm lag sein Hof. Obwohl es erst ein paar Tage her war ... wirkte er fremd auf ihn. Wie in einem Film. Einige seiner Hühner waren mal wieder ausgebüxt und scharrten fröhlich auf einem brachliegenden Feld. Das hatte mal dem Schweinebauern Ohling gehört. Nachdem der aus der

Psychiatrie entlassen worden war, kümmerte er sich um gar nichts mehr. Armer Kerl, doch er würde sich schon erholen. Tjarko stellte das Rad an einem Baum ab und reckte den Hals. Von hier aus konnte er wenigstens das Dach seines Kuhstalls gut erkennen. Es sah aus wie immer. Friedliche Stille lag über dem Hof. Vereinzelt blökten die Kühe. Es klang durchaus zufrieden. Hühner gackerten, irgendwo bellte ein Hund. Irgendwie wirkte das Szenario wie ein Film auf den Landwirt. Gestern fühlte sich weit entfernt an. Am liebsten wäre er aus seiner Deckung gekommen und zum Hof geprescht. Hätte sich in seine Küche gesetzt, die Beine hochgelegt und einen Tee getrunken. Bei weit geöffnetem Fenster. Doch gleichzeitig fühlte es sich falsch an. Als ob er an diesem Ort gerade nicht erwünscht war. Was ihn besonders schmerzte: Seine Tiere kamen scheinbar auch ohne ihn gut klar.

Von hinten ertönten Motorengeräusche. Tjarko ging in Deckung. Sein Hoftrecker raste an ihm vorbei. Ohrenbetäubender Krach dröhnte aus dem Fahrerhaus. Schrille Gitarrenklänge und der Gesang erinnerten an eine Ausgeburt der Hölle. Nur schemenhaft konnte er einen schlaksigen Typen erkennen, der eine Hand herausstreckte und sie zur Faust ballte.

»Was ist das denn für ein Arschloch«, brummte er.

Sein geliebter Trecker kurvte in die Hofeinfahrt. So schnell, dass Staub aufwirbelte und das Gefährt schlingerte.

Er hatte genug gesehen. Das Ding war längst noch nicht abbezahlt. Niemand, aber auch niemand, durfte so mit seinem Eigentum umgehen. Pure Wut kochte in ihm hoch.

»Den schnappe ich mir«, zischte er und stapfte mit großen Schritten zu seinem Hof.

Ein paar Kilometer entfernt herrschte bei dem Ehepaar Mansour ebenfalls dicke Luft. Hassan beschloss, seiner Frau reinen Wein einzuschenken. Sie hätte es so oder so herausgefunden, dass er mit Eugen auf einer ganz anderen Mission unterwegs war als nach einem Bulli für die Senioren zu suchen.

Er rüttelte an der Küchentür. »Schatz, komm. Lass mich bitte raus. Tut mir wirklich leid.« Hassan lauschte einen Moment. »Mach auf. Bitte. Glaub mir, ich musste es tun. Es handelt sich um einen Notfall. Menschen könnten zu Schaden kommen.«

»Lüg mich nicht nochmal an, Hassan!«

»Schatz, bitte glaub mir. Es geht um einen Poltergeist.« Er presste ein Ohr an die Tür.

Fatime seufzte leise. »Poltergeist? Wo?«

»An der Küste.«

»Hassan, bitte …«

»Tja … also …«, druckste er herum. »Im Automuseum.«

»Da gehst du nie wieder hin!«

»Bitte. Wir müssen es tun. Bevor Schlimmstes geschieht.«

»Sei still. Du bleibst bis morgen da drin«, kam es ihm dumpf entgegen.

Hassan wusste, dass sie es ernst meinte. Ihn überkam leichte Panik. »Und wenn ich aufs Klo muss?«

»Benutze das Waschbecken, was weiß ich.«

Waschbecken? Sie schien es ernst zu meinen. Er atmete schwer und warf einen Blick zum Fenster.

»Hassan, komm nicht auf den Gedanken, aus dem Fenster zu steigen. Wenn du das tust, kannst du die nächsten Jahre woanders schlafen.«

»Hätte ich dir vorher die Wahrheit erzählt … du hättest mich niemals fahren lassen.«

Fatime seufzte laut. »Woher willst du das bitte wissen?«

»Wie meinst du das, Schatz?«

»Du hättest mich ehrlich fragen sollen.«

Hassan lehnte seinen Kopf an die Tür. »Ja und … was hättest du gesagt?«

»Ja«, tönte es jenseits der Tür.

»Äh ... wie ja?«

»So, wie ich es sage. Aber bitte, pass auf dich und deinen Freund auf.«

Hassan schluckte. Nun war er vollkommen perplex. Damit hatte er in keiner Weise gerechnet. »Aha«, sagte er kleinlaut.

»Tjarko und du, ihr könnt doch gar nicht ohne.«

»Was meinst du mit ohne?«

Fatime kicherte. »Du weißt, wovon ich rede. Aber deine Idee, ihn praktisch aus der Klinik zu entführen, war selten dämlich.«

»Ja, das war es«, erwiderte er. »Du, ich hab dich furchtbar lieb.«

Ein Klacken. Zaghaft öffnete sie die Tür. Steckte ihren Kopf durch und sagte: »Ich dich auch, du Idiot.«

Nach einer langen, innigen Umarmung gab Hassan Hackengas. Mit einem beschwingten Pfeifen ging er in die Garage. Es gab noch einiges einzupacken.

Hofhelfer Manuel sprang vom Trecker. Zog sich einen Joint aus der Tasche und beschloss, erst einmal einen durchzuziehen. Kaum hatte er es sich im Schatten gemütlich gemacht, stürmte ein riesiger Kerl auf ihn zu. Mit tellergroßen Pranken, die wild gestikulierend in der Luft ruderten.

»Du verdammte Kackmatte!«, brüllte der baumlange Irre und war im Nu bei dem Hofhelfer angelangt.

Der saugte wie ein Baby an seiner Wundertüte und versteckte sie hinter seinem Rücken. »Mann, ey. Unbefugten ist hier der Zutritt verboten.«

Tjarko riss die Augen auf. »Ich kann hier kommen und gehen, wann ich will!«

Manuel war tiefenentspannt. Gutes Zeug, was er sich besorgt hatte. »Ey Bruder, komm runter. Sonst ruf ich den stellvertretenden Chef an.«

»Wen? Was für 'nen Chef?«

»Dieser Besamer. Der gehört zur Familie und hat hier 'ne Menge zu sagen.«

Tjarko konnte es nicht glauben. Klaus, dieser dämliche Klappspaten. Von wegen stellvertretender Chef. Was bildete der sich denn ein? Es war an der Zeit, klare Kante zu zeigen.

»Ich bin hier der Chef.«

»Hä?« Der Hofhelfer hatte mittlerweile Pupillen so groß wie die Hinternhälften von Christa.

»Tjarko Behrens. Mir gehört der Hof.«

Manuel überlegte. »Ach, das ist ja krass. Dachte, Sie wären im Urlaub.«

»Nö. Nicht direkt.«

»Heißt das, ich kann jetzt gehen?«

Tjarko hätte den Kerl am liebsten achtkantig vom Hof gejagt. Aber es schien sich hier tatsächlich um den Hofhelfer zu handeln. Er hatte genug gehört. Erstens war der Typ vollkommen stoned, und allein der Gedanke, dass seine armen Kühe ihm ausgeliefert waren, ließ ihn schaudern.

»Wie kommst du darauf? Ich bin nur kurz zu Besuch hier. Kurfreie Zeit.«

»Aha.«

»Trotzdem hab ich hier immer noch das Sagen. Was soll das Spektakel hier?«

»Nichts. Rein gar nichts. Hab wohl etwas übertrieben«, erwiderte der Hofhelfer reumütig.

Tjarko stellte sich breitbeinig vor ihn und verschränkte die Arme. »Das kann man wohl sagen. Kannst froh sein, das ich dir nicht den Arsch versohle.«

Manuel blickte auf. »Entschuldigung, Chef. Kommt nicht wieder vor. Ehrenwort.« Dann warf er einen Blick über Tjarkos Schulter. »Oh, der Tierarzt kommt wieder.«

Münnings rostiger Kleinbus kurvte auf den Hof.

Tjarko warf sich hinter einen Strohballen. »Du hast mich nie gesehen. Wenn du was sagst, hetze ich dir den Bullen auf den Hals.«

Manuel steckte sich den Joint in die Vordertasche seines Blaumanns. »Äh, ja, Chef. Mach ich.«

Fokko stieg aus, winkte und ging an seinen Kofferraum.

»Und jetzt?«, fragte Manuel nervös.

»Also«, zischte Tjarko von unten. »Kein Wort an niemanden. Sonst bist du ein toter Mann. Verstanden?«

Der Hofhelfer nickte ängstlich. Ganz bestimmt würde er kein zweites Mal mit dem Spinner Bekanntschaft machen wollen.

Manuel schluckte einen trockenen Kloß im Hals hinunter und versuchte, möglichst unauffällig zu grinsen.

»Moin«, grüßte Fokko.

»Hier ist alles hundertpro Tutti«, verkündete der Hofhelfer.

»Was ist denn mit Ihnen los? Sie sind ja klitschnass geschwitzt.«

»Alles super bei mir. Den Kühen geht es auch gut.«

»Mm, irgendwie trau ich dem Braten nicht. Sie wirken so nervös.«

»Nö, nö. Bin vollkommen entspannt.« Manuel äugte für einen Moment nach hinten.

»Sie verstecken doch etwas.« Der Tierarzt rümpfte die Nase. »Hier riecht es nach Gras erster Güte.«

»Und wenn ... ist doch erlaubt, oder?«

»Aber nicht hier auf dem Hof, und schon gar nicht während der Arbeit.«

Manuel nickte kleinlaut. »Nein, nein. Ganz bestimmt nicht. Versprochen.«

Fokko trat einen Schritt vor. Er wurde das Gefühl nicht los, dass hier irgendwas faul war. Urplötzlich ein lautes Krachen aus dem Stall. In dem Moment, als er sich umdrehte, gab Manuel seinem Chef ein Zeichen. Tjarko robbte bäuchlings von dem Strohballen weg, sprang auf und suchte Deckung hinter einer knorrigen Eiche. Ein markerschütterndes Blöken tönte über den Hof.

»Glaube, Maria ist wieder unruhig«, brummte Fokko und ging mit langen Schritten Richtung Kuhstall. »Seit sein Herrchen weg ist, spinnt der total.«

Tjarko nickte dem Hofhelfer dankend zu und verschwand unbemerkt hinter einer Hecke.

Offenbarung

Auf einer Bank an der Kurklinik steckte ein ungleiches Paar die Köpfe zusammen, tuschelte einen Moment miteinander und brach in schallendes Gelächter aus. Passanten blickten pikiert auf. Einige der Kurgäste echauffierten sich über die nachmittägliche Ruhestörung.

Eugen und Steffi kümmerte das nicht wirklich. Der Pastor haute eine Anekdote nach der anderen heraus. Wenn er schon so eine hübsche Frau neben sich sitzen hatte, dann sollte er seinen gesamten Charme zur Geltung kommen lassen. Die reine Wahrheit hatte er ihr nicht erzählt. Aber auch nicht gelogen. Es war sozusagen ein Verschweigen von Dingen, die Steffi nur verstört hätten. Gnadenlos spielte er die »Er ist Onkel geworden« Karte aus. Die lange Fahrt hätten sie nur auf sich genommen, um es ihm zu ermöglichen, seine Nichte zu sehen. Und damit die ganze Sache nicht aufflöge, war der

Pastor sozusagen als Vertretung für Tjarko vor Ort geblieben. Um möglichst unbemerkt ein Kürzel auf die Wochenendliste im Speiseraum zu setzen.

Zudem wussten sie nichts von Tjarkos Freundin. Wie denn auch?

Eine plausible Geschichte, die sich Steffi zunächst mit Skepsis anhörte. Nachdem aber Jacobs ein entwaffnendes Lächeln gezeigt hatte mit der Bemerkung, er wäre schließlich ein Mann Gottes und würde nur die reine Wahrheit erzählen, hatte sie es erleichtert aufgenommen.

Wie sollte man so einem unschuldig dreinblickenden Kerl auch nicht glauben können?

Jacobs klopfte sich auf die Schenkel. »Und was entdecke ich in seinem Koffer? Einen hessischen Handkäse«, prustete er. »Er roch zwar etwas nach Klostein, aber schmeckte hervorragend.«

Steffi nickte zwei älteren Herren zu, die an ihnen vorbeigingen und mit einem dünnen Lächeln grüßten.

»Na, auch dass Wetter genießen?«, fragte Brüchert und schlurfte mit dem Rollator an sie heran.

»Ja, wunderschön heute, oder?«, erwiderte Steffi.

»Wo ist denn Ihr ... Freund?«

»Der äh ...«

Jacobs erhob sich und reichte Brüchert eine Hand. »Dem gehts heute nicht so gut. Die Hitze, wissen Sie.«

»Aha.« Brüchert krauste die Stirn. »Und Sie sind?«

»Eugen. Ich bin ... der Cousin von Herrn Behrens.«

Steffi konnte sich ein Grinsen nicht verkneifen.

»Ach. Sie haben bestimmt einen weiten Weg zurückgelegt.«

Sein Kumpel Arends hinkte erstaunlich flink herbei.

Jacobs grüßte mit einem fröhlichen »Moin« und wandte sich wieder Dr. Brüchert zu. »Iwo. Für meine Familie mache ich das gern«, sagte er und zwinkerte Steffi zu. »Und nun müssen Sie uns entschuldigen. Wir wollen noch an die Werra und ein Bierchen zischen.«

Steffi verstand und erhob sich.

Arends steckte neugierig seine Nase dazwischen. »Na dann. Grüßen Sie Ihren Freund von uns. Haben Sie beide beim Mittagessen vermisst.«

»Fastentag«, entgegnete Steffi knapp, hakte sich bei Eugen unter und sah zu, dass sie die Herren so schnell wie möglich loswurden.

»Die sind wie Schlangen. Hab das Gefühl, die wissen um jeden Schritt, den ich mache«, flüsterte Steffi.

Der Pastor kicherte. »Ach, das kann ich den beiden auch ganz schnell austreiben.«

Steffi ergriff seine Hand. »Und nun, erzähl mir alles über Tjarko. Besonders über sein Hobby.«

»Was für ein Hobby?«

»Na, die Geisterjagd.«

Eugen räusperte sich. »Erstmal ein Bierchen«, trällerte er. »So eine hübsche Dame habe ich selten als Begleitung.«

Doch lange konnte er nicht mehr um den heißen Brei herumreden. Das hatte er im Urin.

Tjarko stellte Jacobs' Drahtesel an den Schuppen und huschte ins Haus. Das wäre um Haaresbreite schiefgegangen. Nochmal Glück gehabt. Am liebsten wäre er auf dem Hof geblieben. Allein der Gedanke, sein ganzes Vieh einem haschrauchenden Idioten überlassen zu haben, ließ ihn über einen Abbruch der Kur nachdenken.

Jedoch ... würde er dann Steffi nie wiedersehen.

Er musste zugeben, sie fehlte ihm. Und das schon nach ein paar Stunden. Er beschloss, kein Weichei zu sein und die Sache heute Nacht möglichst schnell über die Bühne zu bringen. Und fühlte sich dabei trotzdem schlecht. Machte sich einfach so aus dem Staub. Mit einer fadenscheinigen Ausrede. Zudem war da noch seine Schwester, die sehnsüchtig auf einen Anruf von ihm wartete. Sein Handy hatte Hassan zur

Sicherheit in seiner Tasche verschwinden lassen. Was sollte sie nur von ihm denken? Heute Morgen hatte er es einfach nicht geschissen bekommen. Warum auch immer. Hätte, hätte, Fahrradkette. Nicole kannte ihn und seine Eigenarten. Aber seine größte Befürchtung war, dass sie sich Sorgen machte. Und das war das Schlimmste an der ganzen Sache. Er saß hier fest. Jedenfalls für einige Stunden. Dummerweise hatte Eugen sein Festnetz vor ein paar Monaten abgemeldet. Auch da gab es also keine Chance, wenigstens zu gratulieren.

Und so setzte er sich in die Küche, schob die Gardine ein Stück zur Seite und hoffte, das Hassan bald um die Ecke käme. Die Zeiger der Küchenuhr bewegten sich im Schneckentempo voran. Auf der Straße geschah nicht sonderlich viel. Tjarko schnappte sich einen vergilbten Groschenroman von der Fensterbank und vertrieb sich die Zeit mit einer kitschigen Liebesgeschichte.

Nach gefühlten hundert Stunden fuhr Hassan auf den Parkplatz.

Tjarko schlurfte zur Haustür. Sein Kumpel duftete frisch geduscht.

»Hat etwas länger gedauert«, sagte Hassan.

»Kein Problem. Hab ja genug zum Lesen gehabt. Hast du zu Hause alles klären können?«

275

»Ich hab ihr die Wahrheit erzählt.«

Tjarko lachte auf. »Na, da wäre ich gerne dabei gewesen.«

»Lass deine Bemerkungen.«

»Okay. Wollen wir jetzt Wurzeln schlagen oder loslegen?«

»Loslegen natürlich.« Hassan blickte über die Schulter. »Die Luft ist hier grad rein.« Dann reichte er Tjarko einen schwarzen Kapuzenpulli.

»Wofür soll der denn sein? Wir haben locker dreissig Grad draußen.«

»Zieh die Kapuze über und ab ins Auto. Oder willst du, dass dich jemand erkennt?«

Tjarko musste zugeben, dass Hassan wirklich an alles gedacht hatte. Ohne zu murren, schlüpfte er in den Pulli, zog sich die Kapuze tief ins Gesicht und ging schnellen Schrittes zum Wagen.

Hassan schloss die Tür hinter sich. Kaum saß er im Wagen, wirkte er konzentriert und blickte seinen Freund mit ernster Miene an. »Geh auf Tauchstation, bis wir Buckbuhr verlassen haben.«

»Nun sei nicht albern«, prustete Tjarko.

»Kopf runter und Klappe halten. Denk an Nicole. Klaus könnte hier gerade überall auftauchen. Wenn der dich entdeckt, war alles für die Katz.«

»Ja, du hast ja Recht.« Ungelenk schob Tjarko den Kopf, so weit es ging, unter das Armaturenbrett.

Hassan nickte zufrieden, verharrte einen Moment und seufzte.

»Was ist? Fahr los!«, kam es brummelnd von unten.

»Weißt du, das fühlt sich an wie früher. Ist lange her. Wir beide ...«

»Halt dein Maul und fahr los. Ich brech mir sonst noch den Rücken.«

»Dann ab nach Norddeich«, sagte Hassan und startete den Wagen. »Und halt deine Birne auf Tauchstation, bis ich Entwarnung gebe.«

Während der Wagen über die holprigen Landstraßen Richtung Norddeich fuhr, stand Klaus Lüders in seinem Badezimmer vor dem Spiegel und schaufelte sich eine Ladung Wasser ins Gesicht. Danach überprüfte er die Reisetasche, in die er alles gepackt hatte, was ihm seine Frau aufgetragen hatte. Inklusive der ersten Strampler. Klaus hatte sie höchstpersönlich mit ausgesucht. Man hatte sich auf neutrale Farben geeinigt. Zu der Zeit wussten sie ja noch nicht, ob es ein Junge oder ein Mädchen werden würde. Eine Tochter. Du hast eine Tochter, dachte er immerfort. Zwei Stunden Schlaf hatten ihm gutgetan.

Die Stimmen in seinem Kopf hatte er schon längst wieder vergessen. Zu hoch war nun sein Adrenalinpegel. Nur noch ein paar Tage und sie wären in dem Haus zu dritt. Wer hätte das gedacht?

Niemand. Selbst er nicht.

Er öffnete die Terrassentür. Vogelgezwitscher und das Summen von Bienen vereinigten sich zu einer wunderbaren Melodie. So wunderbar wie die Gewissheit, ab jetzt Vater zu sein. Klaus schnappte sich noch Nicoles Lieblingspuschen. Er hasste die Dinger. Löchrige Filzpantoffeln. Aber sie hatte darauf bestanden.

Gerade im Aufbruch, schoss ein übler Schmerz durch seinen Magen. Klaus krümmte sich und stöhnte laut auf. Vielleicht zu viel Kaffee? Zudem hatte er seit gestern keinen Bissen mehr zu sich genommen. Der Schmerz verschwand. Klaus atmete auf und schloss die Haustür ab. Kaum am Wagen angelangt, krampfte sich sein Magen erneut zusammen.

»Ah, verdammt«, fluchte er.

»Kümmere dich um die Sache.«

Diese Stimme. Eindringlich und dumpf hämmerte sie durch sein Hirn.

Welche Sache das auch immer sein mochte. Er schien zu halluzinieren. Essen. Er müsste sich unbedingt etwas zwischen die Kiemen schieben. Doch dabei wusste er genau, was Sache war. Und das machte ihn gerade furchtbar nervös.

Es lag lange zurück. Und war nun wieder da. So ungebeten wie der Besuch einer Schwiegermutter. Komplett zum falschen Zeitpunkt.

Im Wagen stellte er das Radio laut. Etwas Abwechslung konnte er gut vertragen. Doch trotz lauter Schlagermusik bohrten sich erneut scharf gezischte Laute in seinen Schädel.

»Tjarko ist in Gefahr. Tu was.«

Wie ein Schlag in die Eingeweide.

Sein Herz raste wie ein frisiertes Mofa. Riesige Schweißperlen rannen ihm über das Gesicht. Lüders geriet nun doch etwas in Panik.

Das durfte nicht sein. Nicht jetzt.

Damals, als sogar sein Wellensittich mit ihm sprach, geschahen Dinge, die er mit der Zeit verdrängt hatte. Doch nun, von einer Sekunde auf die andere, schien ihn die Vergangenheit wieder einzuholen.

Das Beste wäre, zu Nicole zu fahren und einfach zu vergessen. Seine Tochter wartete auf ihn. Da ließ er sich nicht von irgendwelchen Stimmen abhalten. Scheiß drauf. Und warum sollte Tjarko in Gefahr sein? Der machte in Hessen einen auf lau und hielt es noch nicht mal für nötig, persönlich zu gratulieren. Ihm doch egal. Nein, es musste an der Erschöpfung liegen. Dazu der verrückte Bulle, ein leerer Magen und die Hitze. Genau, die Hitze musste es sein. Im Krankenhaus wäre es angenehm kühl. Den Weg nach Leer würde er locker schaffen.

Hirngespinste hin oder her. Es gab jetzt Wichtigeres.

Schließlich war er frischgebackener Vater.

Nicole schob das Bettchen aus dem Untersuchungsraum. Der Kinderarzt war zufrieden. Er merkte nur kopfschüttelnd an, dass der Geburtstermin hundertprozentig falsch berechnet worden war. »Ihre Tochter ist kerngesund«, hatte er ihr lächelnd mit auf dem Weg gegeben.

Von Weitem kroch Klaus über den Flur und winkte müde. »Schatz, du sollst dich doch schonen.«

Sie musste zugeben, dass ihr Mann wie ein Zombie wirkte, als er mit tiefen Ringen unter den Augen zu ihr kam und das Bettchen übernahm.

»Klaus, warum bist du nicht zu Hause geblieben? Du siehst furchtbar aus.«

»Mir egal. Obwohl ...« Er verzog das Gesicht. »Hab mir irgendwas eingefangen.«

»Und dann kommst du hierher? Du könntest deine Tochter anstecken.«

»Äh. Ne. Allerbest. Vielleicht sollte ich was essen oder so.«

Nicole sah auf die Reisetasche und nahm sie Klaus aus der Hand. »Hast du an meine Pantoffeln gedacht?«

»Klar. Hab ich. Strampler sind auch dabei.« Er stöhnte leise. »Sag mal, kann ich mich eben auf dein Bett legen?«

»Mach mal. Bin jetzt allein im Zimmer.« Sie griff nach dem Bettchen. »Ich gehe solange in den Kuschelraum. Und du pennst noch eine Stunde.«

Klaus nickte. Es half ja nichts. Zudem schien irgendjemand in seinem Kopf zu flüstern. Unverständliches Zeug, aber zeitweise meinte er, das sein oller Schwager mehrmals erwähnt wurde. Ein wenig Augenpflege würde das schon richten.

Lüders warf sich mitsamt den Schuhen auf das Bett und schlief sofort ein. Eine halbe Stunde später tönte ein schriller Schrei aus dem Zimmer. Eine Krankenschwester, einen Teewagen vor sich herschiebend, blickte verwundert auf. Lauschte nochmals und öffnete die Zimmertür.

Klaus lag zappelnd wie eine geangelte Forelle auf dem Bett und stieß grunzende Geräusche aus. Die Pflegekraft schüttelte den Kopf.

»Immer dasselbe Spiel«, sagte sie zu sich. »Dass die Kerle dann immer so viel saufen müssen.« In aller Seelenruhe schnappte sie das Telefon und rief den diensthabenden Arzt.

Nicole wunderte sich über das Gepolter und das hektische Treiben vor dem Kuschelraum. Sie erhob sich von einem Relaxsessel und steckte die Nase aus der Tür. Mit wehendem Kittel rannte ein Arzt an ihr vorbei. Es folgten zwei Krankenschwestern.

»Klaus«, sagte Nicole heiser, während das Krankenhauspersonal in ihr Zimmer stürmte.

Ihr Ehemann lag, alle viere von sich gestreckt, auf dem Bett und glotzte starr an die Decke. Der junge Arzt rüttelte ihn an der Schulter.

»Ich hab nur einen Schrei gehört. Sowas wie Maria oder so«, bemerkte eine junge Schwester.

Nicole stürmte in das Zimmer. »Er ist mein Mann«, sagte sie.

»Hat er irgendwelche Erkrankungen?«, fragte der Mediziner, während er den Blutdruck maß.

»Nein. Soweit ich weiß, ist er gesund.«

»Eventuell ein paar Bier zu viel?«

»Nein, nein. Er trinkt so gut wie keinen Alkohol.«

Der Arzt nickte der Krankenschwester zu, die einen Notfallkoffer öffnete und auf Anweisungen wartete. »Dehydrierung. Der Mann braucht Flüssigkeit.«

Flugs wurde dem Arzt Infusionsbesteck gereicht.

Klaus blinzelte und schien wieder zu sich zu kommen. Verwirrt blickte er um sich. Besorgte Gesichter standen um ihn herum. Irgendjemand fummelte an seiner Hand. Dann ein Stich.

»Aua, was soll das?«, keifte er und setzte sich auf.

»Ich will Ihnen eine Nadel legen«, sagte der Arzt und drückte Klaus zurück in das Bett.

»Ich hab nichts!«, maulte er, riss die Hand weg und setzte sich wieder auf.

»Klaus! Leg dich wieder hin«, befahl Nicole von hinten.

Lüders dachte nicht im Geringsten daran. Was wollten nur all diese Leute hier? Er konnte sich lediglich daran erinnern, wie er sich auf das Bett gefläzt hatte und wohl auf der Stelle eingepennt war. Und dann war da noch dieser Traum. Nur verschleiert tauchten Bilder vor seinen Augen auf. Tjarko, der auf Mutter Maria über den Hof galoppierte.

Was ein Unsinn.

Nun denn. Er fühlte sich, abgesehen von einem leichten Schwindel, gar nicht mal so schlecht. Schüttelte den Arzt ab und schwang die Beine über die Bettkante.

»Lasst mal. Hab wohl schlecht geträumt.«

Eine Pflegerin reichte ihm ein Glas Wasser.

»Ich hab Kohldampf. Richtig Schmacht«, stellte Klaus fest.

Der Arzt grinste. »Alles in Ordnung. Das typische Vater-Trauma.«

Leicht benommen stand Lüders auf. Für einen Moment schien er nach etwas zu lauschen. Murmelte so etwas wie: »Lasst mich in Ruhe« in sich hinein und wankte zu seiner Frau.

Museum

Am Ortsrand von Norddeich bot sich ein nahezu friedliches Bild. Der alte Gutshof lag an einer Landstraße. Versteckt hinter knorrigen Bäumen und dem skurrilen Bauwerk aus ausrangierten Autowracks, die, zu einem kunstvollen Bogen zusammengeschweißt, wie ein Burgtor vor dem Gelände standen. Verwundert hielten Radfahrer an und staunten über die gewagte Konstruktion. Sie diente als Eingang zu einem Automuseum, das vor vielen Jahren auf dem alten Hof Einzug gehalten hatte. Der ehemalige Stall wurde erweitert und diente nun als Ausstellungshalle für seltene Oldtimer und andere geschichtsträchtige Fahrzeuge. Selbst Requisiten aus großen Filmen hatten hier ein Zuhause gefunden. Ein Sammelsurium, das in Ostfriesland seinesgleichen suchte.

Seit einigen Wochen jedoch hatte das Museum geschlossen. Ein an einem Flatterband befestigtes Schild wies darauf hin, dass vorübergehende Bauarbeiten den Betrieb ruhen ließen. Natürlich hätte Klaus Nanninga, der Besitzer des Museums, auch die Wahrheit schreiben können. »Wegen Spuk geschlossen« wäre jedoch auf allgemeines Unverständnis gestoßen. Zudem konnte er schlechte Presse nicht gebrauchen.

Wer glaubte auch schon an so einen Quatsch?

Nanninga jedenfalls zweifelte nicht an dem, was er gesehen hatte. Und das war ihm mehr als genug. Hätte er gewusst, was vor knapp zwei Jahren in diesem Museum geschehen war, er hätte sich niemals für eine Übernahme entschieden.

Er zwirbelte an seinem Oberlippenbart und blickte nervös auf die Uhr. Auf den Schlag genau fuhr ein Mittelklassewagen in die Einfahrt. Hassan stieg aus und nickte ihm freundlich zu. Er steckte seinen Kopf zurück in den Wagen und schien an jemandem zu rütteln. Kurz danach schälte sich ein baumlanger Kerl aus dem Auto, rieb sich die Augen und gähnte ausgiebig.

»Moin. Pünktlich wie die Feuerwehr«, sagte Hassan.

»Sehr löblich«, erwiderte Nanninga und reichte ihm einen Schlüsselbund. »Ich mach mich vom Acker. Wir sehen uns um sechs Uhr morgens wieder.«

»Darf ich Ihnen Tjarko Behrens vorstellen?«

Tjarko stellte eine Plastikbox ab und streckte seine Hand aus. »Tach«, sagte er trocken.

»Sie sind also der sagenumwobene Geisterjäger. Hab Sie mir irgendwie anders vorgestellt.«

»Ansichtssache«, raunzte Tjarko.

»Nun denn. Ich lass Sie nun allein. Und bitte, keine Kratzer an den Autos.«

Nanninga wieselte zu seinem Auto und war im Nu über alle Berge.

»Der hat´s aber eilig«, stellte Tjarko fest.

Mit einem Blick auf die Uhr öffnete Hassan das Schloss einer alten Holztür. »Wir auch. Bis morgen muss das geregelt sein.«

»Warte mal«, sagte Tjarko. Blickte zur Seite und latschte davon. »Ist der Fischkutter gar nicht mehr da?« Seine Blicke schweiften suchend über das anliegende Gelände. Felder, soweit das Auge reichte, davor ein kleiner Spielplatz, umsäumt von skurrilen Nachbildungen des Pilsumer Leuchtturms. Irgendein kreativer Kopf schien sich hier ordentlich ausgetobt zu haben. Zwei gelb-rot lackierte Ölfässer, die jeweils übereinandergeschweißt waren, darauf Wellblech, welches wohl das Dach darstellen sollte. Eher sah es aus wie ein Schirmchen auf einem bunten Eisbecher.

»Kannst du lange nach suchen. Der Kutter ist auf einem Schrottplatz entsorgt«, sagte Hassan und gesellte sich zu ihm.

»Die Leuchttürme sind schon spooky, oder?«

»Mm«, brummte Tjarko. »Als ob die uns anstarren würden.«

»Angeblich sind die Blechdinger von einem berühmten Künstler. Sowas würde ich mir niemals in den Garten stellen.«

Tjarko schwieg und hielt einen Moment inne. Leichte Übelkeit stieg in ihm auf. Dieser Ort hatte ein mieses Karma. Vielleicht hätten sie die Sache damals einfach durchziehen sollen. Dann wäre wenigstens Ruhe gewesen.

Egal. Nun hieß es Augen zu und durch.

Er verweilte mit seinem Kumpel für einen Moment, sog Luft durch die Nase und nickte. »Dann mal ran an den Speck.«

»Knallkopf. Geh da nicht rein!«

Tjarko rieb sich die Augen. Eine der bunt geringelten Blechdosen schien sich ein paar Meter nach vorn bewegt zu haben. Herrgott, diese Nacht und Nebel-Aktion hatte ihm ganz schön zugesetzt.

Hassan schien unbeeindruckt, klimperte mit seinem Schlüsselbund und ging zurück zum Museum. »Komm her, alter Sack. Lass uns auf die Jagd gehen«, sagte er fröhlich.

Tjarko wagte einen erneuten Blick. Der Leuchtturm, oder was es auch immer darstellen sollte, schwankte ein Stück zur Seite. Dann drehte er sich einmal um die eigene Achse und kam auf den Landwirt zu.

»Melkakrobat, Gülletrinker«, meckerte das Ding.

In solchen Situationen, die Tjarko zur Genüge kannte, gab es nur eine Möglichkeit: Gelassen bleiben und so tun, als ob nichts wäre.

»Tjarko, beweg deinen Hintern. Keine Zeit, um Wurzeln zu schlagen«, rief Hassan.

»Jo, ich komm ja schon«, erwiderte der Landwirt. Schloss für einen Moment die Augen. Als er sie wieder öffnete, standen alle Leuchttürme in Reih und Glied, so wie es sich gehörte.

»Ihr seid einfach nur hässlich«, brummte er und wandte sich um.

»Saftbirne«, hallte es hinter ihm.

Hildegard knüllte das Tagesprogramm der Betreuung zu einem Ball und pfefferte ihn in einen Papierkorb. Wie an jedem Nachmittag fläzte sie in einem Strandkorb und genehmigte sich eine Zigarette. Hier würde sie wenigstens niemand stören. Sie blickte durch die geöffneten Türen in den Speiseraum. Mittlerweile hatten sich im Stuhlkreis rund um die Betreuerin ein paar Mitbewohner niedergelassen und blätterten eifrig in ihrem Gesangbuch. Die Mundorgel. Wanderlieder und andere alte Kamellen.

»Wollen Sie nicht dazukommen?«, fragte Frau Gerdes, eine Dame so um die vierzig, von drinnen. Jeden Samstag arbeitete sie ehrenamtlich, um die Senioren zu unterhalten. Frau Gerdes hatte eine schlecht sitzende Dauerwelle, ihre Lippen waren übertrieben geschminkt. Hilde nannte sie nur Fräulein Planschkuh. Natürlich behielt sie das für sich.

Hildegard winkte ab. »Ich höre lieber zu«, sagte sie und blies den Rauch Richtung Speiseraum. Ihr Blick hellte sich auf, als Christa zu ihr kam und sich neben ihr auf eine Bank setzte.

»Keine Lust?«, fragte sie.

»Ne, ich ertrage das Geträller nicht. Zudem ist das Wetter so schön. Da hocke ich doch nicht drinnen.«

Ihre Lieblingspflegerin quetschte ihren Busen unter dem viel zu engen Kittel zurecht. »Wie es dem Tjarko wohl geht?«

»Hat er immer noch nicht geantwortet?« Hilde zog eine neue Zigarette hervor. »Dachte, die Kuhbilder würden Wirkung zeigen.«

»Vielleicht waren meine Worte zu aufdringlich.«

»Nö, nö. Du machst schon alles richtig, meine Liebe.« Hilde blickte auf ihr Handy. »Ach, das ist ja eine tolle Nachricht.«

Christa wurde hellhörig. »Hat er geschrieben?«

»Seine Schwester hat ein Kind bekommen. Eine Tochter.«

Hilde fingerte auf dem Display herum. »Ich ruf sie mal an.«

Christa nickte und blieb sitzen.

Nach einem kurzen Moment erhob Hildegard ihre Stimme. »Hallo Nicole. Alles Gute zur Geburt.«

»Von mir auch«, fuhr Christa dazwischen.

Hilde winkte ab. »Das ist wunderbar, mein Schatz.« Dann versteinerte sich ihre Miene. »Ach, der arme Klaus. Ich hoffe, du hast ihn nach Hause geschickt.« Hilde nahm das Handy vom Ohr. Christa saß ihr mittlerweile beinahe auf dem Schoss. »Christa, das ist ein Privatgespräch.«

Die Pflegerin verstand nur Bahnhof.

»Mach, dass du Land gewinnst!«, zischte Hilde.

Nachdem Christa pikiert aufgestanden war und sich zum Singkreis gesellt hatte, fuhr Hildegard fort. »Nein, ich meine die Pflegerin. Genau. Die bei Tjarko war ... wie gehts dem denn überhaupt?«

Sie lauschte einige Sekunden.

»Das ist nicht dein Ernst? Er ist Onkel geworden und ruft nicht mal an? Ich kläre das.« Hilde unterhielt sich noch über das schöne Wetter und das miese Essen, das ihr zu Mittag aufgetischt wurde, dann legte sie auf und wählte sogleich die Nummer von Eugen Jacobs. Kluger Schachzug. Denn wenn jemand um das Befinden von Tjarko wusste, war es der Pastor.

Eugen sah sich verstohlen um. Die Luft war rein. Der Speiseraum war gut gefüllt und die Gäste voll auf ihr Abendbrot fixiert. Er fuhr mit einem Finger über die Liste, die auf einem Tisch lag, entdeckte Tjarkos Namen und kritzelte ein Kürzel dahinter. Es hatte ihn ein paar Stunden gekostet, um die Unterschrift möglichst authentisch zu kopieren. Zufrieden lugte er auf die gelungene Fälschung und huschte unbemerkt wieder hinaus.

Steffi stand ein paar Meter abseits und blickte ihn erwartungsvoll an. »Und, hat es geklappt?«

Er nickte. »Wenn du mir eine Stulle zum Zimmer bringst, wäre das ein Träumchen.«

»Mit Belag oder ohne?«

»Mach dir keine Mühe. Ich habe noch etwas Handkäse«, erwiderte er, setzte eine Sonnenbrille auf und verschwand.

Steffi lachte leise auf. So einen verrückten und unterhaltsamen Nachmittag hatte sie lange nicht mehr erlebt. Und den kleinen Kauz gänzlich in ihr Herz geschlossen. Jacobs glänzte mit Humor und einem gewissen Charme. Seine lebhaften Augen strahlten vor Lebensenergie. Und manchmal hatte sie das Gefühl, er konnte in sie hineinblicken. Wusste Antworten, bevor sie sie ihm gab. Die meiste Zeit plapperte er über Tjarko und seinen Hof. Lobte ihn über den grünen Klee.

Ein ehrlicher Kerl mit kleinen Macken, der täglich harte Arbeit verrichtete. Erzählungen über Buckbuhr ließen sie aufhorchen. Dieser Ort schien ein Paradies zu sein. Steffi versprach, ihn irgendwann mal besuchen zu kommen. In Ostfriesland war sie noch nie gewesen. Es gab aber auch Momente, da fand sie sein Verhalten höchst eigenartig. Gern zitierte er aus Arztromanen. Stolz erwähnte der Pastor seine Sammlung. Auch Winkekatzen hätten es ihm angetan. Am besten in Gold mit roten Schleifchen. Dabei klatschte er fortwährend vergnügt in die Hände, woraufhin sich einige Passanten verwundert umgedreht hatten.

Was ein verrückter Nachmittag.

Nach einem flüchtigen Blick auf ihre Armbanduhr wanderte sie Richtung Speisesaal.

Derweil hatte Eugen es sich auf dem Bett gemütlich gemacht. Klebte mit der Nase am Handy und ließ es beinahe erschrocken fallen, als Hilde ihn anklingelte.

»Hallo Hilde, mein Herz«, trällerte er und popelte dabei in der Nase.

»Moin, Eugen. Sag mal, wie geht es Tjarko eigentlich?«

»Äh, ach gut. Super. Er genießt die Kur«, log er. »Und er ist Onkel geworden.«

Hildegard hüstelte. »Er hat sich nicht bei Nicole gemeldet.«

»Dazu kann ich nichts sagen. Aber er hat ne Menge Therapien und so.«

»Heute nicht, Eugen. Es ist Wochenende.«

»Mm.« Eugen blickte auf. Ein Klopfen an der Zimmertür. »Moment«, rief er.

»Wo bist du?«, fragte Hilde.

»Äh. Zu Hause, wo sonst.«

Dann erklang eine Frauenstimme im Hintergrund. Eugen wies jemanden an, das Brot auf den Tisch zu stellen.

Da ist irgendwas faul, dachte Hilde und hakte nach. »Eugen, hast du Besuch?«

»Ich. Nö nö. Ist nur das Radio.« Seine Stimme klang angespannt. »Ich unterhalte mich mit dem Radio. Mache ich immer, wenn ich mich einsam fühle.«

»Jacobs, rede keinen Blödsinn. Ich spüre das. Ich habe doch eine Frauenstimme gehört.«

»Du, ich muss noch zu einem runden Geburtstag. Dir noch einen schönen Abend«, sagte der Pastor und beendete das Gespräch.

»Wer war das?«, fragte Steffi.

Eugen schnappte sich die Schwarzbrote mit Butter und schnupperte daran. »Du bist ein Engel. Ich liebe Schwarzbrot über alles«, sagte er, ohne die Frage zu beantworten.

In Aurich überlegte Hildegard ein paar Sekunden. Kramte ihre Tarotkarten aus der Hosentasche und legte den Stapel auf einen Tisch. »Na, dann wollen wir mal sehen«, sagte sie leise und spreizte ihre knochigen Finger.

Karosserien von unzähligen edlen Oldtimern glänzten im Abendlicht, das durch die kleinen Fenster in die Halle des Museums strömte. An den Wänden hingen in rauen Mengen Blechschilder mit Werbung aus alten Zeiten. In der Mitte der Halle ragte ein imposanter Nachbau des Eiffelturmes bis zur Decke hinauf. Ein dezenter Geruch von Öl und Autowachs lag in der Luft. Schaukästen präsentierten Modelle von Schiffen und altem Spielzeug. In Reih und Glied standen Wagen an einem roten Teppich, der sich durch das Museum schlängelte. Kleine Schildchen wiesen auf besondere Exponate hin. Sogar einige originale Filmautos aus dem fernen Hollywood gehörten zu der umfangreichen Sammlung.

»Wenn die Dinger sprechen könnten«, bemerkte Tjarko und strich mit einer Hand über die glänzende Karosserie eines Rolls Royce.

Hassan lachte auf. »Wer weiß«, sagte er und verlegte ein langes Kabel. »Kannst du mal mit deinen Quadratlatschen zur Seite gehen?«

»Mach keinen Stress. Die ganze Technik brauchen wir eh nicht.«

Hassan zeigte ihm einen Vogel. »Du spinnst doch. Für das Zeug haben wir damals ein Vermögen bezahlt. Und ich glaube, es könnte uns nützlich sein.«

Tjarko schüttelte den Kopf. Hassan hatte damals aus dem Vollen geschöpft, nachdem Eugen ihm einen höheren Betrag in die Hand gedrückt hatte. EMF-Geräte, die Veränderungen in der Umgebung messen konnten, Nachtsichtgeräte und Infrarotkameras. Alles nur vom Feinsten. Technischer Schnickschnack. Hatte ihnen am Fischkutter damals auch nichts gebracht.

Der Landwirt nutzte die Gelegenheit, sich ein wenig umzuschauen.

Von innen wirkte das Museum viel größer als gedacht.

Gedankenverloren schlenderte er durch die Reihen von Oldtimern und blieb verwundert stehen. In einem Erker standen Schaufensterpuppen, allesamt in Uniformen der DDR gekleidet. Dazwischen rostige Motorroller aus längst vergangenen Zeiten. Direkt daneben ein blauer Trabant. Tjarko blieb stehen. Seine Hand fuhr zum Türknauf. Ein leiser Klick und die Fahrerkabine war offen. Wieso nicht einsteigen?, dachte er und schob sich mit dem Kopf voran in die ostdeutsche Pappschachtel. Ungelenk nahm er auf dem Sitz Platz. Sein Kopf stieß gegen die Wagendecke. Mit seinen langen Beinen konnte er sich nun förmlich mit den Knien die Ohren zuhalten. Ächzend versuchte er, sich wieder aus dem Auto zu schälen. Mit dem linken Bein voran stemmte Tjarko sich nach oben und musste seinen Kopf leicht schräg halten, damit er sich nicht das Genick brach. Der rechte Fuß blieb unter den Armaturen hängen. Er schob sich mit dem Hintern ein Stück zur Seite. Mit dem Ergebnis, dass sein rechtes Bein unter dem Lenkrad klemmte.

»Verdammt«, fluchte er. Die linke Körperhälfte ragte aus dem Wagen. Er blickte zur Seite. Suchte ächzend Halt an einer der uniformierten Schaufensterpuppen und versuchte, sich daran herauszuziehen. Mit einem lauten Gepolter fiel diese direkt auf ihn in die Fahrerkabine.

»So eine Scheiße!«, fluchte Tjarko. Vielleicht sollte er nach Hassan rufen. Jedoch, wie er nun samt Puppe in dem Wagen hockte, das linke Bein weit von sich gestreckt und quer über ihm ein Soldat der NVA, hätte das nur die Häme seines Freundes zur Folge.

»*Verkackt!*«, wisperte es direkt vor ihm.

Tjarko blickte durch die zerkratzte Windschutzscheibe, riss die Augen auf und rang nach Atem.

Direkt vor der Kühlerhaube stand einer der Nachbauten des Pilsumer Leuchtturms und schwankte gemächlich von einer Seite auf die andere.

»Okay, ganz ruhig bleiben. Das sind nur Halluzinationen«, flüsterte er sich Mut zu. Also, Augen schließen, bis zehn zählen und wieder öffnen. Es half nichts. Mister Leuchtturm stand nun auf der rechten Seite und schien direkt in das Seitenfenster hineinzustarren.

Tjarko versuchte, die dämliche Puppe aus dem Wagen zu schieben. Das sperrige Ding schien sich am Lenkrad verkantet zu haben und bewegte sich keinen Zentimeter. Urplötzlich kippte die Rückenlehne des Sitzes nach hinten. Tjarkos massiver Oberkörper plumpste wie ein Mehlsack rückwärts. Das linke Bein ragte weiterhin aus der Kabine. Der Uniformträger folgte und verharrte mit dem Kopf zwischen seinen Schenkeln.

Flüchtig blickte er nach vorn. Der Leuchtturm schien wie in Luft aufgelöst.

Nun denn, wenigstens etwas.

Oder auch nicht. Nach einem kurzen Gefühl der Erleichterung schoss ihm eine Stimme durch den Kopf. Schrill und scharf wie ein Schlachtermesser.

»Verpiss dich hier«, sagte sie.

Erneut kniff er die Augen zusammen.

Ein metallischer Geschmack legte sich auf seine Zunge. Sodbrennen folgte. Zwar nur für ein paar Sekunden, aber durchaus unangenehm.

»Hallo Schatz«, plärrte es aus der Puppe. *»Küss mich.«*

Er wagte einen Blick nach unten. Für den Bruchteil von Sekunden starrte ihn Steffi mit einem breiten Grinsen an. Er ächzte und musste irgendwie diese dämliche Puppe loswerden. Mit aller Kraft richtete er sich auf. Umklammerte mit seinen Pranken den Kopf, der sich mit einem knirschenden Geräusch vom Torso löste. Tjarko warf ihn aus der Kabine, zerrte an dem verbleibenden Rest der Puppe und schob sie nach einigen Versuchen aus den Wagen.

»Willst du nichts mehr mit mir zu tun haben?« Eindeutig die Stimme von Steffi. Nun langte es aber. Er musste raus aus seinem Gefängnis aus Pappe. So schnell wie möglich. Zudem nervte es ihn, dass diese dämlichen Stimmen wieder da waren. Vielleicht lag es an dem ganzen Reisestress. Nun denn, es half nichts. Ungelenk schaffte er es, sein rechtes Bein unter dem Lenkrad hindurch nach draußen zu befördern. Während er sich mit der Hand an der wackligen Armatur abstützte, gab diese mit einem lauten Knacken nach. Egal. Hauptsache raus aus dem Karton.

»Tjarko!«, rief Hassan von weitem. »Ich bin fertig.«

»Jo, ich komme gleich. Mach gerade meine täglichen Rückenübungen.«

Tjarko war völlig aus der Puste. Kam vor dem Wagen in den Stand und blickte sich misstrauisch um. Kein Leuchtturm. Nur eine Schaufensterpuppe, die kopflos vor seinen Füßen lag. Er lauschte. Nichts. »Willst du auch was essen?«, tönte es aus der Halle.

Essen? Jetzt? Das Sodbrennen war zwar verschwunden, aber nach einem Snack war ihm gar nicht zumute.

Hassan residierte im Foyer auf einem Klappstuhl und breitete ein Tuch auf dem Boden aus. »Na, fertig mit deinen Übungen?«, fragte er grinsend.

Tjarko wischte sich den Schweiß von der Stirn. »Jo. Will ja nicht einrosten.«

»Sehr löblich. Hätte nicht gedacht, dass du so motiviert bist. Lass uns erstmal einen Happen essen, bevor es losgeht. Fatime hat uns Datteln eingepackt.«

Tjarko hasste Datteln. Davon bekam er Magenprobleme. Zudem verspürte er gerade keinen Hunger, obwohl er den ganzen Tag keinen Bissen zu sich genommen hatte. Er dachte an Steffi, wie sich ihre Lippen beinahe an seine gepresst hatten. Sie war so nah, dass er ihren Atem spüren konnte.

»Hey, du wirkst so abwesend«, bemerkte Hassan.

»Ich ... bin nur etwas müde. War ein anstrengender Tag.«

Sein Freund stutzte. »Sag mal ... irgendwie wirkst du verändert.«

»Ich ... wieso?«

»So abwesend. Nicht bei der Sache.«

Tjarko rieb sich die Augen und stieß einen Seufzer aus. »Diese Stimmen in meinem Kopf sind wieder da.«

»Das kennst du doch. Ignorier sie einfach.«

Ignorieren. Witzig. Wie sollte er diese Hirngespinste ignorieren? Okay, sprechende Leuchttürme beeindruckten ihn nicht sonderlich. Aber dass eine Schaufensterpuppe mit Steffis Stimme sprach, machte ihm schon etwas Sorgen.

Und genau in diesem Moment, als der Gedanke durch seinen Kopf schoss, schob sich Hassan eine Dattel in den Mund und fragte beiläufig: »Sag mal, bist du etwa verknallt?«

Tjarko riss die Augen auf. Verknallt? Wie kam Hassan darauf? Er doch nicht. Vielleicht nur ein wenig verliebt. Aber verknallt, das klang so, als wäre er ein Teenager. Nie und nimmer. Und wenn es denn so wäre, würde er es sowieso nicht zugeben.

Hassan grinste über beide Ohren. »Wenn du so weit bist, kannst du mir alles erzählen.«

Tjarko nickte. Er wusste, dass sein Freund das ernst meinte. Der Landwirt beschloss, weder von den brabbelnden Leuchttürmen noch von Steffi zu berichten. Jetzt galt es, sich auf den Auftrag zu konzentrieren.

Schmatzend reichte ihm Hassan eine Dattel. »Probier doch mal. Die sind köstlich.«

Tjarko nahm das klebrige Etwas entgegen und schob es mit spitzen Lippen in den Mund. »Lecker«, log er.

Während die beiden Männer sich im Foyer stärkten, ertönte, von den beiden unbemerkt, ein klackendes Geräusch. Als würde sich jemand an einer Autotür zu schaffen machen. Und dann, wie von Geisterhand, öffnete sich ein Wagen. Schritte, leise und schlurfend, die sich von dem Oldtimer wegzubewegen schienen. Dann ein trockener, scharfer Husten. Jemand schien Schnodder in der Nase hochzuziehen. Die Schritte verharrten und kamen wieder. Die Beifahrertür klackte auf. Schweres Atmen, nur für einen kleinen Moment. Als ob ein Kettenraucher drei Treppenstufen nach oben gelaufen wäre. Dann war es still.

Oldtimer

Glutrot verneigte sich die Sonne vor der anbrechenden Nacht. Die friedliche Stille am Automuseum wurde von einem knatternden Trecker unterbrochen, der auf der Landstraße Richtung Feierabend fuhr. Vögel zwitscherten aus den zahlreichen knorrigen Bäumen, die das Museum umsäumten, und ließen ihre schmierigen Hinterlassenschaften auf die gelb-rot geringelten Öltonnen fallen. Nahezu unverschämt, die zusammengeschweißten Kunstwerke so zu entweihen.

Tjarko gähnte ausgiebig und erhob sich von dem unbequemen Klappstuhl. Seine Gedärme rumorten wie ein Dampfkessel. Die Datteln zu essen war eine selten dämliche Idee gewesen. Nach tagelanger Schonkost in der Kurklinik ein Stresstest für seine Verdauung.

Als Tjarko aufstand, bemerkte Hassan, dass die Hose seines Freundes herunterrutschte. »Hast du abgenommen?«

»Äh, sieht man das etwa?«

»Ist mir heute Morgen schon aufgefallen. Siehst sowieso irgendwie anders aus.«

Tjarko sah ihn stirnrunzelnd an. »Wie denn?«

Ein Schulterzucken von Hassan. »Keine Ahnung. Gesünder ... und glücklicher. Quasi.«

»Mm.« Tjarko strich mit einer Hand über seinen Bauch. »Was weiß ich. Bei dem Fraß dort kann man ja auch nicht zunehmen.«

»Die Kur scheint dir gutzutun.«

»Totaler Blödsinn.«

Hassan schüttelte den Kopf. »Ich wollte dir ein Kompliment machen«, erwiderte er.

»Hör auf zu labern und lass uns anfangen.«

Sein Freund nickte. In seinen Augen war dieses Blitzen, das er immer hatte, wenn er noch etwas von Tjarko wollte. »Du, ich weiß, du willst das Thema nicht hören ...«, begann er.

Tjarko verdrehte die Augen. »Was ist?«, fragte er genervt.

»Bist du nun verliebt oder nicht?«

Die Frage kam jetzt sehr ungelegen. »Ich fang jetzt an. Muss morgen wieder in Hessen sein«, murrte er zurück.

»Tjarko, hast du überhaupt deine Birne frei für diesen Auftrag?«

Er wandte sich um. »Ich bin voll da. Kein Problem.«

Hassan beantwortete die Antwort mit einem Schulterzucken. Nach einem kurzen Moment des Schweigens erhob er sich. »Wie du meinst.«

Tjarko latschte mit großen Schritten voran.

Ja, klar war er verliebt. Aber was tat das jetzt zur Sache? Nichts. Er war fit, so fit wie noch nie in seinem Leben. Was zählte, war, den angeblichen Spuk hier zu beenden und möglichst unbemerkt wieder zurück nach Bad Sooden Allendorf zu reisen. Nicht mehr und nicht weniger. Er verharrte einige Sekunden. Ein kalter Luftzug wehte über sein Gesicht. Nur für einen kurzen Moment. Es war, als würde eine eisige Hand über seine Wangen streichen. Tjarko blieb stehen und fuhr mit den Fingern über die vernarbte Haut. Blickte sich fragend um. Vielleicht die Klimaanlage, dachte er. Die Luft konnte man förmlich schneiden. Schwül und feucht lag sie wie eine Decke in dem Museum.

»Hey Tjarko«, zischelte es.

Ein saurer Geschmack kroch in seinen Rachen. Dann wieder ein frostiger Luftzug, dieses Mal in seinem Nacken. Tjarko schloss die Augen. Gänsepelle ließ die Haare auf seinem Rücken zu Berge stehen. Irgendwas war hier. Als stünde jemand direkt neben ihm. Dann lauschte er. Meinte, für

Sekunden Schritte zu hören. Nur ein paar Meter entfernt. Er war hochkonzentriert. Hämmernde Schmerzen schossen durch seinen Schädel. Tjarko stöhnte. Sein Körper befand sich im absoluten Alarmzustand. Das war anders als vorhin im Trabi.

Atemgeräusche. Laut und brodelnd. Übler Geruch von verfaulten Zähnen. So real, dass sein Körper erschauderte. Jede Faser seines Körpers schien zu erstarren. Dann wieder Schritte. Bedrohlich nahe. Die Präsenz konnte er spüren. Kalt und beängstigend. Sogar für ihn als alter Haudegen. Vor einiger Zeit wäre er locker damit klar gekommen. Hätte sich auf seine Instinkte verlassen. Aber jetzt, in diesem Moment, fühlte er sich vollkommen handlungsunfähig. Das war kein Kindergarten wie vorhin mit den Leuchttürmen. Diese Sache spielte in einer ganz anderen Liga.

Dafür war er nicht in Form. Ganz und gar nicht.

Mit einem Mal wurde ihm schwindelig. Der Boden schien unter seinen Füßen zu verschwinden. Tjarko ächzte laut. »Hassan, beweg deinen Arsch zu mir. Ich kipp gleich um«, stotterte er.

Hassan stürzte zu ihm. Tjarko hob eine Hand.

»Warte noch einen Moment«, sagte er heiser.

Es schoss mit einer Urgewalt in seinen Kopf, wie er es seit langem nicht mehr erlebt hatte. Unbarmherzig und schmerzhaft. Sein Hirn fühlte sich an wie eine geschüttelte Bierdose. Die Gehörgänge klingelten. Er taumelte rückwärts, touchierte einen alten Mercedes und landete mit dem Hintern auf dessen Motorhaube. Bedrohlich knackend gab das rostige Material nach.

»So eine Scheiße!«, fluchte er laut. Lauschte einen Moment in sich hinein. Das miese Gefühl schien verschwunden. »Mit gehts gut«, brummte der Landwirt.

»Und?«, fragte sein Kumpel.

»Nichts. Es kam wie eine Dampfwalze und verschwand wieder. Alles weg.« Tjarko fuhr mit einer Hand über den Wagen. »Der ist im Arsch. So ein Mist.«

Hassan zuckte mit den Schultern. »Ist nur ein Mercedes.« Er ließ den Blick durch die Ausstellungshalle schweifen. »Ich meine eben etwas gehört zu haben. Schritte oder so.«

»Ich muss mal kurz spazieren gehen.« Der Landwirt wirkte etwas neben der Spur. Für einem Moment schien er mit den Gedanken woanders zu sein. Rieb sich die Augen und latschte wie in Trance davon.

»Alles okay bei dir?«, fragte Hassan stirnrunzelnd.

Nichts war okay. Ein fieses Sodbrennen loderte in seiner Speiseröhre. Zudem tauchte Steffis Gesicht vor seinem geistigen Auge auf. Nicht nur, dass ihm weiterhin speiübel war.

Hinzu kam plötzlich ein Schwarm Schmetterlinge. Seine Kehle schnürte sich zu. Wäre er mal in Hessen geblieben, anstatt hier alte Geister wieder aufleben zu lassen. Das Gefühl unendlicher Sehnsucht schob sich wie ein Bagger durch jede Faser seines Körpers.

Warum gerade jetzt?

Hassan verschränkte die Arme und beobachtete, wie Tjarko sich auf einem Stuhl niederließ und den Kopf in die Hände stützte. Ins Leere schauend murmelte er leise vor sich hin. Da lag also der Knackpunkt. Sein Freund war mit den Gedanken überall, nur nicht an diesem Ort. Er hatte es befürchtet. Hassan ging zu ihm, legte eine Hand auf Tjarkos Schulter und sagte: »Wir haben ein Problem.«

»Was?«, fragte er und blickte auf.

»Du bist ... bis über beide Ohren verknallt.«

»Und wenn ... kann dir doch egal sein.«

Hassan seufzte. »Ist es nicht. Du bist abgelenkt. Nicht bei der Sache. Als Medium zur Zeit außer Betrieb.«

Tjarko schwieg. Er wusste, dass sein Freund Recht hatte. Verdammt nochmal. Immerfort dachte er Steffi. An ihre Sommersprossen, die strahlenden Augen. Wie sich bei jedem Lachen ihr kleines Grübchen am Kinn zeigte. Verdammt, er hätte sie beinahe geküsst. Und der Pastor hatte es ihm ordentlich verhagelt. Nur wegen diesem dämlichen Museum. Er schüttelte Hassans Hand ab und erhob sich. »Wir blasen hier alles ab. Ich kann das nicht mehr«, brummte er. »Diese ganze Geisterkacke bereitet mir nur Kopfschmerzen.«

Sein Freund hielt ihn nicht zurück, als Tjarko kopfschüttelnd durch das Foyer lief und aus der Tür stürmte. Dazu kannte er den alten Stinksack zu gut. Wenn der sich etwas in den Kopf gesetzt hatte, konnte ihn selbst der Kaiser von China nicht davon abhalten. Und wie erwartet, tauchte Tjarko nach einigen Sekunden wieder auf und murmelte: »Bring mich zurück zur Kur. «

»Komm erst einmal zur Besinnung. Wir können doch nicht einfach abhauen. Dazu war der Aufwand viel zu groß.«

»War nicht meine Idee!«, zischte Tjarko. »Klar können wir das. Ich habe irre Kopfschmerzen und will einfach nur weg.«

Hassan seufzte und verschränkte die Arme. »Tja, und nun?«

»Was weiß ich. Du wirst das zur Not auch allein hinkriegen.«

»Ich hatte dich vorhin gefragt, ob du fit bist.«

»Na und wenn ... ich hätte mich niemals von euch überreden lassen dürfen.«

»Also bist du verliebt, oder?« Hassan blickte ihn auffordernd an.

»Nerv mich nicht damit.«

»Tjarko, das ist wichtig. Du weißt, dass sich bestimmte Geister förmlich von solchen Gefühlen ernähren.«

»Wenn es so wäre, werden sie dran ersticken.«

»Also ist es so, oder?«

Hassan wollte nicht locker lassen.

Tjarko verzog das Gesicht und rieb sich die Schläfen. »Pack deinen Krempel zusammen. Der Rest geht dich einen feuchten Kehricht an.«

Während Hassan hektisch seine Gerätschaften einsammelte, zischte ein leises Kichern wie ein Luftzug durch die Halle. Er blickte einen Moment auf, ignorierte das Geräusch und schnappte sich die Autoschlüssel.

Schweigend saßen die beiden Männer im Auto. Mittlerweile verschwand die Sonne hinter dem Horizont. Tjarko klebte mit der Nase an der Seitenscheibe und blickt auf die vorbeiziehenden Felder. Hassan hatte kein gutes Bauchgefühl. Nanninga hatte alle Hoffnungen auf sie gesetzt. So verzweifelt, wie der Kerl gewirkt hatte, schien es hier nicht mit rechten Dingen zuzugehen. Das Museum hatte definitiv ein schlechtes Karma. So schlecht, dass er und sein Freund dabei waren, sich ordentlich in die Haare zu kriegen. Trotzdem, Hassan hatte ein

Versprechen abgegeben und musste nun die bittere Suppe auslöffeln.

»Was soll ich denn jetzt Nanninga sagen?«, brach er das angespannte Schweigen.

»Was weiß ich. Durchfall oder familiärer Notfall. Mir egal«, raunzte Tjarko, ohne ihn anzusehen. »Sag ihm, der Spuk ist weg und gut ist.«

»Deswegen habe ich dich nicht über vierhundert Kilometer hierher gebracht. Aufgeben. Wie damals. Den Schwanz einziehen. Das ist nicht der Tjarko, den ich so schätze.« Hassan hämmerte mit einer Faust auf das Lenkrad.

»Ich ... kann das nicht mehr. Kapierst du das nicht?«, murmelte Tjarko heiser.

Hassan schüttelte den Kopf. »Du hast es genauso gespürt wie ich. Wenn das tatsächlich ein verdammter Poltergeist ist ...«

»Mir sowas von wumpe.« Der Landwirt streckte fordernd eine Hand aus. »Gib mir mein Handy.«

»Ganz bestimmt nicht«, entgegnete Hassan.

»Gib es mir, sonst ...«

»Willst du mir drohen?« Hassan drosselte das Tempo.

Mit stechenden Augen und schwer atmend nickte Tjarko. »Ich bin kein Kleinkind. Gib es mir einfach.«

Hassan schluckte. So hatte er seinen Freund seit langem

nicht mehr erlebt. Tjarkos Hände zitterten wie Espenlaub. Wortlos kramte er das Handy hervor und reichte es ihm. »Kein Anruf bei Nicole«, mahnte er.

»Was denkst du denn? Ich bin doch nicht blöd. Ich will Steffi anrufen«, keifte Tjarko. »Und bevor du weiter dumme Fragen stellst: Ja, sie ist meine Freundin. Und ich bin sowas von verknallt.«

Wumms. Endlich war es raus. Hatte doch gar nicht wehgetan.

Ein harter Ruck ging durch den Wagen. Hassan trat voll in die Eisen. Ein Fasan tauchte vor ihnen auf. Im letzten Moment wich Hassan aus, verlor für einen Moment die Kontrolle über den Wagen und schlingerte auf einen Grünstreifen. Mit pochendem Herzen stellte er den Motor aus. Eine Warnleuchte blinkte. »Verdammter Mist!«, fluchte er und stieg aus. Nach ein paar Sekunden beugte er sich in den Wagen. »Vorderer Reifen platt.«

»Mm«, erwiderte Tjarko während er auf dem Handy scrollte.

»Ich hab keinen Ersatzreifen.«

»Und ich kein Netz.«

Hassan blickte sich um. Weit und breit keine Menschenseele. Sie befanden sich irgendwo im Niemandsland.

Außer Weiden und Windrädern war hier nichts. Er fragte sich einen Moment, wieso er nicht die Hauptstraße genommen hatte. Und musste zugeben, dass er sich an Einzelheiten der Fahrt nicht erinnern konnte. Dann horchte er auf. Es war nur für einen kurzen Moment. Als schallte ein raues Lachen über die Felder. Egal. Sie schienen ein großes Problem zu haben. Irgendetwas schien ihnen gefolgt zu sein. Ein Blick auf sein Display verriet ihm, dass auch er keine Verbindung hatte.

Tjarko steckte seinen Kopf aus dem Seitenfenster. »Und, was ist? Sollen wir hier verschimmeln?«

Darauf hatte selbst Hassan gerade keine Antwort parat.

Währenddessen, am Ortsrand von Buckbuhr, stieg Klaus aus der Dusche, trocknete seinen knubbligen Körper ab und blickte in den Spiegel. Tiefdunkle Schatten lagen unter seinen Augen. Er fühlte sich hundeelend. Mit letzter Kraft hatte Klaus den Weg nach Hause gefunden und sich eine Stunde lang auf dem Sofa hin und her gewälzt. Auch die Dusche brachte ihm keine Erfrischung. Der Schädel pochte, und seine spärlichen Muskeln fühlten sich an wie Watte. Nicole hatte ihn angewiesen, nicht mehr vorbeizukommen. Nach dem peinlichen Vorfall in der Klinik hätte er es sowieso nicht mehr gewagt, auf der Station aufzutauchen.

Nachdem er in frische Klamotten geschlüpft war, öffnete Klaus eine Dose Bier und kippte sie auf ex in sich hinein. Obwohl er Alkohol nicht vertrug. Das musste jetzt sein. Einen lauten Rülpser und ein weiteres Bier später öffnete er die Terrassentür. Drückend warme Luft schlug ihm entgegen. Zudem eine Horde Fliegen, die munter in das Wohnzimmer huschte. Viel zu schwül für ein weiteres Bier auf dem Gartenstuhl. Klaus fläzte sich auf das Sofa, legte die kurzen Beine hoch und schaltete den Fernseher ein. Eine Quizshow auf einem privaten Sender. Im ersten Programm ein dürrer Schlagersänger mit Gitarre und tanzenden Kindern in Karottenkostümen. Seufzend knallte er die Fernbedienung auf den Tisch. Egal. Vielleicht würde er bei der Berieselung eindösen können. Dann horchte er auf. Was sang der Kerl da? Hatte er sich verhört?

Lüders lauschte nochmals.

»Tjarkooo, wäre ich doch bei dir«, trällerte es aus dem Fernseher.

Klaus runzelte die Stirn. Lag es am Bier? Oder an seinem Schlafmangel?

»Ach Behrens, wärst du doch hier«, intonierte der Schlagersänger, inzwischen in einen Blaumann gekleidet. Anstelle eines Mikrofons hielt er eine Mistharke in der Hand.

Klaus kniff die Augen zusammen. Bloß nicht wieder durchdrehen. So wie damals, als sein Sittich vollkommen verrückt gespielt hatte. Zudem lag ihm der dämliche Traum in der Klinik noch im Magen. Doch das hier setzte allem die Krone auf. Die tanzenden Kinder hüpften beiseite. Das Publikum tobte, von einer Showtreppe stieg Jacobs hinab. Eugen Jacobs. Genau der. In einem rosa Kleidchen breitete der Pastor seine Arme aus und griente wie ein Honigkuchenpferd.

»Halleluja, ist keine Kuh da«, sang er aus Leibeskräften.

Klaus hatte genug. Wartete darauf, endlich wach zu werden. Wenn es sich nicht so real anfühlen würde.

Eugen sprang aus dem Bild. Hassan kroch von der Seite in die Kamera. Hob eine Hand und schmetterte: »Schön ist es, auf der Welt zu sein.« Dann rollte ein Autoreifen von der Treppe. Und als hätte das nicht gereicht, wackelte auch noch Hildegard mit ihrem Rollator vor die Kamera. Holte ihre dritten Zähne aus dem Mund und warf Klaus einen Handkuss zu. Das Programm unterbrach. Ein Testbild wie aus den Siebzigern erschien.

»Liebe Zuschauer. Unsere Sendung wird nach Großheide verlegt. Seien Sie live mit dabei. Wir erwarten Sie am Moorweg in Großheide.«

Der Bildschirm wurde dunkel. Ein Testbild, wie er es zuletzt vor Jahrzehnten gesehen hatte, flackerte auf. Dann erschienen grellgrüne Buchstaben. »Bitte begeben Sie sich nach Großheide.«

Lüders las und stutzte. Was sollte der Scheiß? Er kniff sich kräftig in den Oberschenkel. Okay, das tat weh. Eigenartig. Vielleicht lag es am Bier? Ihm war irgendwie komisch im Kopf. Als ob sein Gehirn wie in einer Waschmaschine durchgeschleudert wurde. Zudem fühlte sich sein gesamter Körper wie ein Wattebausch im Weltall an.

Klaus setzte sich auf. Perplex starrte er auf den Fernseher. Dann stand er träge auf, brabbelte mehrmals »Wir erwarten Sie am Moorweg in Großheide. Denn da ist es wunderbar« und latschte in den Korridor. Er schnappte sich die Autoschlüssel und verließ das Haus, ohne die Tür hinter sich abzuschließen.

Ausflug

»Wo fahren wir eigentlich hin?« Christa hatte an ihrem Feierabend andere Dinge vorgehabt, als einen Ausflug an die Küste zu veranstalten. Zu Hause wartete ihr Hamster, zudem hatte sie sich auf das Sofa und Knabbereien gefreut. Doch nachdem Hilde ihr scharf in die Augen geblickt hatte, konnte sie sich, bis sie im Wagen saß, an nichts erinnern. Und nun fand sie sich in ihrem japanischen Mittelklassewagen wieder, neben ihr Hildegard, die genüsslich den letzten Rest einer Banane in den Mund schob.

»Frag nicht. Du wirst schon sehen. Immer geradeaus«, erwiderte Hilde.

Nachdem die Karten ihr beunruhigende Dinge verraten hatten, musste sie handeln. Zum Glück gehörte Christa zu den Menschen, die sich leicht beeinflussen ließen. Nur einen Wimpernschlag hatte es benötigt, um sie weichzuklopfen.

Normalerweise hatte Hilde kein Interesse mehr an diesem Hexenkram. Doch die Situation erforderte eine Ausnahme. Mittlerweile hatten sie den Badesee kurz hinter Aurich passiert und fuhren Richtung Nordseeküste. Sie schloss die Augen, summte vor sich hin und nickte zufrieden. Auf ihren Instinkt konnte sie sich verlassen. Zwar war ihr Körper nicht mehr in bester Verfassung, aber ihre Hirnzellen waren frischer wie ein Fischbrötchen vom Emder Hafen.

An einem Kreisverkehr tippte sie an Christas Schulter. »Die dritte Ausfahrt.«

Christa nickte. Und hatte inzwischen keine Ahnung mehr, wo sie sich eigentlich befanden. Sie fühlte sich wie ... ferngesteuert. Als hätte jemand Schnüre an ihr befestigt und tat mit ihr, was er wollte. Sogar die Tüte Chips, auf die sie sich so gefreut hatte, war in Vergessenheit geraten.

Hildegard pfiff leise ein Lied vor sich hin. Es klappte alles wie am Schnürchen. Es wäre ein netter Ausflug gewesen, wenn sie sich nicht so viele Sorgen um Tjarko machen würde. Ihr siebter Sinn, spätestens bei dem Telefonat mit Eugen, hatte ihr Recht gegeben. Die Karten bestätigten nur ihre Vermutung. Vor ihrem geistigen Auge erschien ein detailliertes Bild. Ein Straßenschild, im Hintergrund Tjarko, der scheinbar wütend und ohne die geringste Ahnung direkt in sein Unglück lief.

Heerscharen von Mücken klebten an Tjarkos schweißnassem Gesicht. Mittlerweile hatte sich die Sonne hinter dem Horizont verabschiedet. Trotzdem herrschte eine drückende Schwüle, die sich wie eine Käseglocke über das ostfriesische Niemandsland gestülpt hatte. Er blieb stehen und versuchte, sich neu zu orientieren. Bei der zunehmenden Dunkelheit keine leichte Aufgabe. Zudem hatte er nicht die Bohne einer Peilung, wo er sich befand.

»Ach, so ein Mist«, fluchte Tjarko, wedelte einen Schwarm Mücken von seinem Gesicht und blickte sich um. Er wurde das ungute Gefühl nicht los, sich mächtig verlaufen zu haben. Zudem gab es nichts, woran er sich hätte orientieren können. Riesige Maisfelder wechselten sich ab mit umzäunten Weiden und nahezu identisch aussehenden Bäumen, die an dem Feldweg wie exakt platziert wirkten.

Als würde sich nach jeder Wegkreuzung alles exakt wiederholen.

Dazu herrschte eine nahezu absolute Stille. Kein Grillenzirpen, keine Möwen. Nur Mücken. Riesige Stechviecher, die sich an seinem kalten Schweiß labten. Der Mond zeigte sich am Firmament. Kaltes, lebloses Licht schien über die Landschaft.

Tjarko schnaufte. Blickte auf sein Handy und steckte es in

seinen Hosenbund. Kein Netz. Was jedoch keine Seltenheit war in Ostfriesland. Aber in Kombination mit diesem zugegebenermaßen unheimlichen Ort war ihm nicht wohl bei der Sache. Warum nur war er auf die dämliche Idee gekommen, nach Hilfe zu suchen? Tjarko hätte besser auf seinen Freund hören sollen. Wenn nicht bald irgendwo ein Hof oder Dorf auftauchte, hatte er ein Problem.

Theoretisch könnte er umdrehen. Praktisch gesehen wusste er nicht so ganz genau, aus welcher Richtung er gekommen war. Als ob er im Kreis laufen würde. Er wischte sich den Schweiß von der Stirn, ließ seufzend den Blick über die endlosen Felder schweifen und setzte seinen Weg fort. Nach ein paar Metern hielt er kurz inne. Für einen Moment hatte er das Gefühl gehabt, dass jemand hinter ihm war. Leise, schlurfende Geräusche, die abrupt verstummten, als er stoppte. Nichts. Kein Laut. Als er weiterlief, erneut Laute hinter ihm. Verdammte Axt, dachte er. Wandte sich um, sah aber außer dem ewig langen Feldweg niemanden.

Wer sollte da auch sein.

Niemand. Er war allein an diesem gottverlassenen Mistort.

Tjarko blickte auf seine Uhr und stutzte. Kurz nach sieben. Unmöglich. Dann bemerkte er, dass der Sekundenzeiger sich nicht bewegte. Er hielt die Uhr an sein Ohr. Kein Ticken.

Prima. War das Ding tatsächlich stehen geblieben. Nach dem Mond zu urteilen, war es inzwischen elf Uhr. Mindestens.

Tjarko nahm Tempo auf. Leichte Panik kam in ihm hoch.

Dann wieder Schritte. Schlurfende Geräusche, direkt neben ihm. Er verharrte. Kopfschmerzen setzten ein. Höllische, fiese Schmerzen, die sämtliche Hirnzellen wie Orangen zusammenzupressen schienen.

Nun ein Keuchen. Leise und regelmäßig.

Irgendetwas schien bei ihm zu sein. Tjarko ballte die Hände zu Fäusten und blickte über die Schulter. Und das, was er sah, gefiel ihm überhaupt nicht. Wie aus dem Nichts raste in einem Affenzahn eine Limousine heran. Silberfarbener Lack, eine prunkvoll gestaltete Karosserie. Das blubbernde Geräusch eines alten Otto-Motors dröhnte in seinen Ohren. Erst war er drauf und dran, wild zu winken. Innerhalb von Sekunden wurde sich Tjarko jedoch bewusst, dass die Kiste direkt auf ihn zusteuerte. Hektisch blickte er sich um. An den Seiten mindestens zwei Meter breite Gräben. Unmöglich, um mit einem Sprung hinüber zu kommen.

»Du Idiot«, brüllte er, voller Panik, über den Haufen gefahren zu werden.

Es nützte nichts. Tjarko drehte sich blitzschnell um und gab ordentlich Hackengas.

Christa bog auf einen Feldweg ein. Schob sich einen Müsliriegel in den Mund und lenkte den Wagen über die holprige Straße. Hildegard schien hochkonzentriert. Gab kurze Anweisungen, ohne ihre Lippen zu bewegen. *»Iss lieber mal was Gesundes«*, zischte es in Christas Kopf. *»Jetzt rechts abbiegen«*, kam hinterher. Sie wollte etwas sagen, öffnete den Mund, doch heraus kam nur ein gurgelndes Geräusch.

Hildegard grinste breit. »Keine Sorge, nachher kannst du wieder nach Herzenslust brabbeln.«

Christa antwortete mit einem grunzenden Geräusch.

»Ich entschuldige mich für die Unannehmlichkeiten, aber es muss sein«, sagte Hildegard und wies mit einem Zeigefinger zur Seite. »Und jetzt scharf rechts bitte.«

Scharf rechts sah es genauso aus wie nach dem letzten »bitte links«.

Felder mit mannshohem Mais, knorrige Bäume und Kuhweiden ohne Kühe. Hilde schnippte mit den Fingern.

Christa blickte leicht benebelt auf. Räusperte sich und sagte: »Was ... hast du mit mir gemacht?«

»Hypnose. Mehr nicht.«

»Also stimmt es doch«, erwiderte sie und trat hart auf die Bremse. »Du bist eine echte Hexe.«

Seufzend wandte Hilde sich zu ihr. »Wer sagt das?«

»Na, alle.« Christa rüttelte an der Wagentür.

»Tut mir leid. Ich kann dich nicht gehen lassen.«

»Das ... geht nicht. Ich habe morgen Frühschicht. Wer soll denn die Bewohner versorgen? Zudem ist Ausflug in den Streichelzoo. Ich habe allen versprochen, mitzukommen. Der Residenzleiter zählt auf mich. Er hält im Übrigen sehr viel von mir. Wenn ich ihm das erzähle, bekommst du einen Heidenärger. Dafür werde ich ...«

Ein erneutes Fingerschnippen von Hilde.

Christa würgte ein paar unverständliche Wortfetzen heraus und drückte, obwohl sie es nicht wollte, auf das Gaspedal.

Mit misstrauischen Blicken beobachtete Hassan, wie sich von Weitem Lichtkegel durch die einbrechende Dunkelheit bohrten. Er stellte sich breitbeinig auf den Feldweg und winkte. Ein pinklackierter Kleinwagen drosselte das Tempo und kam auf dem Grünstreifen zum Stehen.

»Das wurde auch Zeit«, sagte er zu sich. Wahrscheinlich ein Pärchen, das ein ruhiges Plätzchen suchte, dachte er. Breit lächelnd ging er mit großen Schritten voran und stoppte, als sich die Beifahrertür öffnete und sich eine ihm gut bekannte Dame aus dem Wagen schälte.

Hildegard.

»Hilde?«, fragte er fassungslos. »Was zum Teufel machst du hier?«

»Erzähl mir lieber, was du in dieser gottverlassenen Gegend tust.«

»Äh, nichts. Ich hab mich irgendwie verfahren.«

»Wo ist Tjarko?«, winkte sie ab und kam mit unsicheren Schritten auf ihn zu,

Hassan machte einen auf Unschuldslamm. »Tjarko. Tja, der ist doch in Kur.«

»Erzähl mir keinen Blödsinn. Ich weiß, dass er in Ostfriesland ist. Möchte nicht wissen, was ihr angestellt habt.« Hilde blickte Hassan tief in die Augen.

»Was ... soll ich sagen. Du weißt doch bestimmt schon alles.«, murmelte er.

Sie klemmte eine Zigarette in ihren rechten Mundwinkel und ließ den Glimmstängel auf die andere Seite wandern. »So weit reicht leider mein geistiger Horizont nicht. Zudem scheint es gerade größere Probleme zu geben als den Unfug, den ihr verzapft habt.« Hilde wandte sich um. Einen Moment später stieg eine kreischend bunt gekleidete Dame mit blondierten Haaren aus dem Wagen, hievte den Rollator aus dem Kofferraum und stellte ihn mit einer angedeuteten Verbeugung vor Hildes Füße. Dann latschte sie wortlos zurück zum Wagen und klemmte sich wieder hinter das Steuer.

»Wer ... ist das?«, fragte Hassan.

Sie überging seine Frage. Blickte sich suchend um und murmelte: »Du hast mir immer noch nicht gesagt, wo Tjarko ist.«

»Der wollte irgendwo Hilfe holen. Wir hatten einen kleinen Unfall.«

»Ihr seid solche dämlichen Idioten.«

Hassan blickte verschämt auf seine Füße. »War alles meine Idee. Ich habe ihn aus der Kur entführt.«

»Himmel Arsch und Zwirn nochmal«, polterte Hilde. »Und lass mich raten ... es ist alles schief gelaufen.«

»Äh ... nicht so direkt.«

»Egal. Darüber reden wir nachher nochmal. Wir müssen ihn finden.«

Beide horchten auf. Aus der Ferne näherten sich Motorengeräusche.

Dann tauchte ein weißer Kastenwagen auf. Unverkennbar die Kiste von Klaus Lüders. Hassan verstand nur noch Bahnhof. Selbst Hilde schien überrascht. Klaus hielt und hüpfte aus dem Wagen.

»Was soll das hier?«, fragte Hassan.

Lüders schüttelte verärgert seinen riesigen Kopf und

stemmte die kurzen Arme in die Hüften. »Frag mich nicht. In meinem Gehirn hat eine Stimme gesagt, ich soll genau hierher fahren.« Dass es ein singender Eugen Jacobs im Fernsehen war, verschwieg er lieber.

Hilde seufzte. »Tja, es gibt Dinge, die kann man nicht erklären.«

»Na prima. Mehr fällt dir dazu nicht ein?«, meckerte Klaus.

Hilde löste die Bremsen ihres Rollators. »Was uns an diesen Ort geführt hat, ist uns doch allen klar, oder?«

Beide Herren blickten fragend.

»Tjarko«, murmelte sie.

Lüders verscheuchte Mücken von seinem Gesicht und stöhnte. »Ich hab es befürchtet. Der Penner reitet uns mal wieder in irgendeine skurrile Scheiße.«

Hassan brummte und riss die Augen auf. »Der Penner ist mein bester Freund.«

»Und leider mein Schwager«, kam es von Lüders.

»Nun ist Ruhe im Karton.« Hilde schob sich an den beiden vorbei. »Na, dann mal los.«

»Wie, dann mal los?«, fragte Klaus.

»Na, setz dich in Bewegung.«

»Ich latsche doch nicht im Entenmarsch durch diese Pampa. Mitten in der Nacht. Nur weil so eine Fugung ...«

»Fügung«, berichtigte Hilde.

»Na, dann eben Fügung. Nur weil mir irgendeine Fügung sagte, ich soll an diesen mückenverseuchten Ort fahren.« Klaus schlug mit der flachen Hand auf seine Wange.

Mit bedrohlicher Miene starrte Hildegard den winzig gewachsenen Besamer an und krächzte: »Lasst uns Tjarko suchen.«

Hassan nickte. »Lüders, halt die Klappe und mach, was Hildegard sagt.«

Mit dem quietschenden Rollator voran wandte sie sich um. »Also, was ist? Hopp Hopp, die Herren.«

»Wollen wir nicht lieber fahren?« Klaus äugte auf seine Uhr. Und stellte verwundert fest, dass die Zeiger stehen geblieben waren.

»Da, wo wir hinmüssen, sind Autos nur hinderlich«, erwiderte Hilde.

»Na ... und deine Begleitung?« Lüders wies mit dem Kinn zum Wagen.

Hilde winkte ab. »Lass die mal. Die wird sich schon genug zu erzählen haben.«

»Ich verstehe gerade nur Bahnhof.«

Sie verdrehte die Augen. »Macht einfach nur das, was ich sage«, erwiderte sie und machte sich auf den Weg.

Eugen Jacobs streckte seine Beine auf dem Bett aus, verschränkte die Arme im Nacken und seufzte. So eine Kur könnte er auch mal gut gebrauchen. Ihm gefiel es hier im Ort. Die niedlichen Fachwerkhäuser, das zeitlose Ambiente. Und Steffi war sozusagen das Sahnehäubchen auf dem Ganzen. Morgen Mittag wäre er wieder auf dem Weg nach Ostfriesland. Schon schlimm genug, dass er den Gottesdienst sausen ließ. Aber die Sache war es wert gewesen. Doch aus irgendeinem Grund fand er nun keinen Schlaf. Eine gewisse Unruhe beschlich ihn. Und diese Unruhe machte ihn noch fickeriger. Er machte sich Sorgen über die Sorgen. Denn Eugen wusste genau, was in ihm vorging. Er schloss die Augen. Versuchte, durch eine kurze Meditation vielleicht eine hilfreiche Vision zu bekommen. Nichts. Da war gar nichts. Doch verdammt, Millionen von Ameisen schienen gerade durch seine Venen zu krabbeln.

Und genau das machte ihn auf einen Schlag so hibbelig, das er sich aus dem Bett schälte und nervös im Zimmer auf und ab trippelte. Ein Blick auf das Handy brachte auch keine Besserung. Sein Akku war alle und er Blödmann hatte natürlich sein Ladekabel vergessen. Unabdingbar bei dem alten Teil. Um Ersatz zu finden, hätte er einen Antiquitätenhändler aufsuchen müssen. Auch nach ein paar Minuten wurde sein Zustand nicht wirklich besser. Irgendwas passierte gerade, in diesem Moment. Er schlüpfte in seine kurze Hose und entdeckte eine Postkarte, die auf dem Nachtschrank lag. Angewidert verzog er das Gesicht. Ein überaus kitschiges Motiv von Kühen vor einem Leuchtturm. Auf der Rückseite las er die Zeilen. Stutzte einen Moment und sagte leise »Was ein Schürzenjäger.« Dann steckte er die Karte in seine Hosentasche. Dachte kurz darüber nach, ob die spontane Idee, die ihm gerade gekommen war, wirklich gut war. Aber es wäre eine Lösung. Vielleicht etwas aufdringlich und unverschämt. Wenn Steffi überhaupt einen Wagen vor Ort hatte. Um diese Uhrzeit wäre nicht viel los auf der Autobahn. Und spätestens morgen wären sie und Tjarko wieder wohlbehalten in der Kurklinik, ohne dass irgendjemand davon etwas mitbekommen hätte. So einfach war die Kiste.

Wenn seinem Freund bis dahin nichts Schlimmes widerfahren wäre.

Deshalb wurde er jetzt gebraucht. Es gab keine andere Möglichkeit. Zur Not würde er auch ein Taxi nehmen. Ihm egal. Eugen schloss die Tür hinter sich und huschte auf leisen Sohlen ein Stockwerk tiefer.

An der Tür verharrte er einen Moment und klopfte. Nach mehreren Versuchen öffnete sie sich. Steffi schaute ihn mit verschlafenen Augen an.

»Eugen ... was ist los?«, fragte sie heiser.

»Entschuldige die Störung. Lust auf ein kleines Abenteuer?«

»Hör mal ... ich bin wirklich hundemüde.« Steffi wollte die Tür gerade schließen, als Jacobs einen Fuß dazwischen stellte.

»Magst du Tjarko?«, fragte er.

»Äh ... was willst du von mir?«

Der Pastor ließ nicht locker. »Antworte einfach. Magst du ihn? Ja oder nein, mehr will ich nicht hören.«

Sie nickte. »Ja, ich mag ihn. Sogar sehr.«

»Wunderbar.« Eugen schob sich an ihr vorbei. »Hast du dein Auto hier?«

Steffi rieb sich die Augen. Was auch immer der Kauz von ihr wollte, es war einfach die falsche Uhrzeit dafür. »Ja, hab ich«, hörte sie sich sagen.

»Grandios!«, freute sich der Gottesmann. »Ich muss dringend nach Ostfriesland.«

»Was hab ich damit zu tun?«

»Na, du hast einen Wagen und ich will gefahren werden.« Eugen setzte sich ungefragt auf ihr Bett und griente.

Steffi hob die Augenbrauen. »Wohin soll es gehen?«

»Ist etwas weiter weg, aber gut machbar.«

Sie lehnte sich an die Wand und verschränkte ihre Arme. »Weiter weg?«

Der Pastor beugte sich nach vorne, klimperte mit den Augen und sagte: »Ostfriesland.«

Sie schüttelte den Kopf. Unmöglich. Zudem wäre es eine unfassbar lange Fahrt.

»Hilf einem armen Pastor«, jammerte Eugen, stand auf und drückte sie sanft auf einen Stuhl.

Steffi hatte das Gefühl, den Raum verlassen zu müssen. Entweder war es Einbildung oder das Zimmer hatte sich innerhalb von Sekunden zu einer Sauna aufgeheizt. »Eugen, ich sollte besser gehen«, sagte sie und schob seine Hände von sich.

»Nein, nein, bleib sitzen, mein Engelchen.«

Steffi drängte den komischen Kauz von sich. »Wirklich. Das ist jetzt nicht witzig.«

Der Pastor seufzte. Es half nichts. Er musste großes Geschütz auffahren.

»Es geht um Tjarko. Ihm geht es nicht gut. Er hat meinen Beistand angefordert.«

Mit einem Mal belebten sich Steffis Sinne. »Tjarko ... versteh nicht.«

Eugen schnalzte mit der Zunge. Warf seine langen Haare nach hinten und blickte so hilflos, wie er nur konnte. »Bitte. Tu es. Es ist wirklich ein Notfall.«

Steffi wusste in diesem Moment nicht, wo ihr der Kopf

stand. Nach Ostfriesland. Das war eine gefühlte Weltreise. Sie haderte einige Minuten. Jacobs hatte derweil wieder auf ihrem Bett Platz genommen und nickte ihr dann auffordernd zu.

»Komm, raff dich auf. Tu es nicht für mich ...«, sagte er.

Sie seufzte. »Gib mir ein paar Minuten. Ich will wenigstens nicht im Schlafanzug fahren.«

Tjarko

Irgendwo im Kreis Großheide hechtete Tjarko Behrens über einen Graben, blieb stehen und stützte die Hände auf die Knie.

»Verdammter Mist nochmal«, keuchte er.

Vom Weiten näherte sich das typisch blubbernde Geräusch des Rolls Royce. Er wischte sich eine Horde Mücken vom Gesicht und beschloss, in einem vor ihm liegenden Maisfeld Deckung zu suchen. Obwohl er wusste, dass es vollkommen sinnlos war. Das, was ihn seit einer Stunde vor sich her jagte, schien sich einen Spaß daraus zu machen. Und wusste scheinbar genau, wo er sich verstecken würde.

Tjarko verschnaufte einen Moment. Sog die drückend schwüle Luft und somit auch eine Menge Stechmücken in seine Nase und nieste.

»Wäre ich mal in der Kur geblieben«, zischte er leise.

Er rappelte sich auf und verschwand im Maisfeld.

Die Blätter der mannshohen Maispflanzen schnitten wie Rasierklingen in seine Haut. Laut fluchend hob er die Arme und lief weiter in das Feld hinein.

»Hey, Behrens. *Lust auf eine kleine Spritztour?*«, tönte es von vorn.

Abrupt blieb Tjarko stehen. »Geh dahin, wo du herkommst«, erwiderte er.

Begleitet von einem lauten Knall heulte ein Motor auf. Lichter schienen grell in die Augen des Landwirtes. Er spannte die Muskeln an. Wenn die Sache nicht so heikel gewesen wäre, hätte er sich über seine ungewohnte Kondition erfreut.

Nun, so überflüssig schienen die Anwendungen nicht gewesen zu sein.

Egal, er hatte keine Zeit, seine Gedanken daran zu verschwenden. Schließlich war Tjarko in einer recht verzwickten Lage. Allein im Niemandsland, irgendwo zwischen Großheide und Norddeich, und das in bester Gesellschaft von einem scheinbar nicht bemannten Oldtimer.

Hörbar wurde ein Gaspedal durchgetreten. Vor ihm das Knacken von Maispflanzen, die nach und nach zu Boden sanken. Tjarko kniff entschlossen die Augen zusammen.

Das hier ist nicht real, versuchte er sich einzureden.

Doch je näher das Gefährt auf ihn zuzukommen schien,

umso mehr war er sich nicht ganz sicher, ob seine Rechnung aufgehen würde. Also Augen zu und durch. Nur noch ein paar Meter, dann würde er es ja wissen.

Das dröhnende Brummen des Sechszylinders kam unaufhaltsam auf ihn zu. Der Mais brach zur Seite weg. Tjarko blinzelte. Sein Herz pochte auf Höchstleistung. Scheinwerfer blendeten ihn. Und als ihm ein heiserer Schrei aus den Lungen entwich, durchfuhr ein unangenehm kalter Luftzug seinen Körper. Er kam ins Wanken und kippte der Länge nach auf die plattgefahrenen Pflanzen. Kniff sich in den linken Unterarm, um irgendwie klaren Kopf zu bewahren. Der unverkennbare Geruch von Diesel zog in sein Riechorgan. Verwirrt blickte er sich um.

Nichts. Niemand. Erleichtert lachte er leise auf.

»Klasse Show. Wirklich nicht schlecht«, keuchte Tjarko und stemmte sich in den Stand. »Komm her und zeig dich. Es gehört schon etwas mehr dazu, um mich zu beeindrucken.«

Keine Antwort.

Stattdessen ein lautes Zischen über ihm. Im letzten Moment sprang er zur Seite, um die Schnapsflasche, die wie aus dem Nichts vom Himmel geschossen kam, nicht auf seinen kahlen Schädel zu bekommen. Unbeschadet landete sie knapp neben ihm und kullerte direkt vor seine Füße.

Tjarko lachte auf. »Ach komm, das ist doch lächerlich.«

Achtlos kickte er die Flasche weg. Sie rollte wieder zu ihm. Mit gerunzelter Stirn hob er sie auf und schleuderte sie in den Mais. Nach ein paar Sekunden flog sie in hohem Bogen erneut vor seine Füße. Genervt bückte er sich nach ihr und betrachtete skeptisch das Etikett.

ALFREDS SCHLUMMERTRUNK stand in rot geschwungenen Buchstaben darauf.

Alfred ... irgendwie hatte er den Namen schon einmal gehört. Er hob den Schnaps auf und schüttelte. Die Flasche schien halbvoll zu sein. Neugierig und ohne nachzudenken, drehte er den Schraubverschluss auf und hielt seine Nase daran.

Wie eine Urgewalt strömte ihm der Duft von Weizenkorn in die Nase. Angewidert ließ er die Flasche fallen.

»*Trink einen mit mir*«, raunzte es in ihm. »*Hoch die Hände, Wochenende! Einer geht noch rein. Auf einem Bein kann man nicht stehen.*«

Tjarko seufzte. »Lass es sein. Ich bin durch damit.«

Mit einem Schlag wurde ihm kotzübel. Mindestens die zweithöchste Kategorie von Übelkeit. Er fühlte sich plötzlich so beschissen, als ob er tagelang heftigst durchgesoffen hätte. In seinen Gehörgängen schien ein Flötenkonzert stattzufinden.

336

»*Kipp dir einen. Mach es*«, zischte es in seinem Schädel. Kurz und heftig, wie eine Urgewalt. In seinen Ohren pfiff es wie nach einem Konzert des Buckbuhrer Gitarrenchors.

Er schüttelte sich. Steckte sich die Zeigefinger in die Lauscher, bis das Piepen nachließ.

Stille. Keine Stimme, kein gar nichts. Mit einem Blick nach unten stellte er erleichtert fest, dass die Schnapsflasche sich in Luft aufgelöst hatte. Keine Entwarnung, aber durchaus eine Entspannung der Situation.

Von wegen.

Seitlich von ihm raschelte es. Dann eine fluchende Stimme. Sägend und schrill. Tjarko steckte erneut die Finger in die Ohren. Unmöglich. Das konnte nicht sein. Panik überkam ihn. Dieser weltweit einmalige Tonfall kam ihm bestens bekannt vor.

Kurz darauf quäkte etwas: »Verdammte Scheiße, ich schneid mir hier noch die Eier auf.«

Klaus Lüders schob verärgert den Mais zur Seite und schreckte auf. »Tjarko ...?«, fragte er sichtlich überrascht.

»Lüders, was machst du denn hier?«

»Nach dir suchen, du Penner! Herrgott, du siehst ja aus, als ob du den Teufel persönlich getroffen hättest.«

»Egal. Du glaubst mir so oder so nicht«, brummte Tjarko.

»Von wegen Kur und so. Stattdessen weilt der Herr gemütlich in der Pampa von Großheide und lässt es sich gut gehen.« Klaus schnüffelte und grinste. »Hier riecht es doch nach Alkohol.«

»Blödsinn«, murrte Tjarko.

»Na, musst du selber wissen.« Lüders schüttelte den Kopf. »Schämen solltest du dich. Von wegen, du bist in Gefahr.«

»Ich hab nicht getrunken. Glaubst du, ich habe was Besseres zu tun, als nach Ostfriesland zu kommen, nur um mir einen auf die Lampe zu gießen?«

»Ach, mir doch egal. Ich hab dich gefunden und damit meine Schuldigkeit getan.«

»Gegenüber wem?«

»Tut jetzt nichts zur Sache.«

Tjarko zuckte mit den Schultern. »Na dann. Lass uns verschwinden.«

Klaus stemmte seine kurzen Arme in die Hüften und schien auf irgendetwas zu warten.

»Was ist?«, fragte Tjarko.

»Darauf musst du schon selbst kommen«, erwiderte Klaus mit einem lakonischen Unterton.

Tjarko hatte überhaupt keine Lust auf dummes Gebabbel. Er wollte einfach nur weg. Und das so schnell wie möglich.

Sein Schwager machte jedoch keine Anstalten, sich von der Stelle zu bewegen. »Komm Klaus, ich habe echt eine beschissene Zeit hinter mir. Lass und verschwinden.«

»Erst, wenn du es sagst.«

»Was?«, brüllte Behrens entnervt.

»Vielleicht so etwas wie Glückwunsch zu deiner Tochter.«

»Welcher Tochter?«

»Na, meiner, du Schwammkopf!«, zischte Klaus.

Tjarko schob ihn beiseite und stapfte vorbei. »Halt´s Maul und führ mich hier raus.«

Plötzlich ein leises Kichern hinter ihm. Er verharrte und bekam ein mieses Gefühl in seinem Magen. Sein dämlicher Schwager hatte ihn den ganzen Spuk vergessen lassen. Und so schnell, wie sich Gänsehaut über seinen Körper mogelte, war die Sache längst noch nicht überwunden.

»Sind Hilde und Hassan in der Nähe?«, fragte er.

Klaus nickte. »Woher weißt du das?«

Tjarko packte den kleinen Kerl an die Schulter und zog ihn zu sich. »Führ mich zu ihnen. Schnell.«

Kopfschüttelnd verschränkte sein Schwager die Arme. »Erst das Zauberwort.«

Tjarko verstand. Er quetschte so etwas wie »Glückwunsch« heraus und schob sich, mit Klaus voran, durch den Mais.

Währenddessen streckte Christa die Beine aus und versuchte, auf der Motorhaube ihres Kleinwagens eine bequeme Position einzunehmen. So langsam hatte sie das elendige Warten satt. Die Zeit schien wie eingefroren. Wie lange war sie wohl schon hier? Zwei, drei Stunden? Sie hatte keine Ahnung. Die Müsliriegel waren längst aufgebraucht, der Wagen sprang sowieso nicht an, und sie brachte weiterhin kein vernünftiges Wort über die Lippen. Wo sie doch in solchen langweiligen Situationen liebend gern mit sich selbst sprach. Es half nichts. Sie war zum Warten verdammt. Dann schärften sich ihre Sinne, als sie Motorengeräusche wahrnahm. Sie rollte vom Wagen und hielt sich schützend die Hände vor die Augen. Grelles Scheinwerferlicht baggerte sich durch das schale Licht des Mondes. Christa winkte, als sie erkannte, dass eine schnittige Limousine, wahrscheinlich ein Oldtimer, vor ihr stehen blieb. Sie versuchte, einen Blick durch die zerkratzten Scheiben zu erhaschen. Für einen Moment meinte sie, eine Person mit einem mumienhaften Gesicht zu erkennen. Egal, dachte sie. Hauptsache, sie kam von diesem Ort weg. Und so klopfte Christa an die Wagentür. Nach einem Moment öffnete diese sich mit einem lauten Quietschen.

Christa lächelte. »Ach, Sie können sich ja gar nicht vorstellen, wie froh ich bin, hier jemanden anzutreffen.«

Ein Kichern kam über ihre Lippen. Sie konnte wieder nach Herzenslust sprechen. Halleluja! »Wissen Sie, ich bin hier einfach so allein gelassen worden. Eine alte Dame hat mich entführt. Ich weiß, das klingt verrückt ...«

Der Motor heulte kurz auf. Die schattenhafte Gestalt starrte unbeeindruckt nach vorn.

»Nein, nein. Keine Sorge, ich bin nicht betrunken. Eigentlich trinke ich gar keinen Alkohol. Davon werde ich immer so komisch. Denke, ich habe eine Allergie dagegen. Sollte deswegen mal zum Arzt gehen. Sagte jedenfalls meine Mutter. Aber die lebt ja nicht mehr. Ist vor drei Jahren gestorben. Nun, ist ja auch egal. Was ich fragen wollte: Können Sie mich mitnehmen?«

Ein krächzendes Kichern kam als Antwort.

»Das bedeutet also, Sie nehmen mich mit? Hach, das werde ich Ihnen niemals vergessen. Gibt ja so wenig nette Leute auf dieser Welt. Dazu fällt mir eine Geschichte ein ...«

Unvermittelt schoss eine knochige Hand aus dem Wagen. Packte die überraschte Christa an einen Arm und zerrte sie in den Wagen. Die Tür schloss sich. Dumpf tönte ein heiseres Kichern aus der Fahrerkabine. In Schritttempo setzte sich der silberfarbene Rolls Royce in Bewegung und verschwand lautlos in der Schwärze der Nacht.

Hildegard kauerte mit ausgestreckten Beinen auf ihrem Rollator und horchte auf. Neugierig stemmte sie sich hoch. Zuerst erschien Klaus Lüders aus dem Maisfeld und zupfte mit verärgertem Gesicht ein paar Blätter aus dem Hosenbund. Als Tjarko hinter ihm auftauchte, zuckte ein Lächeln über ihre Lippen. Dann verfinsterte sich ihr Blick. Tjarko ahnte nichts Gutes und kam wie ein reumütiger Hund auf sie zu.

»Ich könnte dir den Hintern versohlen«, sagte sie leise.

Er hob die Hände. »Ich kann das alles erklären.«

Sein Schwager pfiff durch die Zähne. »Gesoffen hat er. Muss man sich mal vorstellen. Haut von der Kur ab, nur um sich einen hinter die Binde zu kippen.«

»Halt die Backen, Lüders«, zischte Tjarko und schob ihn zur Seite. Als er versuchte, eine Hand auf Hildes knochige Schultern zu legen, wurde er harsch abgewiesen.

»Du hättest nicht zurückkommen sollen«, sagte sie.

»Ich ...«

»Keine dummen Ausreden. Ich weiß, dass ihr bei dem Museum gewesen seid.«

Tjarko nickte. »Ich hab Mist gebaut.«

»Habt ihr den Spuk wenigstens beendet?«

Er druckste herum und verneinte mit einem Kopfschütteln.

»Ihr Idioten. Du weißt doch, was passieren kann?«

Ja, klar wusste er das. Nur hatte er es verdrängt.

Hildegard kramte eine Zigarette aus der Hosentasche und steckte sich die krumme Kippe in den Mund. Mit einem Streichholz zündete sie den Tabakstängel an und blies blauen Rauch in den Himmel. Nach einer kurzen Zeit des Nachdenkens setzte sie sich zurück auf den Rollator. »Sag mir bitte nicht, dass es ein Poltergeist ist.«

»Kann sein«, erwiderte er leise und wäre am liebsten im Erdboden versunken. Dann blickte er sich suchend um. »Ist Hassan auch hier?«

Sie nickte und wies mit dem spitzen Kinn auf eine Weide. »Er sucht nach dir. Klaus wird ihn holen.«

Lüders seufzte laut. »Ich? Ich kann keinen Meter mehr laufen, verdammt.«

»Hol ihn und halt den Sabbel. Ich hab hier mit dem riesen Dummkopf noch ein Hühnchen zu rupfen.«

Nachdem der kleine Mann laut zeternd verschwunden war, schnippte Hildegard die Kippe weg und schüttelte den Kopf. »Ist er dir gefolgt?«

»Wer?«

»Tu nicht so ahnungslos. Ist dir der Geist gefolgt?«

Tjarko zuckte stumm mit den Schultern. Dann erzählte er mit knappen Worten von der wahnwitzigen Erscheinung im

Maisfeld, die Hilde mit einem Stöhnen zur Kenntnis nahm. Sie schluckte vernehmlich.

»Er sucht nach einem Wirt. Du scheinst nicht die richtige Wahl gewesen zu sein.«

Panisch riss Tjarko die Augen auf. »Hassan!«, sagte er und war drauf und dran, auf die Weide zu preschen. Hilde hielt ihn mit einem ungewohnt festen Griff am Arm zurück.

»Hassan ... nein. Er braucht ein leichtes Opfer.« Sie verdrehte die Augen. »Ach du meine Güte ... Christa.«

»Christa? Wieso Christa? Ist die etwa hier?«

»Klar, ich brauchte ja ein Taxi.«

»Na, wenn es nur die ist.« Tjarko erinnerte sich mit Schaudern an das damalige Mittagessen mit der nervigen Quasselstrippe. Hildegard tadelte seine Antwort mit giftigen Blicken. Und während Tjarko betreten auf seine riesigen Füße starrte, kam sein Freund vom Feld gestolpert und fiel ihm in die Arme. Nachdem auch Klaus laut zeternd aufgetaucht war, blickte Hildegard in die illustre Runde und klatschte in die Hände.

»So, genug der Begrüßungen. Wir müssen so schnell wie möglich zurück!«

Hassan klopfte seinem Freund auf die Schulter. »So, wie du aussiehst, hattest du keinen Spaß.«

Tjarko erwiderte die freundschaftliche Geste und brummte: »Lass es uns zu Ende bringen.« Sorgenvoll blickte er Hildegard an. Die alte Dame schien vollkommen erschöpft. Den holprigen Weg zurück würde sie, so blass wie sie aussah, definitiv nicht schaffen. Mit einer Hand wies er auf den Sitz ihres Rollators.

»Komm, Hilde, setz dich.«

Hildegard hustete. »Ihr wollt mich doch hier nicht etwa allein lassen?«

»Blödsinn. Ich schiebe dich. So kommen wir schneller voran.«

Mit einem gemurmelten »Immer auf die alten Leute« nahm sie widerwillig Platz. Tjarko schnappte sich ihren Gehwagen, bat sie, ihre Füße anzuheben und schob sie über den unebenen Feldweg.

»Geht doch prima«, sagte er. »Wo müssen wir lang?«

»Immer meiner Nase nach«, erwiderte sie.

Irgendwo im Nirgendwo rauschte eine glänzende Limousine durch die Felder, als gäbe es kein Morgen. Laute Musik dröhnte aus dem Wagen. »Junge, komm bald wieder.« Laut singend klebte Christa mit der Nase an der Windschutzscheibe und fuhr auf Sicht. Das Glas war von Mückenleichen übersät.

Sie kuppelte und trat das Gaspedal durch. Eigentlich war sie keine Fahrerin, die ein Risiko einging. Wenn sie zur Arbeit fuhr, bildete sich hinter ihr meistens ein ausgewachsener Stau. Doch nun gab es einen kleinen Unterschied. Das, was nun durch das blasse Mondlicht düste, war nicht Christa. Sie grinste breit. Faulige Zähne kamen zum Vorschein. Das Radio wurde lauter gestellt. »Bald wieder, bald wieder nach Haus«, grölte sie mit einer dunklen, krächzenden Stimme.

Christa lachte hustend und brachte den alten Ottomotor auf Hochtouren. Glasige Augen blickten in den Rückspiegel. »Ihr kriegt mich nicht«, sagte sie, bog mit quietschenden Reifen in einen Seitenweg ein und lenkte kichernd gegen. Was kostete die Welt? Nichts. Es gab rein gar nichts mehr zu verlieren.

Denn was in der Altenpflegerin schlummerte, war eigentlich schon seit Ewigkeiten nicht mehr unter den Lebenden. Und es hatte ein Ziel. Wenn schon, denn schon. Die Show hatte erst begonnen. An dem Typen, der ihn in seiner verdienten Ruhe gestört hatte, würde er ein Exempel statuieren. Nahezu unverschämt bediente sich das Wesen an den Erinnerungen seines Wirtes. Christa, oder was auch immer, schloss die Augen. Dann kicherte sie diabolisch. Der Regler des Radios wurde auf Anschlag gedreht. Sie trat das Gaspedal durch und grunzte: »Ab nach Buckbuhr.«

Stirnrunzelnd stand Klaus Lüders vor dem japanischen Kleinwagen.

»Deine Chauffeuse ist weg«, sagte er und zuckte mit den Schultern.

Hildegard reichte Tjarko eine Hand, ließ sich von ihm in den Stand ziehen. Leise stöhnend rieb sie ihren Hintern und sah den Landwirt ernst an.

»Das ist eine Katastrophe«, sagte sie leise.

Klaus verstand nur Bahnhof. »Wieso? Vielleicht ist sie nur in den Feldern und muss sich erleichtern. Oder hat Hilfe gefunden.«

»Christa wäre geblieben. Er hat sie sich geholt.«

Lüders runzelte die Stirn. »Christa? Moment, der Name ...«

Tjarko brummte: »Sag jetzt nichts Falsches ...«

»Etwa die Christa, die dich besucht hat?« Klaus kicherte albern. »Die Christa, die dir alberne Postkarten schreibt? Mein Lieber, mir bleibt nichts verborgen.«

»Sei einfach still.«

»Ohoo, die blonde Ulknudel ist deine Freundin. Ist dir das etwa peinlich?«

Als Tjarko die Fäuste ballte, drängte sich Hassan zwischen die beiden Streithähne. »Könnt ihr eure persönlichen Streitigkeiten auf ein anderes Mal verschieben?«

Lüders murrte in sich hinein, drehte sich beleidigt um und blickte auf den Boden.

Er hob etwas Glänzendes auf und präsentierte es wie eine Trophäe. »Deine Geliebte mag gerne Müsliriegel.«

»Sie ... ist ... nicht meine Geliebte«, raunzte Behrens und war drauf und dran, dem Kerl eine auf die Zwölf zu hauen.

Hildegard sah sich in aller Seelenruhe das Spektakel an, steckte sich eine Zigarette in den Mund und blickte auf ihre Armbanduhr. »Zeit zur Abreise, die Herren. Ich weiß, wo er hinwill.« Sie schloss für einen Moment die Augen, wiegte den Kopf hin und her und kaute auf dem Zigarettenfilter herum. »Ich kann es sehen. Direkt vor mir. Er ist zu allem entschlossen.«

»Wer?«, fragte Klaus entnervt.

Hassan gab ihm einen Klaps auf den kahlen Hinterkopf. »Der Poltergeist, du Idiot.«

Das Herz des ostfriesischen Besamungstechnikers pochte bis zum Hals. Herrgott, er hatte es immer gewusst, dass Tjarko ihn irgendwann wieder in so eine selten dämliche Spuk-Geschichte mit hineinziehen würde. Wütend stapfte er zu seinem Wagen, riss die Tür auf und stieg ein. »Ich fahr nach Hause. Wer mitwill, kann gerne einsteigen.«

»Genau da müssen wir auch hin«, erwiderte Hildegard.

Heimkehr

Ein schnittiger Sportwagen bog auf den Parkplatz des Buckbuhrer Gemeindehauses ein. Nach einem Moment öffnete sich die Beifahrertür. Eugen Jacobs hielt die Nase aus dem Auto und schnupperte.

»Heimatluft«, säuselte er. »Kurz nach Mitternacht ist sie immer am schönsten.«

Steffi streckte die Arme. Vor knapp vier Stunden hätte sie nicht geahnt, einen verzweifelten Pastor nach Ostfriesland zu kutschieren. Dafür schien Eugen nun tiefenentspannt. Er wieselte um den Wagen herum und klopfte an das Seitenfenster. Steffi nickte müde. Ein Kaffee und vielleicht etwas zu essen wären jetzt dringend nötig. Jacobs huschte zu einem Friesenhaus und schloss flink die Tür auf. Im Licht des Flures grinste er sie an und machte eine einladende Bewegung. Steffi schälte sich ächzend aus dem Wagen. Sie hasste die

Karre. Ein Überbleibsel von ihrem Ex. Sie erspähte eine Postkarte, die auf dem Boden lag und sie förmlich anzugrinsen schien. Wahrscheinlich hatte sie Eugen gerade verloren. Neugierig bückte sie sich danach und äugte auf ein furchtbar kitschiges Motiv. Kühe vor Leuchtturm. Auf der Rückseite ein paar Zeilen in Schönschrift. In der Dunkelheit konnte sie nur die letzten Worte erkennen.

Sie geben Milch und selbst der Bulle muht an dunklen Tagen.

Deine Christa

Steffi schmunzelte. Dieser kleine Kerl hatte scheinbar eine Freundin. Niemand sonst würde bei der Adresse ein Herzchen daneben kritzeln. Stirnrunzelnd las sie.

Tjarko Behrens

Rehazentrum Nordhessen

37242 Bad Sooden Allendorf

Sie atmete tief ein und zischte »Arschloch«.

Von wegen Single. Tjarko hatte sie nach Strich und Faden belogen. Mit großen Schritten ging sie zum Haus, hielt Eugen die Karte vor die Nase und wartete auf Antwort.

Der verdrehte die Augen. »Ach, wo kommt die denn her?«, sagte er.

»Gib mir einen Kaffee, und dann kehre ich sofort wieder um. Ihr könnt mich alle mal kreuzweise.«

Jacobs zog sie ins Haus, kickte mit einem Fuß die Tür hinter sich zu und zog ihr blitzschnell die Karte aus den Händen. »Das hat nichts zu bedeuten«, log er.

»Ich bin doch nicht blöd. Tjarko hat eine Freundin. Oder Frau ... ach, egal.« Steffi schaute sich suchend um. Irgendwo müsste sie sich hinsetzen. Ihr Kopf spielte gerade Breakdance mit ihr. »Ich will einfach nur weg. Irgendwie fehlen mir ein paar Stunden. Als ob jemand mein Hirn ausgepustet hätte.«

Eugen wischte einen Stapel Zeitungen von einem Korbstuhl und schob ihn ihr unter den Hintern. Es war nun keine Zeit für weitere Unterhaltungen. Seine inneren Antennen sagten ihm, das Tjarko dringend seine Hilfe benötigte. »Du bleibst hier. Ich muss eben telefonieren. Mein dämlicher Akku vom Handy ist alle.« Er hob einen Zeigefinger, lächelte dünn und verschwand in einem Zimmer.

Steffi spitzte die Ohren und lauschte.

»Hassan, ich bin zu Hause ... wenn du das abhörst ... seht zu, dass ihr nach Buckbuhr kommt.«

Sichtlich nervös steckte der Pastor den Kopf aus der Tür. »Stört es dich, wenn du in der Küche wartest? Ich gehe eben in die Kirche zu einer Andacht.«

»Küche?«

»Im Kühlschrank liegt sogar noch ein köstlicher Handkäse.«

Steffi blickte auf die Uhr. Halb eins. Andacht? Um diese Uhrzeit? Ihr war es egal. Noch etwas Koffein und dann so schnell wie möglich zurück. Nur der Himmel wusste, warum sie sich auf diese Tour eingelassen hatte.

»Wo ist Tjarko?«, fragte sie.

Eugen nestelte nervös an seinen Haaren. »Äh, der kommt gleich. Er ist sehr gläubig, musst du wissen. Wir wollen zusammen beten. Allein.«

»Ach ... und das soll ich dir jetzt glauben?«

»Wenn du wartest, erzählen wir dir nachher alles«, antwortete er und schnappte sich einen schwarzen Mantel von seiner Garderobe. In diesem Kleidungsstück sah Eugen tatsächlich nach einem Pastor aus. Oder eher nach dessen schlechter Kopie. Eugen Jacobs schnappte sich ein Buch, höchstwahrscheinlich eine Bibel, blieb für einen Moment an der Küchentür stehen und sagte: »Du entscheidest, ob du fährst oder bleibst.« Kurz darauf verließ er das Haus.

»Jetzt scharf links abbiegen«, befahl Hildegard.

Klaus riss das Steuer zur Seite und kurvte in die Abzweigung. »Hier sieht alles gleich aus. Bist du dir sicher, dass wir richtig sind?«

»Jaja. Ich glaube, wir haben den Weg gefunden.«

»Du glaubst oder du weißt es?«

Tjarko beugte sich zwischen die Vordersitze. »Vertrau ihr einfach und hör auf zu motzen.«

Klaus hielt lieber den Mund und lenkte den Kastenwagen über eine schmale Straße. Auf der rechten Seite tauchten Schatten von einem Gebäude auf. Erleichtert atmete er auf. Erste Zeichen von Zivilisation. Er sah in den Rückspiegel. Von hinten näherten sich Scheinwerfer in einer atemberaubenden Geschwindigkeit. Kurz darauf rauschte ein Oldtimer an ihnen vorbei. Für einen Moment meinte Lüders, eine Frau mit übertrieben geschminkten Lippen zu erkennen. »Mein Gott, wo hat die dumme Pute fahren gelernt!«, blökte er.

»Christa«, sagte Hildegard.

»Der Rolls Royce«, fügte Tjarko leise hinzu und reckte den Hals. Eindeutig. Das war die silberne Kiste, die ihn verfolgt hatte. Auf der Rückscheibe des Wagens prangte, deutlich zu erkennen, ein Aufkleber mit fetten Buchstaben. Automuseum Nordsee.

Hilde wies mit einem Finger nach vorn. »Gib Gas. Wir müssen vor ihm zu Hause sein.«

Mittlerweile waren von dem Wagen nur noch Staubwolken zu erkennen.

»Wie denn? Meine Kiste fährt maximal hundert.« Klaus hatte den Motor schon auf Höchstleistung.

»Bieg jetzt ab!«, fuhr Hilde ihn an.

Klaus bog ab und wäre beinahe in einem Graben gelandet. Gekonnt lenkte er gegen und brachte seine Kiste wieder auf Spur. Knapp fünf Meter vor ihm ein Ortsschild. »Berumbur. Ach, du ahnst es nicht. Du jagst mich immer weiter in den Arsch der Welt hinein.«

»Nun sei still und fahr! Es geht um Leben und Tod«, zischte Hildegard. Am liebsten hätte sie ihn in einen Hypnosezustand versetzt. So langsam ging er ihr auf den Keks.

Erschrocken zuckte Lüders zusammen. So giftig, wie ihn Hilde anstarrte, sollte er mal besser den Sabbel halten.

Auf der Landstraße zwischen Aurich und Buckbuhr herrschte gähnende Leere. Ein paar Rehe huschten über die angrenzenden Felder, Bienen summten um die Wette und auf dem Ems-Jade-Kanal schwammen Bisamratten zu ihren Nestern. Wie ein Satellit stand der Vollmond am wolkenlosen Himmel und tauchte die Landschaft in ein nahezu gespenstisches Licht. Jäh wurde die friedliche Stille von einem lauten Dröhnen unterbrochen. Ein Wagen raste mit einer wahnwitzigen Geschwindigkeit über den ostfriesischen Highway, als gäbe es kein Morgen. Dann bremste er. Rutschte mit quietschenden Reifen einige Meter über den Asphalt und kam zum Stehen. Ein lautes, raues Lachen schallte aus dem Auto. Nach ein paar Sekunden öffnete sich die Autotür. Christa schälte sich von dem dunkelroten Ledersitz. Ein Hase blickte erschrocken auf und wetzte hakenschlagend davon. Mit leblosen Augen scannte sie die Umgebung. Stieß ein gurgelndes Geräusch aus, als hätte sie Mundspülung im Rachen. Sie nickte zufrieden, stieß einen lauten Rülpser aus und setzte sich zurück in die Limousine. Nachdem sie die Zündung betätigt hatte, antwortete der Sechszylinder mit einem kurzen stotternden Geräusch. Sie fluchte unverständliche Worte und drehte den Schlüssel erneut um. Wieder nichts. Ärgerlich bleckte sie die Zähne, oder was einmal ihr Gebiss gewesen war. Die Schneidezähne hingen wie reife Äpfel an dem fauligen Zahnfleisch. Christa schien das in keiner Weise zu jucken. Denn in ihrem Kopf hockte die Seele von Poltergeist Albert, der eigentlich seine Freiheit voll auskosten wollte. Beginnend mit einem furiosen Rachefeldzug in dem beschaulichen Dörfchen Buckbuhr. Die beiden Schießbudenfiguren, die ihm im Museum gehörig auf den Sack gegangen waren, würde er sich ganz zum Schluss vorknöpfen. Wenn schon, denn schon. Albert befahl seinem Leihkörper, wieder auszusteigen. Er schnaufte laut und beschloss, den Rest des Weges zu laufen. Es war lange her, dass er einen Nachtspaziergang genossen hatte. Immer nur körperlos durch die Gegend zu schweben war auch nicht das Wahre gewesen.

Hinter ihm leuchteten Scheinwerfer auf. Albert spürte, dass Gefahr im Verzug war. Ein weißer Kastenwagen kurvte von einer Abzweigung in die Landstraße hinein und kam direkt auf ihn zu. Albert wusste, was zu tun war. Warf einen kurzen Blick in den Seitenspiegel. Er sah phantastisch aus. Ungelenk wuschelte er mit den Händen durch die blondierten Haare und stellte sich in Position.

Währenddessen schlich Pastor Jacobs an der Kirche vorbei und schmiss die Robe samt Bibel in das Gebüsch. Notfallandacht. Eine dümmere Ausrede hätte ihm nicht einfallen können. So wie die entzückende Steffi ihn angestarrt hatte, hat sie es ihm eh nicht abgenommen. Ihn überkam ein schlechtes Gewissen. Seine Tür hätte er nicht abschließen sollen. Aber in bestimmten Situationen waren unkonventionelle Maßnahmen unabdingbar. Steffi durfte auf keinen Fall zurück nach Hessen fahren. Er würde es sich nie verzeihen, die erste Liebe seines besten Freundes ziehen zu lassen.

Nun denn. Jetzt musste er sich um andere Dinge kümmern.

Die Eingebungen schossen wie Blitze durch seinen Schädel. Schon auf der Fahrt nach Ostfriesland war ihm zwischendurch so dermaßen kotzübel gewesen, dass es ihm schwerfiel, es vor Steffi zu verbergen. Als sie ihn doch auf seine Blässe ansprach, schob er es auf den hessischen Handkäse. Noch eine Lüge. Himmel, verzeih mir, dachte er, wandte sich um und schlug sich durch die Büsche Richtung Dorfstraße. Ein paar verirrte Hühner tippelten an ihm vorbei. Sonst waren die Bürgersteige brav hochgeklappt. Er suchte sich ein Plätzchen auf einer kleinen Mauer, schlug die Beine übereinander und wartete. Für den wuseligen Jacobs eine harte Prüfung.

Lüders drückte das Bremspedal bis zum Anschlag durch. Wie aus dem Nichts tauchte vor ihnen der Rolls Royce auf. Quer auf der Straße stehend mit blau qualmenden Auspuff. Christa stand vor dem Wagen und lächelte fröhlich, als wäre nichts gewesen.

Hassan schreckte aus seinem Sekundenschlaf auf und blickte Tjarko verwirrt an. Bevor er einen Ton herausbringen konnte, öffnete Hildegard die Seitentür und schwang ein Bein aus dem Wagen.

»Den hol ich mir«, sagte sie entschlossen.

Klaus wischte sich Schweißperlen von der Stirn und blickte durch die Windschutzscheibe. »Ach, das ist ja Tjarkos Perle.«

»Hildegard, mach das nicht!«, warnte Tjarko und versuchte vergeblich, seine Tür zu öffnen. »Mist, ich komm nicht raus.«

Hassan betätigte den kleinen Hebel auf seiner Seite. »Meine klemmt auch.«

Bei Klaus dasselbe Problem. Hildegard war ausgestiegen und knallte die Tür hinter sich zu. Sie blickte in den Wagen und warf den eingesperrten Herren einen Handkuss zu. »Ich mach das schon«, trällerte sie und ging erstaunlich leichtfüßig auf Christa zu.

»Ach, Hilde. Schön, dass du hier bist. Ich dachte schon, ich müsste den ganzen Weg laufen.« Christa wies auf den Rolls Royce. »Die Kiste hat den Geist aufgegeben. Britisches Modell, Baujahr 1952, sechs Zylinder, rote Ledersitze ... ein wahres Schmuckstück.« Sie hustete und spuckte einen schwarzen Zahn aus. »Ups. Keine Sorge, ist nur Kautabak.«

Hildegard kam näher an Christa heran und blickte ernst. »Wer bist du?«

»Ich? Wirst du langsam vergesslich?« Sie breitete die Arme aus. »Umarm mich erstmal zur Begrüßung. Kann gar nicht sagen, wie sehr ich mich freue, dich zu sehen.«

Derweil versuchte Tjarko, mit der Faust die Seitenscheibe einzuschlagen.

»Mach meinen Wagen nicht kaputt!«, blökte Klaus.

»Sag mal, checkst du denn gar nichts? Hildegard ist in ernster Gefahr.«

»Ich finde, das sieht ganz entspannt aus. Deine Geliebte will sie gerade umarmen. Ich bleibe hier fein sitzen.«

Panik stieg in Tjarko auf. Sie mussten so schnell wie möglich aus dieser Karre herauskommen. Hassan nickte ihm zu, drehte sich auf den Rücken und streckte das rechte Bein. Mit voller Wucht trat er gegen das Glas. Ein knirschendes Geräusch ertönte. Nochmals kickte er nach.

»Verdammt, ihr sollt meinen Wagen nicht ...« Lüders Kopf war inzwischen noch roter als ein Feuermelder. In dem Moment gab die Scheibe nach. Hassan lachte erleichtert auf, reckte einen Arm nach außen und versuchte, die Tür zu öffnen.

»Die Kindersicherung!«, blökte Klaus und betätigte einen Knopf. »Hab ich ganz vergessen.«

»Du Vollidiot«, erwiderte Tjarko ärgerlich und stürzte zeitgleich mit Hassan aus dem Kastenwagen.

Hildegard wich einen Schritt zurück. Fauliger Geruch von Christas Atem kroch ihr in die Nase. Ihr Gegenüber folgte, bewegte die Arme wie eine Krabbe und versuchte, nach ihr zu packen. Ein stechender Schmerz schoss in ihre linke Wade. Ihr schlimmes Bein, wie sie immer sagte. Hilde verlor das

Gleichgewicht. Normalerweise hätte sie sich an ihrem Rollator abgestützt. Dank des fehlenden Gehwagens geriet sie ins Straucheln und stürzte seitwärts auf den Boden.

Christa lachte hämisch. Sie beugte sich zu ihr, pfiff durch die schwarz-fauligen Zähne und flüsterte: »Leg dich niemals mit dem alten Alfred an.«

Plötzlich tönte Tjarkos Stimme: »Packen wir den Sack. Jetzt!«

Hassan kam von der Seite angeprescht, schmiss sich mit einem gewagten Hechtspruch auf Christa und legte einen Arm wie eine Schraubzwinge um ihren Hals. Tjarko schnappte sich ihre Beine und warf sich mit seinem gesamten Oberkörper darüber. Christa ruderte wild mit den Armen, stieß übelste Flüche mit einer Stimme aus, die so ähnlich klang wie eine Horde betrunkener Kegelbrüder aus dem Emsland. Schweiß lief dem Landwirt die Stirn herunter. »Jasses, hat die Kraft«, keuchte er.

»Wir müssen ihr irgendwas über den Kopf ziehen«, ächzte Hassan und löste seinen Klammergriff. Tjarko blickte sich suchend um. Hilde, die mit angewinkelten Beinen auf dem Boden saß, bat die Herren, für einige Sekunden die Augen zu schließen. Kurz darauf flog etwas bunt Geblümtes Richtung Hassan. Mit der freien Hand fing er es auf.

»Mein Schlüpfer. Nimm ihn!«, befahl Hildegard. »Gut, dass ich heute mein Sommerkleid angezogen habe.«

Bestimmte Situationen mussten unkonventionell gelöst werden.

»Nun guck nicht so. Stülp ihn ihr über den Kopf und gut ist«, warf sie hinterher.

Hassan nickte und zog den Schlüpfer über Christas Gesicht.

»Verdammt, ich kann nichts sehen«, keifte sie, fuchtelte mit den Armen und gab tatsächlich nach einer Weile Ruhe.

Hassan lächelte zufrieden. »Nimm ihnen das Augenlicht. Das stellt sie einige Zeit kalt«, sagte er.

Mit merkwürdig verrenkten Gliedmaßen schlummerte die bemitleidenswerte Christa im Kofferraum vom Kastenwagen und schnaufte selig vor sich hin.

Tjarko kratzte sich am Kinn. »Und jetzt?«, fragte er in die Runde.

Hilde zuckte mit den Schultern. »Ihr den Beelzebub austreiben, was sonst.«

Er pfiff durch die Zähne. »So eine Scheiße«, brummte er.

Dummerweise schnarchte der Experte für Austreibungen vierhundert Kilometer weiter in seinem Bett.

Hildegard runzelte die Stirn. Dann legte sie einen Blick auf, der bei Tjarko sämtliche Alarmglocken zum Schrillen brachte. »Tjarko, was ist mit Eugen?«

Er hob abwehrend die Hände und versuchte ein unbeschwertes Lächeln. Absolut überflüssig gegenüber Hilde. Zudem bekam er beim Lügen eine hochrote Birne. »Äh, nichts. Ich hab ihn seit einer Woche ja nicht mehr gesehen.«

»Was ... ist ... mit unserem Pastor?«, legte sie mit scharfer Stimme nach.

Hassan drängte sich dazwischen. »Ich kann alles erklären!«

»Hmmpf«, kam es von Christa.

Hildegard äugte zu ihr. »Wir haben nicht viel Zeit. Bald wird er wieder zur Besinnung kommen.« Sie machte eine kurze Pause, seufzte tief und starrte Tjarko in die Augen. »War er an deiner Rückholaktion irgendwie beteiligt?«

»War nicht meine Idee«, entgegnete der Landwirt und sah Hassan hilfesuchend an.

Ein wahnwitziges Lachen von Klaus Lüders, der mit verschränkten Armen an dem Wagen stand und sich das Schauspiel lieber aus der Ferne angesehen hatte. »Lasst sie doch einfach hier. Die wird schon klarkommen.« Dann kam er breitbeinig ein paar Schritte angeschlendert und grinste Tjarko an. »Habt ihr den Pfaffen etwa in Hessen vergessen?«

»So ähnlich«, sagte Tjarko kleinlaut.

Hildegard stöhnte auf und schickte ein leises Stoßgebet in den Himmel.

»Wenn es nicht so ernst wäre, würde ich euch den Arsch versohlen«, zischte sie.

Beiläufig blickte Hassan auf sein Handy. Hob eine Augenbraue und scrollte über das Display. Erstaunt schien er etwas zu lesen. Las nochmals und seufzte erleichtert.

»Steigt alle in den Wagen. Eugen ist in Buckbuhr.«

Nachtmesse

Mitten auf der einsamen Buckbuhrer Landstraße stand der Gemeindepastor und blickte erwartungsvoll in die Ferne. Als sich von Weitem das unverkennbare tuckernde Geräusch von Lüders sperrigen Kastenwagen näherte, erhellten sich seine Gesichtszüge. Hatte ihn sein ausgeprägter siebter Sinn doch nicht getäuscht. Hastig wieselte er zur Kirche, kramte einen Schlüsselbund aus der Hosentasche und schloss die schwere Holztür auf. Hell schien der Mond durch die Buntglasfenster und verpasste dem Inneren eine unheimliche Atmosphäre. Am Altar zündete er ein paar Kerzen an, band sein langes Haar mit einem Flohgummi zu einem Zopf und setzte seine Lesebrille auf. Eigentlich verfügte er noch über eine hervorragende Sehkraft. Doch, so fand er, gab ihm das Nasenfahrrad bei den Gottesdiensten einen gewissen intellektuellen Touch. Er schob die Brille auf die Nasenspitze und lauschte Moment.

Dumpf hallte das Klappen von Autotüren in die Kirche hinein. Gefolgt von aufgeregtem Getuschel. Dann Gerüttel an der Tür, bevor sie sich quietschend öffnete. Tjarko lugte hinein. Schien nicht sonderlich überrascht über die Anwesenheit des Pastors und nickte ihm mit ernsten Blicken zu. Die anderen beiden Männer folgten. Hassan hatte Christa untergehakt, die schlaff die Arme herunterhängen ließ und irgendein Kleidungsstück über den Kopf gezogen hatte. Er setzte sie auf der hinteren Kirchenbank ab und rieb sich den Rücken.

»Hallo Eugen«, keuchte er.

Jacobs hob eine Hand zum Gruß und ging mit schnellen Schritten zu ihm. Er gab Tjarko einen freundschaftlichen Klaps auf die Schultern.

»Ich dachte, ich schau mal nach dem Rechten«, sagte der Pastor und reckte den Hals. »Wo ist Hilde?«

In dem Moment wackelte die alte Dame hinein, schob ihren Rollator beiseite und würdigte den Pastor keines Blickes.

»Sie ist etwas angefressen wegen unserer Aktion«, bemerkte der Landwirt leise.

»Worauf wartet ihr? Lasst uns beginnen«, zischte Hildegard.

Hassan seufzte tief. »Okay. Ganz klar ein Fall von Besessenheit. Poltergeist oberster Kategorie«, sagte er mit ernster Miene.

»Nehmt ihr den Schlüppi vom Gesicht«, erwiderte Eugen.

Tjarko nickte, zog den Schlüpfer von Christas Kopf und legte ihn mit spitzen Fingern in den Korb von Hildes Rollator. »Bist du nach Ostfriesland geflogen?«, fragte er.

Eugen hatte nicht die geringste Absicht, in diesem Moment zu beichten, das Steffi ihn gefahren hatte. Tjarko brauchte sämtliche Konzentration. »So ähnlich«, sagte er nur und widmete sich der ohnmächtigen Dame, die mit schlaffen Gliedern auf der Kirchenbank kauerte. »Sie ist in einem Trancezustand. Es bleibt nicht viel Zeit.«

Lüders, der es sich derweil auf der Treppe zur Empore gemütlich gemacht hatte, gähnte übertrieben laut. »Dann macht mal euren Hokus Pokus. Ich muss dringend in die Koje.«

Mit vereinten Kräften wurde die arme Christa von den Herren zum Altar geschleppt und auf dem harten Steinboden aufrecht an einer Wand positioniert. Sie öffnete die Augen, blickte sich für einen Moment um und blökte heiser: »Ihr dämlichen Zwerge. Mir könnt ihr nichts.«

Eugen hob eine Augenbraue und hockte sich vor sie. »Tja, das wird eine schwierige Kiste.« Er blickte zu Tjarko. »Kannst du mir bitte die kleine schwarze Tasche holen, die hinter dem Taufbecken liegt?«

Tjarko nickte. Die berühmte, kleine schwarze Tasche. Nun würde es verdammt ernst werden. Das letzte Mal hatte der Pastor sie bei einem durchaus hartnäckigen Spuk am Leuchtturm in Campen benutzt. Er reichte das ausgebeulte Lederetui weiter und beobachtete, wie Eugen leise vor sich hin summend eine kleine Flasche herausholte.

»Hach, das ist wie früher, oder?«, frohlockte er. Öffnete das Fläschchen und roch daran. »Bester gesegneter Marillenlikör.« Er lächelte verlegen. »Oh, Entschuldigung, Tjarko. Ich will dich nicht in Versuchung bringen.«

Der winkte ab. »Lass dein Gelaber und fang endlich an.«

Christa öffnete benommen die Augen. Blickte um sich und bleckte die fauligen Zähne. »Endlich was zu trinken«, grunzte sie. Riss die Flasche blitzschnell dem überraschten Pastor aus den Händen und kippte sich das Zeug auf Ex in den Rachen.

Eugen kicherte. »Dann mal wohl bekomms«, sagte er.

Die besessene Altenpflegerin stieß einen lauten Rülpser aus. Leckte sich genüsslich mit der Zunge über die Lippen und kippte den Kopf nach hinten. »Köstlich«, brodelte eine tiefe, sonore Stimme aus ihr heraus. Urplötzlich schien ein Stromschlag durch ihren Körper zu fahren. Die Arme zuckten wild umher. Ein ärgerliches Knurren folgte.

»Es wirkt«, jubelte Jacobs.

Hildegard trat ein paar Schritte zurück. Nun könnte es heikel werden.

Christa kippte mit dem Oberkörper nach vorn. Murmelte diabolisch klingende Wörter. Dann verharrte sie einige Sekunden und richtete sich auf.

»Wo ... bin ich?«, fragte sie.

Hildegard schob den Rollator vor die Treppe des Altars, stellte die Bremsen fest und nahm auf dem schmalen Sitz Platz. »In Buckbuhr, meine Liebe.«

Christa runzelte die Stirn. »Buckbuhr?« Dann erspähte sie Tjarko, der sich mit verschränkten Armen an das Taufbecken gelehnt hatte. Abrupt stützte sie sich auf, kam wankend in den Stand und schlang ihre Arme um ihn. »Tjarko ... ich wusste, dass du zu mir zurückkehrst.«

Leicht angewidert schob er sie von sich weg. Ein fauliger Geruch strömte ihm entgegen.

»Herrgott, mir ist ganz schön schwindelig«, nuschelte sie und stützte sich am Taufbecken ab. »Aber es geht schon wieder. Kann mich an nichts erinnern. Außer, dass ich im Wagen saß. Da fällt mir eine alte Geschichte ein ...«

Während Christa wie ein Wasserfall brabbelte, blickte Tjarko hilfesuchend zu seinen Freunden. Eugen Jacobs machte eine beschwichtigende Handbewegung und grinste breit.

Der Landwirt verstand und beschloss, die nächsten Minuten einfach auf Durchzug zu stellen. So schwer es ihm auch fiel. Eugens gesegneter Likör schien wahre Wunder bewirkt zu haben. Christa war nicht mehr zu bremsen. Sie redete sich vollkommen in Rage. Als würde eine geschüttelte Coladose geöffnet, sprudelten die Sätze ohne Punkt und Komma aus ihr heraus.

Tjarko zwinkerte Eugen zu. Ein perfekter Plan. Lange würde es die verlorene Seele, die es sich in ihrem Hirn bequem gemacht hatte, nicht mehr aushalten.

»Wo war ich stehen geblieben?«, sagte Christa. Für einen Moment blitzte etwas in ihren Augen. Grau und leblos. Doch als sie erneut loslegte, erhellte sich ihr Blick. Eine Hand legte sich auf Tjarkos Brustkorb. »So ein stattlicher Kerl. Hoffe, du hast alle meine Postkarten erhalten.«

Ein Kichern von den Kirchenbänken.

Ärgerlich blickte Hildegard zu Lüders. »Sei still da hinten. Sonst wird sie nur abgelenkt.«

Er schlug die Beine übereinander und schien das Schauspiel zu genießen.

Aus heiterem Himmel streckte Christa die Zunge heraus. Zischende und gurrende Laute krochen aus ihr heraus. Ihr Gesicht verwandelte sich in eine absurde Fratze. Mit einem

Satz wandte sie sich um, stürzte brüllend in Richtung Taufbecken und trat mit voller Wucht dagegen. »Dieses ewige Reden!«, raunzte sie mit krächzender Stimme. »Ich bekomme Kopfschmerzen davon.«

Christa taumelte rückwärts, strauchelte und klatschte der Länge nach auf den Boden. Mit weit aufgerissenen Augen starrte sie an die Kirchendecke. »Ist mir doch glatt schwindelig geworden«, sagte sie mit ihrer gewohnten Quäkestimme. Ein dunkles Knurren kam über ihre Lippen. Sie riss die Augen auf. »Ich kenne euren Plan, ihr elenden Bastarde«, blökte sie mit rauer Stimme.

»Die ist ja vollkommen gar in der Birne«, krähte Lüders.

Tjarko ging neben ihr in die Hocke.

»Komm mir ja nicht zu nahe!«, zischte sie.

»Sie braucht Nachschub!« Tjarko blickte fordernd zum Pastor. Der zückte einen weiteren Likör, schoss nach vorn und drückte dem Landwirt die Flasche in die Hand. Tjarko drehte den Verschluss auf und schüttete den Inhalt in Christas Rachen.

»Nun wird es spannend«, sagte Jacobs entzückt.

Sie hustete, blinzelte und blickte sich verwirrt um. »Was ist passiert?«

»Hitzestau«, raunzte der Landwirt mit entnervten Blick.

»Ach was.« Christas Blicke erhellten sich. »Ich dachte, ich müsste sterben.« Dann spitzte sie ihre Lippen und hauchte: »Mein Retter.«

»Hört, hört«, kam es von Lüders. Neugierig erhob er sich von der Kirchenbank und kam nach vorn. Nun wurde es endlich interessant.

Ein infernalisch lautes Grollen von draußen ließ urplötzlich die Kirche erbeben. Es klang, als würde eine Horde Touristen zur Fähre hetzen. Gleichzeitig sprang die Kirchentür auf. Der Landwirt starrte ungläubig über die Kirchenbänke. Eine zierliche Gestalt kam auf ihn zu.

»Steffi?«, fragte er, vollkommen durcheinander.

»Tjarko ... verdammt ... was ist hier los?«

»Äh ...« Ein wirklich furchtbar fieses Gefühl waberte in seiner Magengegend. Getrampel hallte durch die Kirche, untermalt von aufgeregtem Muhen.

»Egal. Ich hau jetzt sowieso ab.« Steffi wies mit einer Hand hinter sich. »Ist es normal, dass Kühe um diese Uhrzeit bei euch auf der Straße laufen?«

»Lass mich gleich alles erklären«, sagte Tjarko, winkte Hassan zu sich und hetzte mit ihm, an Steffi vorbei, aus dem Gotteshaus. »Klaus, setz dich zu Christa und lass dich unterhalten«, sagte er im Vorbeigehen zu seinem Schwager.

Jacobs winkte einladend von vorn, während Steffi sich auf einer Bank niederließ und ungläubig das verrückte Spektakel beobachtete. Wo in Gottes Namen war sie hier nur gelandet?

Tierarzt Münnings hatte sich noch nicht mal die Zeit genommen, eine Hose über seine mit Palmen bedruckte Boxershorts zu ziehen. Aufgeschreckt von einer Herde Rinder, die an seinem Haus vorbeipreschte, war er aus dem Haus gestürmt, hatte sich geistesgegenwärtig seinen alten Drahtesel geschnappt und trat nun mit Volltempo in die Pedale.

Voran galoppierte Mutter Maria, Tjarkos schlohweißer Bulle. Dahinter mindestens dreißig junge Kühe.

Aufgeregt muhend sausten sie im Gänsemarsch über die Dorfstraße Richtung Ortsmitte. Fokko gelang es, sich mit dem Rad seitlich an die Herde heranzubringen. Er pfiff durch die Zähne und schaffte es wenigstens, dass sich zumindest einige Tiere nicht von der Truppe lösten. Inzwischen war er knapp fünfzig Meter von der Kirche entfernt. Verwundert sah er auf eine Frau, die vor Eugens Haus stand und im Begriff war, in ihren Wagen zu steigen. Er winkte ihr zu und rief: »Bleiben Sie, wo Sie sind.« Nach einem flüchtigen Blick zur Kirche, aus deren Fenstern ein fahles Licht schien, bat er die zierliche Dame, in die Kirche zu eilen, um Hilfe zu holen. Jacobs hielt sich, wenn er mal wieder nicht schlafen konnte, gern auf den Kirchenbänken auf und hielt dort sein Nickerchen. Mutter Maria stoppte. Die Rinder taten es dem Bullen gleich. Dann, als hätten sie es untereinander abgesprochen, reihten sie sich zu jeweils fünf Tieren hintereinander auf und blickten gleichzeitig zu Münnings. Der bremste scharf, stieg vom Fahrrad und schlich an ihnen vorbei.

Mutter Maria schabte mit den Klauen auf dem Asphalt.

»Ruhig, mein Lieber«, sagte Münnings leise.

Dann warf er einen Blick nach vorn und traute kaum seinen Augen, als Tjarko mit seinem besten Freund an der Seite auf die Straße rannte und stehen blieb. Mit einem Nicken grüßte der Landwirt den Tierarzt, ging auf seinen Bullen zu und streckte eine Hand aus. Maria schleckte ihm über die Finger, während Tjarko ihm zuzuhören schien, um dann lautlos die Lippen zu bewegen. Die beiden schienen einen kleinen Plausch zu halten. Kurz darauf strich der Landwirt seinem Tier über den gewaltigen Kopf, überlegte einen Moment und kam mit erhobenen Händen auf Fokko zu.

»Keine Fragen, bitte«, sagte Tjarko.

Münnings stemmte die Arme in die Hüften. »Was verdammt machst du hier?«

»Würde zu lange dauern, um dir das zu erklären.«

374

»Geisterjagd?«, fragte Fokko trocken.

»Wie kommst du denn darauf?«

»Na, wenn dein Bulle mitten in der Nacht mit einer Horde vom Hof abhaut, kann das nur was mit deinem Hobby zu tun haben.« Mit einer schnellen Handbewegung wischte er sich Mücken von der Nase. »Oder sehe ich das falsch?«

»Nur eine kleine Sache. Morgen bin ich wieder verschwunden«, erwiderte Tjarko.

Münnings beobachtete aus den Augenwinkeln, das Hassan recht nervös wirkte. »Also, was wollen die Viecher hier?«

Tjarko seufzte. »Maria wollte nur nach dem Rechten schauen und hat sich Verstärkung mitgebracht.«

»Aha. Das hat er dir gesagt?«

»Ja, hat er.«

»Tjarko, der Kuhflüsterer.«

»Ist jetzt auch egal. Kannst du die Herde zurück auf den Hof bringen?«

Münnings holte tief Luft. »Ich?«

»Ja, du. Ich habe gerade alle Hände voll zu tun. Brauchst nur mit dem Rad zum Stall zu fahren. Die werden dir schon folgen. Hassan, magst du ihn begleiten?«

Sein Freund nickte seufzend.

»Damit ihr euer Problem lösen könnt?«, fragte Fokko.

»Genau«, erwiderte Tjarko und schickte ein leises »Danke«
hinterher.

Im Gotteshaus hatte der Pastor mittlerweile Christa
aufgerichtet und sie mit dem Rücken an die Wand gelehnt.
Klaus stand bei ihm und klatschte in die Hände, als er Tjarko
erblickte.

»Du hast was verpasst, Schwager«, lachte er hämisch.

Christa fauchte wie ein Löwe auf Kokain. Sie bleckte die
Zähne und kicherte irre. Wie ein Mehlsack klatschte sie zurück
auf den Boden und ruderte wild mit den Gliedmaßen, als ob
sie einen Schneeengel machen würde.

Jacobs zuckte mit den Schultern. »Irgendwas scheint mit
meinem Likör nicht zu stimmen.«

Tjarko nahm die drei Stufen zum Altar mit einem Schritt
und ging vor Christa in die Hocke. Egal, wie sehr sie ihm auf
die Nerven gegangen war. Einen ewig schlecht gelaunten
Poltergeist in ihrem Körper würde selbst er ihr nicht gönnen.
Es half nichts. Er musste über seinen Schatten springen.
Professionell handeln, so wie er es jahrelang als Geisterjäger
getan hatte.

Er musste Christa genau da erreichen, wo er sie emotional
berühren würde. Und so öffnete er den Mund, zögerte einige
Sekunden, um zu sagen: »Mach die Augen auf, mein Schatz.«

Steffi seufzte verärgert, stand auf und stürzte aus der Kirche. Man konnte es ihr nicht verdenken. Hildegard blickte zu Tjarko, schnappte sich ihren Rollator und folgte ihr.

Zaghaft öffnete Christa die Augen. Als sie den Landwirt erblickte, erhellten sich ihre Gesichtszüge. »Oh, da bist du ja«, sagte eine krächzende Stimme.

Das war nicht sie. Ein lebloser, trüber Blick starrte ihn an.

Tjarko atmete tief ein. Er musste es sagen.

»Willst du mich heiraten?«

Mit einem Mal schien sich sein Gegenüber zu berappeln. Griff nach seiner rechten Hand und zog sie an ihre Brüste. »Ich wusste es. Ja, ich will dich. Für immer, mein starker Bauer.«

Lüders brach in schallendes Gelächter aus.

Tjarko grunzte laut und warf einen hilflosen Blick in die Runde.

Eugen machte eine Handbewegung, als ob er an etwas kurbeln würde.

Tjarko verstand. »Schatz, lass uns noch etwas plaudern.«

Christa ließ sich nicht zweimal bitten. »Hach, wenn wir Eheleute sind, kannst du mich ja bekochen. Ich mag am liebsten Semmelklöße. Mit viel brauner Butter oben drauf. Und als Nachtisch massiere ich dir deine Füße.«

Um der Leserschaft weitere verbale Ergüsse zu ersparen, sei erwähnt, dass Christa eine halbe Stunde ohne Unterlass brabbelte. Zum Abschluss stieß sie ein lautes, grunzendes Geräusch aus und schlief auf der Stelle ein.

Nach ein paar Minuten absoluter Stille wieselte Jacobs zum Taufbecken, nahm eine Handvoll geweihtes Wasser, um es dann mit leisem Murmeln auf Christa zu verteilen. Dann sagte er: »Sie ist befreit.«

Lüders, der es sich auf der Treppe zur Kanzel gemütlich gemacht hatte, horchte auf. Ein Kichern hallte durch die Kirche. Gefolgt von einem Flackern der Kerzen. Dann folgte Stille. Nichts. »War es das endlich?«, fragte Klaus.

Eugen nickte. »Ja, warum?«

»So schnell? Hab mich auf ein riesen Spektakel gefreut.«

Der Pastor runzelte die Stirn. »Was hast du erwartet? Feuer, glühende Augen und ein riesen Zinnober?«

Lüders war das jetzt völlig schnuppe. Er war hundemüde und musste dringend ins Bett.

Ächzend richtete sich Tjarko auf. »Steffi«, fluchte er. Er musste so schnell wie möglich etwas klären. Als der Landwirt mit langen Schritten davon hetzte, übersah er dummerweise die Stufen zum Altar und geriet ins Straucheln. Ein stechender Schmerz schoss vom Fuß direkt in sein Hirn. Er schrie auf, versuchte Halt zu finden und krachte mit seinem ganzen Gewicht in die vorderen Kirchenbänke.

»Scheiße!«, fluchte er. Mit einem Blick nach unten musste er feststellen, dass der rechte Fuß merkwürdig zur Seite hing. Kurz danach verließen ihn alle Sinne. Tjarko grunzte und ihm wurde schwarz vor Augen. Dumpf hörte er nur seinen Schwager sagen: »Nun übertreibt er aber.«

»Halt den Mund und ruf einen Rettungswagen«, blaffte ihn Eugen an.

Vor dem Pfarrhaus kurvte währenddessen Steffis Wagen auf die Landstraße. Hildegard setzte sich auf ihren Rollator und blickte dem Auto hinterher. Ein Lächeln huschte über ihr Gesicht. Sie kramte eine Zigarette heraus, steckte sie lässig in einen Mundwinkel und tastete vergeblich nach dem Feuerzeug. »So ein Mist«, fluchte Hilde in sich hinein. Ächzend pellte sie sich vom Rollator. Warf einen kurzen Blick in den nachtschwarzen Himmel und lauschte den Grillen, die aus den Gräsern um die Wette zirpten. »Das ist noch nicht das Ende der Geschichte«, flüsterte sie und schickte einen lauten Seufzer hinterher.

Geschwister

Hundsmiserabel und vollkommen durcheinander. So ungefähr könnte man beschreiben, wie sich Tjarko fühlte. Als er aus der Narkose aufgewacht war, hatte der Landwirt zwei Tage gebraucht, um einigermaßen klare Gedanken fassen zu können. Der Fuß schmerzte wie Hölle. Mit ein paar Schrauben hatten Ärzte im Auricher Krankenhaus seinen Flunken wieder zusammengeflickt. An die letzten Tage konnte er sich nur vage erinnern, und zu der furiosen Nacht in der Kirche fiel ihm rein gar nichts mehr ein.

Egal. Der Geist hatte seine Ruhe gefunden, und Steffi war weg.

Eine gute und eine weniger gute Nachricht. Am liebsten wäre es ihm gewesen, dass Zweiteres für immer aus seinen Hirnwindungen verschwunden wäre. Ein entschlossenes Klopfen an der Tür. Bevor er antworten konnte, ging diese auf und Lüders kam, einen roten Kinderwagen vor sich herschiebend, in das Zimmer stolziert. Dahinter erschien Nicole. Ihre langen Haare waren nach oben gesteckt, die Augen müde und blutunterlaufen. Tjarko hätte sich am liebsten unter der Bettdecke verkrochen. So wie Nicole ihn ansah, war sie hundertpro stinksauer. Indes stellte sein Schwager den Kinderwagen in eine Ecke. So vorsichtig, als befände sich darin ein Kilo Sprengstoff. Er warf einen prüfenden Blick hinein und flüsterte: »Sie schläft, mein Schatz.«

Nicole nickte und setzte sich wortlos an Tjarkos Bettkante. Der verzog das Gesicht und stöhnte leise.

»Tut weh, oder?«, fragte sie.

Er nickte und vermied jeglichen Blickkontakt.

»Hast du dir irgendwie verdient, du Idiot.«

Tjarko nickte abermals. Sie hatte Recht, da gab es kein Vertun.

Nicole legte eine Hand auf die seine, was ihn extrem verwunderte.

»Hör mal zu ... lüg mich nie, nie wieder an.«

»Ich hab nicht gelogen«, erwiderte er.

Sie seufzte. »Du hättest mich anrufen können. Schweigen ist manchmal wie Lügen.«

»Du hattest eine Geburt hinter dir. Wollte dich nicht aufregen.«

Nicole ließ seine Hand los und holte tief Luft. Jetzt gab es Backenkrabbe. Tjarko richtete sich auf und wartete auf die Standpauke.

Stattdessen stand Nicole auf, beugte sich über den Kinderwagen und holte vorsichtig ein kleines Bündel heraus. Tjarko reckte den Hals. Ein winziges Händchen kam zum Vorschein. Ohne Vorwarnung legte sie ihm das Baby behutsam auf den Bauch und hielt es mit einer Hand in Position.

»Das ist Ann-Kathrin. Meine Tochter«, erwähnte Nicole. Ein Lächeln huschte über ihr Gesicht.

Dieses winzige Gesicht, dachte er. Richtige Worte würden ihm jetzt sowieso nicht einfallen. Eine wohlige Wärme strahlte über seinen Bauch. Und der Duft ... so also rochen Babys. Irgendwie nach Zuckerwatte. Und nach Nivea Creme, die ihm seine Mutter früher kiloweise auf die picklige Haut geschmiert hatte.

»Sie sieht wenigstens nicht so aus wie Klaus«, kam es über seine Lippen, obwohl er es nicht aussprechen wollte.

Nicole warf ihm giftige Blicke zu, nahm Ann-Kathrin zu sich und legte sie zurück in den Kinderwagen. Dann ließ sie sich wieder neben ihm nieder. Lüders hatte es sich auf einem Plastikstuhl gemütlich gemacht und hielt komischerweise sein Mundwerk.

»Keine Entschuldigung? Nichts?«, sagte sie leise.

»Tut mir leid. Kommt nie wieder vor.«

Wortlos kramte sie einen Brief aus der Handtasche und legte ihn auf sein Kopfkissen. »Das solltest du lesen, du Knallkopf.«

Er äugte zur Seite und griff danach.

»Eine Rechnung?«, fragte er.

Nun meldete sich Lüders zu Wort. »Von deiner Liebsten, du Arsch.«

Verärgert wandte sich Nicole an ihren Mann. »Ist besser, wenn du dir mit unserer Tochter ein wenig die Beine vertrittst. Denk dran, in einer halben Stunde muss ich sie stillen.«

Kleinlaut verließ er wenig später das Zimmer und schloss leise die Tür hinter sich.

Nicole blickte aus dem Fenster. Kleine Regentropfen prasselten gegen die Scheibe. »Der erste Regen seit Wochen«, sagte sie.

»Kann sein. In Hessen hat es geschüttet wie aus Eimern.«

»Wie war es denn ... bisher?«

Bisher. Es waren ja nur knapp fünf Tage, wenn man den

Ankunftstag abzog. Ja, verdammt, er hatte ein schlechtes Gewissen. Keine Frage. Aber irgendwie spürte er, dass seine Schwester keine Rechtfertigung von ihm erwartete. Es war ja auch einiges schief gegangen. Eine verpatzte Liebe und dazu noch eine besessene Christa. Christa, genau, so hieß sie doch. Ob sie das ganze wohl unversehrt überstanden hatte?

Gedankenverloren blickte er an Nicole vorbei.

»Tjarko, ich hab dich was gefragt.«

»Ja, ja. Was war das nochmal?«

»Wie es in Hessen war.«

»Besser, als ich dachte«, erwiderte Tjarko.

»Hättest ja da bleiben können.«

Endlich. Darauf hatte er doch gewartet.

Nach dem Small Talk nun die Retourkutsche. Er brummte leise, was in etwa »Hast ja Recht«, heißen sollte.

»Soll dich von Steffi grüßen.«

So beiläufig, wie sie das sagte, hätte Tjarko lediglich »Grüß zurück« geantwortet. Blitzschnell schienen all seine Sinne wieder auf Zack zu sein. Er richtete sich ächzend im Bett auf, fummelte an einer Tastatur, die am Bett angebracht war, herum und ließ sein Rückenteil höher fahren.

»Moment ... wieso Steffi?«

»Lies den Brief«, sagte Nicole.

»Warum sollte ich?«

Sie riss ihm seine Post aus den Händen und öffnete das Kuvert. »Hier, bitte.«

Er zog eine Karte heraus. Starrte auf ein furchtbar hässliches Motiv mit einer lila Kuh vor einem Bergpanorama. Wendete sie und las zwei Worte:

DU NASE

Wie? Mehr nicht? Nur zwei Wörter, die ihm gerade so gar nichts sagten. Stirnrunzelnd schob er die Nachricht zurück in den Umschlag und legte ihn auf den Nachtschrank.

»Ich hab mit ihr telefoniert.« Nicole rutschte näher an ihn heran.

»Bitte? Was? Wie? Versteh gar nichts mehr.«

»Tjarko, du kannst dich bei Hildegard bedanken. Bevor sie fuhr, hat sie ihr meine Telefonnummer zugesteckt. Und scheinbar irgendwas gesagt, was sie bewogen hat, mich gestern anzurufen.«

Ihr Bruder schien jeglichen Schmerz vergessen zu haben und winkelte die Beine an. Eine Schiene plumpste auf den Boden.

»Was ... hat sie gesagt?«

Nicole lächelte. »Du bist verknallt, oder?«

Sein Quadratschädel lief dunkelrot an.

»Ja, bin ich. Oder war ich. Ist jetzt auch egal. Sie ist weg.«

Ohne zu klopfen, betrat ein Arzt das Zimmer. Klein, breit, kompakt und mit einem weißen Kittel, der über den Boden schleifte.

»Guten Tag, Herr Behrens«, sagte er trocken. »Ich bin der Chirurg und habe Sie operiert.« Er trat an das Bett. Nicole erhob sich und ging zur Seite. Ruppig zerrte er die Decke von Tjarkos Beinen.

»Wo ist Ihre Lagerungsschiene? Drei Tage dürfen Sie den Fuß in keiner Weise bewegen.«

»Runtergefallen«, brummte Tjarko.

»Nun denn. Komplizierter Bruch war das. Da haben Sie nochmal Glück gehabt. Sie müssen nach dem Aufenthalt direkt in die Rehaklinik.«

Nicole lachte leise auf.

»Äh, muss das sein?«, fragte der Landwirt.

»Ja, muss. Wir kooperieren mit einer hervorragenden Klinik. Ist zwar etwas weiter weg, aber ein schöner Ort.«

»Ich muss Kühe melken, Mais muss rein und sowieso ... das geht nicht.«

Der Knochenklempner kratzte sich den grauen Lockenkopf. »Geht wohl. Wie wollen Sie denn so Kühe melken?«

Tjarko überlegte. Ihm fielen keine Widerworte ein. »Wo soll es hingehen?«, fragte er mürrisch.

»Bad ... Sooden ... Allendorf.«

»Oh je.«

»Genau. Unsere Sozialarbeiterin hatte sich den Mund fusselig geredet. Die wollten Sie partout nicht aufnehmen. Angeblich sind Sie da vor Kurzem einfach so abgehauen.«

»War ein Notfall.«

Der Arzt nickte Nicole zu. »Nun denn. Ihnen und Ihrer Frau noch einen netten Nachmittag.« Gerade im Begriff, den Raum zu verlassen, blieb er stehen und wandte sich um. »Tjarko Behrens ... sind Sie nicht der ehemalige Geisterjäger?«

»Könnte sein.«

Der gewichtige Akademiker grinste. »Unglaublich. Ich habe von dem Fall in Neukamperfehn gehört. Der mit den besessenen Schafen. Ist schon Jahre her. Beschäftige mich auch mit dem Paranormalen. Nur ein Hobby von mir.«

»Na dann. Entschuldigen Sie, ich habe Schmerzen.« Tjarko stöhnte leise und fuhr sein Bett in Liegeposition.

»Ich hole sofort den Stationsarzt. Und wenn Sie mal einen Wunsch haben, lassen Sie es mich wissen.«

Nachdem der Chirurg verschwunden war, ließ Tjarko sich seufzend zurück in die Kissen fallen. Er schloss die Augen und wünschte sich auf der Stelle in seinen Kuhstall zurück. Da war die Welt wenigstens noch in Ordnung. Keine Sorgen, nur eine Menge Heu und sein Vieh.

Nicoles Handy klingelte. Sie kramte es hervor und hob ab.

»Für dich.« Sie reichte ihm das Telefon.

Stirnrunzelnd nahm er es entgegen und wurde kurz danach leichenblass. »Steffi? Warum ...«, stotterte er.

Und während Tjarko lauschte, verließ seine Schwester das Zimmer.

Vor der Tür wartete Klaus auf sie. Ann-Kathrin quäkte leise.

»Können wir endlich nach Hause?«, fragte er.

Sie winkte ab. »Ich muss noch stillen.«

»Hier?«

»Keine Sorge. Ich geh gleich wieder zu Tjarko. Er braucht ein paar Minuten für sich.«

»Dann sieht er deine Brüste, Nicole.«

Sie schnappte sich schulterzuckend den Kinderwagen. »Na und? Er ist mein Bruder. Schon vergessen?«

Lüders legte ein Ohr an die Zimmertür. »Mit wem redet der?«

Nicole winkte ab. »Mit niemanden. Und nun, Abflug, Herr Lüders.«

Im beschaulichen Buckbuhr schloss Hassan sein Geschäft ab und klebte ein Schild an das Schaufenster. Bis auf Weiteres geschlossen. Es half nichts. Er brauchte nach der ganzen Tortur dringend eine Pause. Ein oder zwei Wochen vielleicht. Oder auch mehr. Erleichtert atmete er tief ein. Es roch, wie es immer in dem Ort duftete. Nach frischer Seeluft und einem Hauch Gülle. Hühner gackerten von irgendwoher. Rasenmäher surrten, obwohl es leicht regnete. Ein Trecker tuckerte an ihm vorbei. Senioren grüßten freundlich und zogen ihre Hunde hinter sich her.

Alles war wie immer in Ostfriesland. Na, nicht ganz. Es gab eine verlorene Seele weniger. Aber das interessierte weder die meisten Dorfbewohner noch die gackernden Hühner.

Wie es der Zufall so wollte, schlenderte Jacobs auf dem Gehweg, winkte fröhlich und gesellte sich zu ihm. Mit prüfenden Blicken las er das Schild. »Ach, du schließt den Laden?«

»Nur für eine gewisse Zeit. War etwas zu viel in den letzten Tagen.«

Eugen nickte zustimmend. »Ich habe immer noch Christas Gequatsche in den Ohren.«

Hassan schmunzelte. »Der geht es wieder gut?«

»Besser denn je, glaub mir.«

Hassan blickte fragend.

Der Pastor schnippte mit dem Finger und schob mit einem Augenzwinkern hinterher: »Die Macht der Hypnose.«

»Na dann. Danke nochmal, dass du mir geholfen hast.«

»Sind ein prima Team. Vielleicht sollten wir das Ganze wieder aufleben lassen.«

Abwehrend hob Hassan die Hände. »Ganz bestimmt nicht. Das war definitiv mein letzter Geist. Ich gehe in den Ruhestand und Tjarko definitiv auch.«

Eugen blickte enttäuscht. Dann kramte er einen Zettel aus der Hosentasche. »Eigentlich wollte ich noch eine Packung Butter bei dir kaufen. Ich will backen.«

»Sorry, ich habe keine Kühlware mehr gelagert. Was soll es denn geben?«

»Käsekuchen. Depsholter Käsekuchen. Das Gebäck ist wirklich ein Gedicht.«

Hassan erklärte, dass er sich die Butter leider in Westerende besorgen müsste. Der Gemeindepastor nahm es mit einen beleidigten »Nun, dann ist das so« hin und zog pfeifend von dannen.

Hassan blickte ihm einen Moment nach und stieg in seinen Wagen. Seufzend ließ er sich in den Sitz fallen.

Eine Woche noch, dann würde er mit Fatime seinen ersten

Urlaub seit Jahren verbringen. Irgendwie musste er ja seine Zusage an Nicole, ihren Bruder zur Kur zu fahren, möglichst angenehm für seine Frau verpacken.

Und außerdem hatte selbst er eine Auszeit von den Geschichten dringend nötig. Durch den Rückspiegel warf er einen Blick zur Kirche, startete den Motor und glaubte für einen winzigen Moment ein dunkles, raues Kichern zu hören.

»Verpiss dich«, sagte er leise in sich hinein, stellte das Radio an und fuhr fröhlich pfeifend davon.

Jubeltag

Eine schier endlose Schlange an Autos parkte an der Buckbuhrer Hauptstraße und brachte den Verkehr zum Erliegen. Orgelmusik erklang aus der Kirche. Heerscharen von festlich gekleideten Gästen strömten vom Parkplatz zum Gotteshaus und erhofften, die besten Plätze zu ergattern. Neugierige Passanten standen an den Bürgersteigen und reckten die Hälse. So wie man es immer tat, wenn sich im Dorf etwas ereignete. Obwohl an diesem Tag im September leichter Regen einsetzte, ließen es sich einige nicht nehmen und beobachteten das rege Treiben von einem Gartenstuhl aus. An der Eingangstür der Kirche stand Eugen Jacobs und begrüßte jeden Besucher mit einem freundlichen Handschlag. »Guten Tag, schön, dass Sie da sind«, sagte er höflich und äugte an einem älteren Ehepaar vorbei. Rücksichtslos drängelte er sich durch die Menge. »Hildegard. Du bist zu spät«, schimpfte er.

Hilde warf einen Blick über die Schulter. »Christa und ihr Freund suchen noch einen Parkplatz. Scheinbar ist heute ganz Ostfriesland gekommen.«

»Die Qualität meiner Gottesdienste hat sich wohl herumgesprochen«, kicherte Jacobs und hakte Hildegard unter.

Breit grinsend begleitete er sie an der wartenden Menge vorbei und wies mit dem Kinn nach vorn. »Du setzt dich einfach neben den Gitarrenchor. Die haben Plätze direkt an der Kanzel.«

»Gitarrenchor?« Hilde verzog das Gesicht.

»Keine Sorge. Das sind gute Musiker aus Aurich«, bemerkte Eugen grienend. »Oder glaubst du, ich hätte die Stümper aus unserem Dorf engagiert?«

Hilde lachte und schickte einen brodelnden Hustenanfall hinterher.

Ermahnend sah der Pastor sie an. »Lass die Zigaretten weg, meine Liebe.«

Sie winkte ab und schob sich mit dem Rollator durch die vollbesetzten Bänke. Klaus Lüders wieselte wie ein schwangeres Kaninchen an ihr vorbei. Hilde hätte ihn beinahe nicht erkannt. Der Kerl hatte sich aber so richtig in Schale geworfen. Ein dunkelgrauer Anzug, weißes Hemd und rote Fliege.

»Moin Hilde«, grüßte er. »Hast du meine Nicole gesehen? Sie wollte mit der Kleinen nur Pipi machen gehen. Ist schon längst überfällig.«

Hilde verneinte. Lüders hatte sich inzwischen zu einem perfekten Helikoptervater entwickelt. Am liebsten wäre er jeden Tag mit in den Kinderhort gegangen.

»Ich meine, ich hätte einen dunklen Wagen gesehen. Nicole hatte ein Sack oder so auf dem Kopf«, zischte sie genervt.

Klaus riss die Augen auf und meinte, er würde sich verarscht fühlen.

Die Glocken begannen zu läuten. Schnell fanden auch die letzten Gäste einen Platz. Eine erwartungsvolle Ruhe setzte ein. Hassan begleitete seine Frau, die mit ihrem gewagten Cocktailkleid zauberhaft aussah, an ihren Platz und positionierte sich vor dem Altar. Christa, die gekleidet war wie ein explodierendes Tischfeuerwerk, raunzte leise ihren blassen Freund an und quetschte sich mit ihm in eine schon vollbesetzte Bankreihe. Ein älterer Herr neben ihr beschwerte sich mit zischelnden Worten.

Dann war es so weit. Der Bräutigam erschien.

Einige steckten sogleich die Köpfe zusammen und tuschelten aufgeregt. Hassan trat einen Schritt nach vorn und winkte. Tjarko sah fantastisch aus. Für den maßgeschneiderten

Anzug hatte er extra sein Gewicht gehalten. Schwarz glänzender Stoff, ein kragenloses Sakko, dazu ein weißes Hemd mit Weste. Nur auf die Krawatte hatte er stur verzichtet. »Hab das Gefühl, ich ersticke«, hatte er bei dem Herrenausstatter geflucht. Nun denn, auch ohne Schlips wirkte der Landwirt wie frisch lackiert. Kein Wunder, dass die zahlreichen Gäste so verwundert reagierten.

Mit leicht zitternden Knien umarmte Tjarko seinen besten Freund und warf Fatime einen Luftkuss zu. Nach einem tiefen Seufzer flüsterte er: »Ich bin scheißenaufgeregt.«

Hassan lächelte. »Ich auch.«

Eugen schritt durch die Reihen. Mit seiner neuen Frisur wirkte er um mindestens zehn Jahre jünger. Vor einer Woche hatte er sich beim hiesigen Barbier den langen Schopf abschneiden lassen. Die Haare mit Pomade nach hinten gekämmt, das Kinn frisch rasiert. Zur Feier des Tages, hatte er dazu bemerkt.

Schließlich hätte niemand gedacht, dass Tjarko jemals den Bund der Ehe eingehen würde. Eine Sensation, die sich vor ein paar Monaten wie ein Lauffeuer im Dorf und darüber hinaus verbreitet hatte. Der Seniorenkreis hatte sogar einen rustikalen Polterabend organisiert. Eine Woche vor dem Hochzeitstermin. Trotz alkoholfreier Getränke wurde im

Gemeindehaus ausgelassen gefeiert. Es war sozusagen das Jahrhundertereignis in dem kleinen Buckbuhr. Der Landwirt genoss inzwischen einen guten Ruf. Und viele zeigten sich überrascht, dass Steffi vom ersten Tag an jeden mit einem freundlichen Moin begrüßte. Unabdingbar für eine schnelle Integration im gesamten Landstrich. Mehr brauchte es nicht.

Selbst die wenigen Bewohner aus dem Örtchen Depsholt waren gekommen. Und das sollte schon was heißen.

Jacobs bat Hassan auf einen Stuhl. Tjarko war drauf und dran, sich ebenfalls niederzulassen. Lächelnd deutete Eugen mit dem Kinn Richtung Ausgang.

Nicole konnte ihre Rührung nicht verbergen. An ihrer Hand trippelte Ann-Kathrin in einem weißen Kleidchen und streute Blumen aus einem Korb. Klaus Lüders wackelte hinterher und griente über beide Ohren. Orgelmusik setzte ein. Tjarko kam alles vor wie in einem Film. Jetzt war es so weit. Herrgott, warum hatte er so ein dämliches Flattern in den Beinen? Theoretisch war er schon verheiratet. Die standesamtliche Trauung im Pilsumer Leuchtturm war wirklich schön gewesen. Wenn auch eng und kuschelig, aber mit Ausblick auf das Wattenmeer ein unvergesslicher Moment. Doch das hier übertraf nun alle seine Erwartungen. Ann-Kathrin als Blumenmädchen. Er war so dermaßen stolz auf seine Nichte. An jedem Wochenende nahm er sie mit zum Kuhmelken oder fuhr mit ihr auf dem kleinen Hoftrecker durch die Gegend, obwohl sein Schwager das für eine unverantwortliche Idee hielt. Ein Leben ohne sie konnte er sich nicht mehr vorstellen.

Er blickte auf. Ein Raunen ging durch die Menge.

Jannes, sein neuer Schwager, den er weiterhin liebevoll Meister Proper nannte, öffnete die Tür, nickte lächelnd und hakte Steffi unter.

Tjarko blieb die Luft weg. Sein Körper bebte.

Steffi wirkte wie aus einer anderen Welt. So wunderschön, dass er es nicht fassen konnte. In einem klassischen weißen Brautkleid, mit einem Blumenkranz auf den geflochtenen Haaren. Handschuhe aus glänzendem Samt. Das Kleid bis zum Boden, dahinter eine lange Schleppe. In der hereinbrechenden Sonne glitzerten winzige Steinchen auf dem Stoff.

Und es kam, wie es kommen musste. Tjarko begann zu flennen. Nicht so, dass man es nicht mitbekommen hätte. Er schluchzte so laut, dass selbst die Orgel übertönt wurde. Hassan heulte mit, natürlich aus reiner Solidarität. Fatime stand auf und reichte ihm ein Taschentuch. Der Moment, an dem die Braut mit ihrem Bruder förmlich durch die Reihen zu schweben schien, zauberte selbst dem härtesten Dorfbewohner ein Tränchen in die Augen. Eigentlich heulte die gesamte Hochzeitsgesellschaft.

Tjarko reichte Steffi eine Hand. »Sind ein wenig feucht«, flüsterte er.

Sie lächelte. Von Nahem sah sie noch zauberhafter aus. Ihre leuchtenden Augen waren dezent mit schwarzem Kajal geschminkt. Die Lippen rot wie eine blühende Mohnwiese. Jannes gab Tjarko einen freundschaftlichen Klaps auf den Rücken und suchte seinen Platz auf.

Doch der Landwirt hatte nur Augen für seine Frau. Steffi sortierte ihre Schleppe und nahm Platz. Er jedoch stand nur da und konnte den Blick nicht von ihr wenden..

»Setz dich zu mir, Schatz«, sagte sie.

Eugen kam auf sie zu, bekreuzigte sich und grinste über beide Backen. Die Glocken verhallten, das Orgelspiel setzte aus.

Gespanntes Warten der Gemeinde.

»Schön, dass ihr alle gekommen seid. Da sieht man, dass unser Dorf durchaus noch funktioniert«, sagte er.

Hier und da Gelächter aus den Bänken.

Er wandte sich an das Paar.

»Ich hätte nicht gedacht, dass ich diesen Moment noch erleben darf«, fuhr er fort. »Unser Tjarko kommt endlich unter die Haube. Und das mit der wohl bezauberndsten Dame, die ich jemals kennengelernt habe.« Er blickte auf die vordere Reihe. »Außer Nicole und ihrer Ann-Kathrin natürlich.«

Nicole lachte leise auf.

Jacobs warf ihr einen freundlichen Blick zu und fuhr fort. »Also, es gäbe noch viel zu erzählen über unseren Tjarko. Man könnte ganze Bücher mit seinen Geschichten füllen.«

»Wer will das schon lesen«, tönte es aus den Reihen.

»Na, wie dem auch sei. Ich glaube, wir sollten unser Paar nicht weiter auf die Folter spannen.« Eugen kramte einen Zettel hervor. »Am Ende des Gottesdienstes bitte ich um eine kleine Spende für unseren Seniorenkreis.« Er blickte zu Hildegard. »Damit werden aber nicht deine Zigaretten finanziert.«

Lautes Gelächter aus den Reihen. Jacobs deutete eine Verneigung an. Das hier war die Show seines Lebens. Er nickte in die große Runde. Hier und da leises Gehüstel. Nach einem kurzen Schweigen erhob sich seine Stimme. »Heute wollen Tjarko Behrens und Stefanie Rabe den heiligen Bund der Ehe eingehen.« Mit erhobenem Zeigefinger blickte er auf Tjarko. »Und ich hoffe, du hast es dir nicht anders überlegt.«

Tjarko sah überrascht auf und zeigte dem Pastor einen Vogel.

Eugen fuhr sich mit einer Hand durch seine neue Frisur. »Na, man darf ja mal fragen. Bei dir weiß man nie so genau. Was sagt denn der Trauzeuge dazu?«

»Meinst du mich?«, fragte Hassan.

»Wen sonst, du Nase.«

»Ich habe gerade gar nicht zugehört.«

»Schäm dich. Was meinst du, was es Mühe gekostet hat, dich hier als Trauzeugen mit einzuschmuggeln.«

Hassan nickte. In der Tat musste Eugen einige Fäden ziehen, damit Hassan als Muslime dieses ehrwürdige Amt bekleiden durfte. Wie er das hinbekommen hatte, war ihm ein Rätsel.

Eugen trat an das Paar heran, griente über beide Ohren und hüstelte leise. Dann klappte er ein Büchlein auf und setzte seine Lesebrille auf die Nase. »Ihr Lieben. Richtige Worte zu finden war gar nicht so einfach ...«

Lautes Quietschen der alten Holztür. Tierarzt Fokko Münnings kam herein und hob eine Hand. Unzählige Köpfe wandten sich nach hinten.

Jacobs blickte tadelnd. »Ach, der Münnings. Irgendjemand kommt immer zu spät.«

»Tschuldigung«, rief Fokko. »Ich musste nur noch etwas erledigen. Ein Hamster hatte Husten.«

»Setzt dich irgendwohin und sei still«, zischte Hildegard.

Die Gemeinde lachte schallend.

Tjarko war gar nicht zum Spaßen zumute. Stirnrunzelnd blickte er zu Steffi. Die legte eine Hand auf sein Knie und verdrehte die Augen. Inzwischen hatte sie sich an die rustikalen Eigenarten der Ostfriesen gewöhnt. Trotz aller Startschwierigkeiten, nachdem sie zu Tjarko auf den Hof gezogen war: Es war der Ort, nach dem sie sich ihr Leben lang gesehnt hatte. Menschen, die kein Blatt vor dem Mund nahmen. Offen und ehrlich zu ihrem Gegenüber waren. Jederzeit bereit für einen kurzen Schnack. Jeden Fremden in ihre Gemeinschaft aufnahmen, ohne zu fragen, woher man kam oder was man machte. Hilfsbereit, manchmal launisch, doch stets mit Freude am Leben. Sie fühlte sich angekommen. Knapp zwei Jahre war es nun her, dass sie und Tjarko sich kennengelernt hatten. Zwei Jahre voller Eindrücke, auch gelegentliche Zweifel. Doch wenn sie morgens in seinem Bett aufwachte, die Kühe muhen hörte und Tjarko mit einem Kaffee in der Küche auf sie wartete, war die Welt einfach nur in Ordnung.

Sie beobachtete ihn aus den Augenwinkeln. Nahm jede Reaktion von ihm wahr. Und wenn er auch gerade wirkte wie ein Kind vor seinem ersten Schultag: Er stand felsenfest an ihrer Seite. Gab ihr den Halt, den sie immer gesucht hatte. Mit seiner unverfälschten Art.

Eugen fuhr fort. »So, wo jetzt nun endlich alle da sind, wollen wir doch mal beginnen. Sind schließlich nicht zum Spaß hier.«

Tjarko schluckte laut. »Mach hin, Eugen«, brummte er.

Orgelmusik ertönte. Jacobs blickte verärgert nach oben und gab der Organistin ein Zeichen. »Frau de Vries, das ist gerade die falsche Stelle.«

»Bitte?«, brüllte es von oben.

»Ihr Einsatz war zu früh. Erst nach dem Kuss, bitte.«

»Ach, war der noch nicht?«

Irma de Vries war nebenbei gesagt weit über achtzig und etwas schwerhörig.

Nachdem Irma ihr Orgelspiel beendet hatte, trat Eugen ein Schritt nach vorn. Hinter ihm reihten sich vier mit Gitarren bewaffnete Musiker auf.

»Bevor wir mit der Zeremonie beginnen, möchte der Auricher Gitarrenchor gern ein Lied spielen.« Er nickte der Gruppe zu. »Was ich nebenbei gesagt höchstpersönlich ausgesucht habe.«

»Ach, du ahnst es nicht«, stöhnte jemand von den Gästen.

Gespanntes Schweigen kehrte ein.

403

Ein junger Kerl mit langen Haaren spielte den ersten Akkord. Die anderen setzten ein. Steffi blickte ihren Mann fragend an. Der konnte ihr nicht mehr als ein dünnes Lächeln schenken und seufzte leise, wie die Musiker mit ihren Stimmen einsetzten. *»Ti amo ... das heißt: ich lieb dich so.«*

Verzückt schloss Eugen die Augen und wippte mit den Hüften im Takt. Aus den Reihen unzählig verstörende Blicke.

Tjarko schluckte laut. War klar, dass es in der Buckbuhrer Kirche nicht ohne Überraschungen ablaufen würde. Aber verdammt, es war seine Hochzeit. Bei jedem anderen wäre es ihm vollkommen egal gewesen. Nervös nestelte er an seinem kratzigen Hemdkragen herum.

»Alles in Ordnung mit dir?«, fragte sie.

Er schaute sie an und lächelte breit. »Allerbest.«

Sie nickte. »Das ist gut.«

Und während die letzten Klänge des Gitarrenchors verhallten, legte Steffi eine Hand auf die seine. Herrgott, niemals hätte sie gedacht, einen Menschen so lieben zu können. Tjarko Behrens, den Landwirt sowie gelegentlichen Geisterjäger. Und besten Ehemann der Welt.

Quasi.

ENDE

FÜR MEINE ELTERN, THEO UND LENI

Ihr habt mir mein Leben und die beste Frau des Lebens geschenkt.

Auf ein Wort

Als Ostfriese bedarf ich nur wenige Worte. Deshalb mache ich es kurz. Schließlich habt Ihr nun 65 543 Wörter gemeistert. Danke an alle, die mein Buch gelesen haben. Wenn die Geschichte gefallen hat, so schenkt mir ein kleines Lächeln. Denn darum schreibe ich.

Danke an Gundula Bacquet und Renee Rott. Ebenso dem Automuseum Nordsee für die prompte Erlaubnis, diesen zauberhaften Ort in meinem Buch verwenden zu dürfen. Und besonders einen innigen Gruß an meine Frau. Die mich in den letzten zwei Jahren regelmäßig motiviert hat, mein Ziel zu verfolgen. Ich liebe Dich über alles!

Zusammen ist alles möglich. Quasi.

Paul Ontje 2023-2025

Zum Autor

Paul Ontje lebt im tiefsten Ostfriesland, umgeben von Kühen und unendlich weiten Feldern. Er erfindet humorvolle Geschichten aus Leidenschaft. Die Ideen warten direkt vor seiner Haustür. Menschen mit Ecken und Kanten, die entgegen allen Gerüchten jedem mit Herzlichkeit begegnen.

Mit »Allerbest« schließt er seine Trilogie um den Ort Buckbuhr ab. Und freut sich nun auf viel Zeit für seine Hühner und Zwergziegen.